高职高专计算机实用教程系列规划教材

Visual FoxPro 程序设计

黄金凤　主　编

周　琼　梁小利　副主编

中国铁道出版社
CHINA RAILWAY PUBLISHING HOUSE

内 容 简 介

本教材按照全国计算机等级考试二级 Visual FoxPro 考试大纲的要求，由从事精品课"数据库及程序设计"教学和教材建设的专业教师编写。

本教材将教学和实用技术相结合，理论联系实际，注重培养学生的实际应用能力。全书分为上下两篇共 10 章，分别介绍数据结构与算法、程序设计基础、软件工程基础、数据库基本原理、Visual FoxPro 6.0 基础、Visual FoxPro 基本数据元素、Visual FoxPro 数据库的基本操作、关系型数据库标准语言 SQL、项目管理器、设计器和向导使用、Visual FoxPro 程序设计基础，最后附有 Visual FoxPro 数据库程序设计试卷套题。

本书适合作为高等院校、高等职业技术学院的学生教材，也可以作为参加计算机等级考试的考生和计算机专业人员的参考书。

图书在版编目（CIP）数据

Visual FoxPro 程序设计/黄金凤主编.—北京：中国
铁道出版社，2008.1
（高职高专计算机实用教程系列规划教材）
ISBN 978-7-113-08544-5

Ⅰ.V⋯　Ⅱ.黄⋯　Ⅲ.关系数据库—数据库管理系统，
Visual FoxPro—程序设计—高等学校：技术学校—教材
Ⅳ.TP311.138

中国版本图书馆 CIP 数据核字（2008）第 014220 号

书　　　名：	Visual FoxPro 程序设计
作　　　者：	黄金凤　周　琼　梁小利
出版发行：	中国铁道出版社（100054，北京市宣武区右安门西街 8 号）
策划编辑：	严晓舟　秦绪好
责任编辑：	王春霞
特邀编辑：	薛秋沛
封面设计：	付　巍
封面制作：	白　雪
责任校对：	刘彦会
印　　刷：	北京市兴顺印刷厂
开　　本：	787×1092　　1/16　　印张：15.75　　字数：366 千
版　　本：	2008 年 2 月第 1 版　　2008 年 2 月第 1 次印刷
印　　数：	1～5 000 册
书　　号：	ISBN 978-7-113-08544-5/TP・2678
定　　价：	24.00 元

前　言

为了提高全社会计算机应用水平，普及计算机知识，适应国民经济信息化的需求，顺应用人单位对计算机能力的要求，本书编者结合全国计算机等级考试，针对目前高职高专的培养要求，根据 2007 年计算机等级 Visual FoxPro 6.0 考试大纲，编写了《Visual FoxPro 程序设计》。

本书围绕学生掌握 Visual FoxPro 编程的基本方法、提高学生 Visual FoxPro 的使用与开发能力三方面来组织内容，主要以满足高职高专学生需求，对其他不同层次需要学习和使用 Visual FoxPro 人员（尤其是报考全国计算机二级考试人员）也同样适用。

本书的特点是针对全国计算机等级考试，设计公共基础部分和 Visual FoxPro 程序设计部分，剖析典型等级考试题并设计自测练习题。详细分析和覆盖等级考试大纲与试题，帮助考生熟悉等级考试知识点，给出大量的自测练习题，方便考生自我检查。本书的设计既有利于初学者尽快掌握必备的知识，又有利于以后进一步提高，为掌握中小型数据库的设计打下扎实的基础。本书给出的例题和程序全部在 Visual FoxPro 6.0 环境下调试通过。

本书由黄金凤主编，负责教材的大纲确定和主要章节的编写，周琼、梁小利任副主编。参编人员有曾凌静、郑瑾、于淑云、吴忠斌和张传娟，本书是大家共同研究与协作的结果。

由于时间仓促，加之编者水平有限，书中疏漏之处在所难免；在此恳请广大读者批评指正。

编　者
2008 年 1 月

目 录

公共基础部分（上篇）

Visual FoxPro 程序设计部分（下篇）

公共基础部分（上篇）

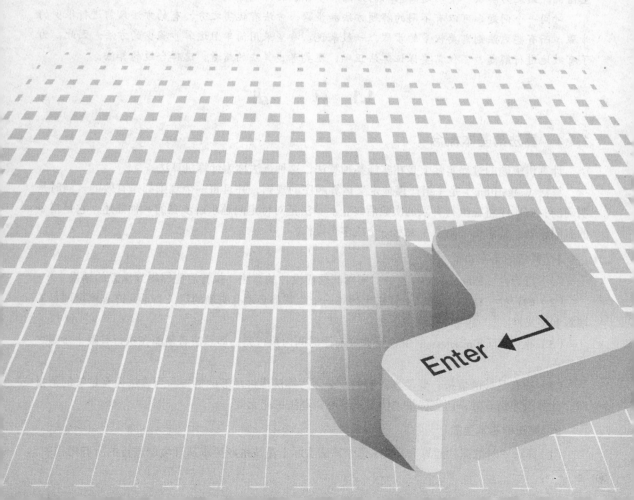

第**1**章

数据结构与算法

从事各种工作和活动，都必须事先想好进行的步骤，然后按部就班地执行，这样才能避免产生错乱。因此为解决一个问题而采取的方法和步骤就称为"算法"。

对同一个问题，可以有不同的解题方法和步骤。方法有优劣之分。有的方法只需进行很少的步骤，而有些方法则需要较多的步骤。一般来说，希望采用简单且运算步骤少的方法。因此，为了有效地进行解题，不仅需要保证算法正确，还要考虑算法的质量，选择合适的算法。

1.1 算　　法

1.1.1　算法的基本概念

计算机解题的过程实际上是在实施某种算法，这种算法称为计算机算法。

算法（algorithm）是一组严谨地定义运算顺序的规则，并且每一个规则都是有效的，同时是明确的；此顺序将在执行有限的次数后终止。算法是对特定问题求解步骤的一种描述，它是指令的有限序列，其中每一条指令表示一个或多个操作。

1. 算法的基本特征

（1）可行性（Effectiveness）：针对实际问题而设计的算法，执行后能够得到满意的结果。

（2）确定性（Definiteness）：算法中的每一个步骤都必须有明确的定义，不允许有模棱两可的解释和多义性。

（3）有穷性（Finiteness）：算法必须在有限时间内执行完，即算法必须能在执行有限个步骤之后终止。

（4）拥有足够的情报：要使算法有效，必须为算法提供足够的情报。当算法拥有足够的情报时，此算法才最有效；而当提供的情报不够时，算法可能无效。

2. 算法的基本要素

（1）算法中对数据的运算和操作：每个算法实际上是按解题要求从环境能进行的所有操作中，

选择合适的操作所组成的一组指令序列。

计算机可以执行的基本操作是以指令的形式描述的。一个计算机系统能执行的所有指令的集合，称为该计算机系统的指令系统。计算机程序就是按解题要求从计算机指令系统中选择合适的指令所组成的指令序列。在一般的计算机系统中，基本的运算和操作有以下 4 类。

① 算术运算：主要包括加、减、乘、除等运算。

② 逻辑运算：主要包括"与"、"或"、"非"等运算。

③ 关系运算：主要包括"大于"、"小于"、"等于"、"不等于"等运算。

④ 数据传输：主要包括赋值、输入、输出等操作。

（2）算法的控制结构：一个算法的功能不仅仅取决于所选用的操作，而且还与各操作之间的执行顺序有关。算法中各操作之间的执行顺序称为算法的控制结构。

算法的控制结构给出了算法的基本框架，它不仅决定了算法中各操作的执行顺序，而且也直接反映了算法的设计是否符合结构化原则。描述算法的工具通常有传统流程图、N–S 结构化流程图、算法描述语言等。一个算法一般可以由顺序、选择、循环 3 种基本控制结构组合而成。

3. 算法设计的基本方法

计算机算法不同于人工处理的方法，下面是工程上常用的几种算法设计，在实际应用时，各种方法之间往往存在着一定的联系。

（1）列举法

列举法是计算机算法中的一个基础算法。列举法的基本思想是，根据提出的问题，列举所有可能的情况，并用问题中给定的条件检验哪些是需要的，哪些是不需要的。

列举法的特点是算法比较简单。但当列举的可能情况较多时，执行列举算法的工作量将会很大。因此，在用列举法设计算法时，使方案优化，尽量减少运算工作量，是应该重点注意的。

（2）归纳法

归纳法的基本思想是，通过列举少量的特殊情况，经过分析，最后找出一般的关系。从本质上讲，归纳法就是通过观察一些简单而特殊的情况，最后总结出一般性的结论。

（3）递推法

递推法是指从已知的初始条件出发，逐次推出所要求的各中间结果和最后结果。其中初始条件或是问题本身已经给定，或是通过对问题的分析与化简而确定。递推法本质上也属于归纳法，工程上许多递推关系式实际上是通过对实际问题的分析与归纳得到的，因此，递推关系式往往是归纳的结果。对于数值型的递推算法必须要注意数值计算的稳定性问题。

（4）递归法

人们在解决一些复杂问题时，为了降低问题的复杂程度（如问题的规模等），一般总是将问题逐层分解，最后归结为一些最简单的问题。这种将问题逐层分解的过程，实际上并没有对问题进行求解，而只是当解决了最后那些最简单的问题后，再沿着原来分解的逆过程逐步进行综合，这就是递归法的基本思想。

递归法分为直接递归法与间接递归法两种。

（5）减半递推法

实际问题的复杂程度往往与问题的规模有着密切的联系。因此，利用分治法解决这类实际问题是有效的。工程上常用的分治法是减半递推技术。

所谓"减半"，是指将问题的规模减半，而问题的性质不变；所谓"递推"，是指重复"减半"的过程。

（6）回溯法

在工程上，有些实际问题很难归纳出一组简单的递推公式或直观的求解步骤，并且也不能进行无限的列举。对于这类问题，一种有效的方法是"试"。通过对问题的分析，找出一个解决问题的线索，然后沿着这个线索逐步试探，若试探成功，就得到问题的解；若试探失败，就逐步回退，换别的路线再逐步试探。

4. 算法设计的要求

通常一个好的算法应达到如下目标。

（1）正确性

正确性（correctness）大体可以分为以下 4 个层次：

① 程序不含语法错误；

② 程序对于几组输入数据能够得出满足规格说明要求的结果；

③ 程序对于精心选择的典型、苛刻而带有刁难性的几组输入数据能够得出满足规格说明要求的结果；

④ 程序对于一切合法的输入数据都能产生满足规格说明要求的结果。

（2）可读性

算法主要是为了方便人们的阅读与交流，其次才是执行。可读性（readability）好有助于用户对算法的理解；晦涩难懂的程序易于隐藏较多的错误，难以调试和修改。

（3）健壮性

所谓健状性（robustness）当输入数据非法时，算法也能适当地做出反应或进行处理，而不会产生莫名其妙的输出结果。

（4）效率与低存储量需求

效率是指程序执行时，对于同一个问题如果有多个算法可以解决，则执行时间短的算法效率高；存储量需求是指算法执行过程中所需要的最大存储空间。

1.1.2　算法的复杂度

1. 算法的时间复杂度

算法的时间复杂度是指执行算法所需要的计算工作量。同一个算法用不同的语言实现，或者用不同的编译程序进行编译，或者在不同的计算机上运行，效率均不同。这表明使用绝对的时间单位衡量算法的效率是不合适的。撇开这些与计算机硬件、软件有关的因素，可以认为一个特定算法"运行工作量"的大小，只依赖于问题的规模（通常用整数 n 表示），它是问题的规模函数，即

$$算法的工作量 = f(n)$$

例如，在 $N \times N$ 矩阵相乘的算法中，整个算法的执行时间与该基本操作（乘法）重复执行的次数 n 的立方即 n^3 成正比，也就是时间复杂度为 n^3，即

$$f(n) = O(n^3)$$

在某些情况下，算法中的基本操作重复执行的次数还随问题的输入数据集不同而不同。例如在起泡排序的算法中，当要排序的数组 a 初始序列为自小至大有序时，基本操作的执行次数为 $n(n-1)/2$。对这类算法的分析，可以采用以下两种方法来分析。

（1）平均性态

所谓平均性态（Average Behavior）是指用各种特定输入下的基本运算次数的加权平均值来度量算法的工作量。

设 x 是所有可能输入中的某个特定输入，$p(x)$ 是 x 出现的概率（即输入为 x 的概率），$t(x)$ 是算法在输入为 x 时所执行的基本运算次数，则算法的平均性态定义为

$$A(n) = \sum_{x \in Dn} p(x)t(x)$$

其中 Dn 表示当规模为 n 时，算法执行的所有可能输入的集合。

（2）最坏情况复杂性

所谓最坏情况复杂性（Worst-case Complexity）分析是指在规模为 n 时，算法所执行的基本运算的最大次数。

2. 算法的空间复杂度

算法的空间复杂度是指执行这个算法所需要的内存空间。

一个算法所占用的存储空间包括算法程序所占的空间、输入的初始数据所占的存储空间，以及算法执行中所需要的额外空间。其中额外空间包括算法程序执行过程中的工作单元以及某种数据结构所需要的附加存储空间。如果额外空间量相对于问题规模来说是常数，则称该算法是原地（inplace）工作的。在许多实际问题中，为了减少算法所占的存储空间，通常采用压缩存储技术，以便尽量减少不必要的额外空间。

1.2 数　据　结　构

1.2.1 数据结构的定义

数据结构（Data Structure）是指相互之间存在一种或多种特定关系的数据元素的集合，即数据的组织形式。

数据结构作为计算机的一门学科，主要研究和讨论以下三个方面：

（1）数据集合中各数据元素之间所固有的逻辑关系，即数据的逻辑结构；

（2）在对数据元素进行处理时，各数据元素在计算机中的存储关系，即数据的存储结构；

（3）对各种数据结构进行的运算。

讨论以上问题的目的是为了提高数据处理的效率,所谓提高数据处理的效率有以下两个方面：

（1）提高数据处理的速度；

（2）尽量节省在数据处理过程中所占用的计算机存储空间。

在数据结构中，要了解以下 3 个概念。

（1）数据（Data）：数据是对客观事物的符号表示，在计算机科学中是指所有能输入到计算机中并被计算机程序处理的符号的总称。

（2）数据元素（Datael Ement）：数据元素是数据的基本单位，在计算机程序中通常作为一个整体进行考虑和处理。

（3）数据对象（Data Object）：数据对象是性质相同的数据元素的集合，它是数据的一个子集。

一般情况下，在具有相同特征的数据元素集合中，各个数据元素之间存在着某种关系（即连续），这种关系反映了该集合中的数据元素所固有的一种结构。在数据处理领域中，通常把数据元素之间这种固有的关系简单地用前后件关系（或直接前驱与直接后继关系）来描述。

前后件关系是数据元素之间的一个基本关系，但前后件关系所表示的实际意义随具体对象的不同而不同。一般来说，数据元素之间的任何关系都可以用前后件关系来描述。

1. 数据的逻辑结构

数据结构是指反映数据元素之间的关系的数据元素集合的表示。更通俗地说，数据结构是指带有结构的数据元素的集合。所谓结构实际上就是指数据元素之间的前后件关系。

一个数据结构应包含以下两方面信息：

（1）数据元素的信息；

（2）各数据元素之间的前后件关系。

2. 数据的存储结构

数据的逻辑结构在计算机存储空间中的存放形式称为数据的存储结构（也称为数据的物理结构）。

1.2.2 数据结构的图形表示

数据结构除了用二元关系表示外，还可以直观地用图形表示。

在数据结构的图形表示中，对于数据集合 D 中的每一个数据元素用中间标有元素值的方框表示，一般称之为数据结点，并简称为结点；为了进一步表示各数据元素之间的前后件关系，对于关系 R 中的每一个二元组，用一条有向线段从前件结点指向后件结点。

在数据结构中，没有前件的结点称为根结点；没有后件的结点称为终端结点（也称为叶子结点）。

一个数据结构中的结点可能是在动态变化的。根据需要或在处理过程中，可以在一个数据结构中增加一个新结点（称为插入运算），也可以删除数据结构中的某个结点（称为删除运算）。插入与删除是对数据结构的两种基本运算。除此之外，对数据结构的运算还有查找、分类、合并、分解、复制和修改等。

1.2.3 线性结构与非线性结构

如果在一个数据结构中没有任何数据元素，则称该数据结构为空的数据结构。在一个数据结构中有一个或者多个数据元素，则称该数据结构为非空数据结构。根据数据结构中各数据元素之间前后件关系的复杂程度，一般将数据结构分为两大类型：线性结构与非线性结构。

非空数据结构满足：

（1）有且只有一个根结点；

（2）每一个结点最多有一个前件，也最多有一个后件。

此时称该数据结构为线性结构。线性结构又称为线性表。一个线性表是 n 个数据元素的有限序列。至于每个元素的具体含义，在不同情况下各不相同，它可以是一个数或一个符号，也可以是一页书，甚至其他更复杂的信息。如果一个数据结构不是线性结构，则称之为非线性结构。线性结构与非线性结构都可以是空的数据结构。对于空的数据结构，如果对该数据结构的运算是按线性结构的规则来处理的，则属于线性结构；否则属于非线性结构。

1.3 线性表及顺序存储结构

1.3.1 线性表的定义

线性表是 n（$n \geq 0$）个元素构成的有限序列（a_1、a_2、...、a_i、...、a_n）。表中的每一个数据元素，除了第一个外，有且只有一个前件，除了最后一个外，有且只有一个后件。线性表可以表示为

$$(a_1, a_2, ..., a_i ... a_n)$$

其中 a_i（i=1、2、...、n）是属于数据对象的元素，通常也称其为线性表中的一个结点。另外，每个元素可以简单到是一个字母或是一个数据，也可以是比较复杂的由多个数据项组成的元素。在复杂的线性表中，由若干数据项组成的数据元素称为记录（Record），而由多个记录构成的线性表又称为文件（File）。在非空表中的每个数据元素都有一个确定的位置，如 a_1 是第一个数据元素，a_n 是最后一个数据元素，a_i 是第 i 个数据元素，称 i 为数据元素 a_i 在线性表中的位序。

非空线性表有如下一些结构特征：

（1）有且只有一个根结点 a_1，它无前件；

（2）有且只有一个终端结点 a_n，它无后件；

（3）除根结点与终端结点外，其他所有结点有且只有一个前件，也有且只有一个后件。线性表中结点的个数 n 称为线性表的长度。当 n=0 时称为空表。

1.3.2 线性表的顺序存储结构

线性表的顺序表是指用一组地址连续的存储单元依次存储线性表的数据元素。

线性表的顺序存储结构具备如下两个基本特征。

（1）线性表中的所有元素所占的存储空间是连续的。

（2）线性表中各数据元素在存储空间中是按逻辑顺序依次存放的。

假设线性表的每个元素需要占用 k 个存储单元，并以所占的存储位置 $ADR(a_{i+1})$ 和第 i 个数据元素的存储位置 $ADR(a_i)$ 之间满足下列公式：

$$ADR(a_{i+1}) = ADR(a_i) + k$$

线性表第 i 个元素 a_i 的存储位置为：

$$ADR(a_i) = ADR(a_1) + (i-1) \times k$$

式中 $ADR(a_i)$ 是线性表的第一个数据元素 a_1 的存储位置，通常称作线性表的起始位置或基址。

线性表的这种表示称作线性表的顺序存储结构或顺序映像，这种存储结构的线性表为顺序表。表中每一个元素的存储位置都和线性表的起始位置相差一个和数据元素在线性表中的位序成正比例的常数，如图 1-1 所示。

由此只要确定了存储线性表的起始位置，线性表中任一数据元素都可以随机存取，所以线性表的顺序存储结构是一种随机存取的存储结构。

在程序设计语言中，通常定义一个一维数组来表示线性表的顺序存储空间。在用一维数组存放线性表时，该一维数组的长度通常要定义得比线性表的实际长度大一些，以便对线性表进行各种运算，特别是插入运算。

存储地址		
	$\vdots$	
$ADR(a_1)$	a_1	占 k 个字节
$ADR(a_1)+k$	a_2	占 k 个字节
	$\vdots$	
$ADR(a_1)+(i-1)k$	a_i	占 k 个字节
$ADP(a_i)+k$	a_{i+1}	
	$\vdots$	$\vdots$
$ADR(a_1)+(n-1)k$	a_n	占 k 个字节
	$\vdots$	

图 1-1 顺序表

1.3.3 线性表的插入运算

线性表的插入运算是指在表的第 i（$1 \le i \le n+1$）个位置上，插入一个新结点 x，使长度为 n 的线性表

$$(a_1,\dots,a_{i-1},a_i,\dots,a_n)$$

变成长度为 $n+1$ 的线性表

$$(a_1,\dots,a_{i-1}, x, a_i,\dots,a_n)$$

现在分析算法的复杂度。这里的问题规模是表的长度，设它的值为 n。该算法的时间主要花费在循环结点后移语句上，该语句的执行次数（即移动结点的次数）是 $n-i+1$。由此可以看出，所需移动结点的次数不仅依赖于表的长度，而且还与插入位置有关。

当 $i=n+1$ 时，由于循环变量的终值大于初值，结点后移语句将不执行，这是最好的情况，其时间复杂度为 $O(1)$。

当 $i=1$ 时，结点后移语句将循环执行 n 次，需移动表中的所有结点，这是最坏的情况，其时间复杂度为 $O(n)$。

由于插入可能在表中的任何位置上进行，因此需要分析算法的平均复杂度。

在长度为 n 的线性表中第 i 个位置上插入一个结点，令 $Eis(n)$ 表示移动结点的期望值（即移动的平均次数），则在第 i 个位置上插入一个结点的移动次数为 $n-i+1$。故不失一般性，假设在表中的任何位置（$1 \le i \le n+1$）上插入结点的机会是均等的，用 P_i 表示，则

$$p_1=p_2=p_3=\dots=p_n+1=1/(n+1)$$

因此，在等概率插入的情况下，也就是说，在线性表上进行插入运算，平均要移动表上一半的结点。当表长 n 较大时，算法的效率相当低。虽然 $Eis(n)$ 中 n 的系数较小，但就数量级而言，它仍然是线性级的。因此算法的平均时间复杂度为 $O(n)$。

1.3.4 线性表的删除运算

线性表的删除运算是指将表的第 i（$1 \le i \le n$）个结点删除，使长度为 n 的线性表

$$(a_1,\dots,a_{i-1},a_i,a_{i+1},\dots,a_n)$$

变成长度为 $n-1$ 的线性表

$$(a_1,\dots,a_{i-1},a_{i+1},\dots,a_n)$$

该算法的时间分析与插入算法相似，结点的移动次数也是由表长 n 和位置 i 决定的。若 $i=n$，则由于循环变量的初值大于终值，前移语句将不执行，无须移动结点；若 $i=1$，则前移语句将循环执行 $n-1$ 次，需移动表中除开始结点外的所有结点。这两种情况下算法的时间复杂度分别为 $O(1)$ 和 $O(n)$。

删除算法的平均性能分析与插入算法相似。在长度为 n 的线性表中删除一个结点，令 $Ede(n)$ 表示所需移动结点的平均次数，删除表中第 i 个结点的移动次数为 $n-i$，故式子中，p_i 表示删除表中第 i 个结点的概率。在等概率的假设下

$$p_1=p_2=p_3=\cdots=p_n=1/n$$

由此可得，在线性表上进行删除运算，平均要移动表中约一半的结点，平均时间复杂度也是 $O(n)$。

1.4 栈和队列

1.4.1 栈及其基本运算

1．什么是栈

栈实际上也是线性表，只不过是一种特殊的线性表。栈（stack）是只能在表的一端进行插入和删除运算的线性表，通常称插入、删除的这一端为栈顶（top），另一端为栈底（bottom）。当表中没有元素时称为空栈。栈顶元素总是后被插入的元素，从而也是最先被删除的元素；栈底元素总是最先被插入的元素，从而也是最后才能被删除的元素。

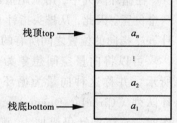

假设栈 $S=(a_1,a_2,a_3,\dots,a_n)$，则 a_1 称为栈底元素，a_n 称为栈顶元素。栈中元素按 a_1、a_2、a_3、$\dots$、a_n 的次序进栈，退栈的第一个元素应为栈顶元素。换句话说，栈的修改是按后进先出的原则进行的。因此，栈称为先进后出表（First In Last Out，FILO），或"后进先出"表（Last In First Out，LIFO），如图 1-2 所示为先进后表。

2．栈的顺序存储及其运算

（1）入栈运算：入栈运算是指在栈顶位置插入一个新元素。首先将栈顶指针加一（即 top 加 1），然后将元素插入到栈顶指针指向的位置。当栈顶指针已经指向存储空间的最后一个位置时，说明栈空间已满，不可能再进行入栈操作。这种情况称为栈"上溢"错误。

（2）退栈运算：退栈运算是指取出栈顶元素并赋给一个指定的变量。首先将栈顶元素（栈顶指针指向的元素）赋给一个指定的变量，然后将栈顶指针减一（即 top 减 1）。当栈顶指针为 0 时，说明栈空，不可进行退栈操作。这种情况称为栈的"下溢"错误。

（3）读栈顶元素运算：读栈顶元素运算是指将栈顶元素赋给一个指定的变量。这个运算不删除栈顶元素，只是将它赋给一个变量，因此栈顶指针不会改变。当栈顶指针为 0 时，说明栈空，读不到栈顶元素。

1.4.2 队列及其基本运算

1. 什么是队列

队列（queue）是只允许在一端删除、在另一端插入的顺序表、允许删除的一端叫做队头（front），允许插入的一端叫做队尾（rear），当队列中没有元素时称为空队列。在空队列中依次加入元素 a_1、a_2、…、a_n 之后，a_1 是队头元素，a_n 是队尾元素。显然退出队列的次序也只能是 a_1、a_2、…、a_n 也就是说队列的修改是依先进先出的原则进行的。因此队列也称作先进先出（First In First Out，FIFO）的线性表，或后进后出（Last In Last Out，LILO）的线性表。向队列队尾插入一个元素称为入队运算，从队列的排头删除一个元素称为退队运算，如图 1-3 所示。

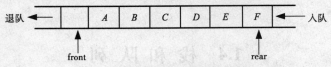

图 1-3 队列和入队和退队运算

2. 循环队列及其运算

在实际应用中，队列的顺序存储结构一般采用循环队列的形式。所谓循环队列是指将队列存储空间的最后一个位置绕到第一个位置，形成逻辑上的环状空间。

在循环队列中，用队尾指针 rear 指向队列中的队尾元素，用排头指针 front 指向排头元素的前一个位置。因此，从排头指针 front 指向的后一个位置直到队尾指针 rear 指向的位置之间所有的元素均为队列中的元素。

可以将向量空间想象为一个首尾相接的圆环，如图 1-4 所示，并称这种向量为循环向量，存储在其中的队列称为循环队列（Circular Queue）。在循环队列中进行出队、入队操作时，头尾指针仍要加 1，朝前移动。只不过当头尾指针指向向量上界（Queuesize-1）时，其加 1 操作的结果是指向向量的下界 0。

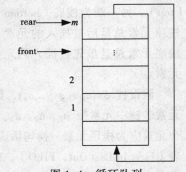

图 1-4 循环队列

由于入队时尾指针向前追赶头指针，出队时头指针向前追赶尾指针，故队空和队满时头尾指针均相等。因此，无法通过 front=rear 来判断队列"空"还是"满"。

在实际使用循环队列时，为了能区分队列满还是队列空，通常还需要增加一个标志 s，它的定义如下：当 $s=0$ 时表示队列空；当 $s=1$ 时表示队列非空。

（1）入队运算

入队运算是指在循环队列的队尾加入一个新元素。首先将队尾指针进一（即 rear=rear+1），并当 rear=m+1 时置 rear=1；然后将新元素插入到队尾指针指向的位置。当循环队列非空（$s=1$）且队尾指针等于队头指针时，说明循环队列已满，不能进行入队运算，这种情况称为"上溢"。

（2）退队运算

退队运算是指在循环队列的队头位置退出一个元素并赋给指定的变量。首先将队头指针进一（即 front=front+1），并当 front= m+1 时置 front=1；然后将排头指针指向的元素赋给指定的变量。当循环队列为空（s=0）时，不能进行退队运算，这种情况称为"下溢"。

1.5　线　性　链　表

1.5.1　线性单链表的结构及其基本运算

1. 什么是线性链表

（1）线性表顺序存储的缺点

① 一般情况下，要在顺序存储的线性表中插入一个新元素或删除一个元素时，为了保证插入或删除后的线性表仍然为顺序存储，则在插入或删除过程中需要移动大量的数据元素。因此采用顺序存储结构进行插入或删除运算的效率很低。

② 当为一个线性表分配顺序存储空间后，当出现线性表的存储空间已满，但还需要插入新的元素时，栈会发生"上溢"错误。

③ 计算机空间得不到充分利用，并且不便于对存储空间进行动态分配。

（2）线性表链式的基本概念

在定义的链表中，若只含有一个指针域来存放下一个元素地址，称这样的链表为单链表或线性链表。

在链式存储方式中，要求每个结点由两部分组成：一部分用于存放数据元素值，称为数据域；另一部分用于存放指针，称为指针域。其中指针用于指向该结点的前一个或后一个结点（即前件或后件），如图 1-5 所示。

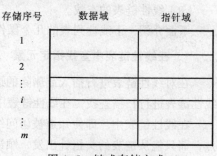

图 1-5　链式存储方式

2. 线性单链表的存储结构

用一组任意的存储单元来依次存放线性表的结点，这组存储单元既可以是连续的，也可以是不连续的，甚至是零散分布在内存中的任意位置上的。因此，链表中结点的逻辑次序和物理次序不一定相同。为了能正确地表示结点间的逻辑关系，在存储每个结点值的同时，还必须存储指示其后件结点的地址（或位置）信息，这个信息称为指针（pointer）或链（link）。这两部分组成了链表中的结点结构。

链表正是通过每个结点的链域将线性表的 n 个结点按其逻辑次序链接在一起的。由于上述链表的每一个结点只有一个链域，故将这种链表称为单链表（Single Linked）。

显然，单链表中每个结点的存储地址是存放在其前驱结点 Next 域中，而开始结点无前驱，故应设头指针 HEAD 指向开始结点。同时，由于终端结点无后件，故终端结点的指针域为空，即 NULL，如图 1-6 所示。

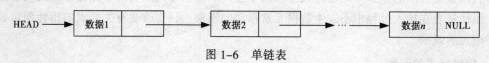

图 1-6　单链表

3. 带链的栈与队列

（1）栈也是线性表，也可以采用链式存储结构。在实际应用中，带链的栈可以用来收集计算

机存储空间中所有空闲的存储结点，这种带链的栈称为可利用栈。

（2）队列也是线性表，也可以采用链式存储结构。

1.5.2 线性链表的基本运算

线性链表的运算主要有以下几个：

（1）在线性链表中包含指定元素的结点之前插入一个新元素；

（2）在线性链表中删除包含指定元素的结点；

（3）将两个线性链表按要求合并成一个线性表；

（4）将一个线性链表按要求进行分解；

（5）逆转线性链表；

（6）复制线性链表；

（7）线性链表的排序；

（8）线性链表的查找。

下面介绍一下线性列表的几个操作。

1. 在线性链表中查找指定元素

在对线性链表进行插入或删除的运算时，总是首先需要找到插入或删除的位置，这就需要对线性链表进行扫描查找，在线性链表中寻找包含指定元素的前一个结点。

在线性链表中，即使知道被访问结点的序号 a，也不能像顺序表中那样直接按序号 i 访问结点，而只能从链表的头指针出发，顺链域 Next 逐个结点往下搜索，直到搜索到第 i 个结点为止。因此，链表不是随机存取结构。

在链表中，查找是否有结点值等于给定值 x 的结点，若有，则返回首次找到其值为 x 的结点的存储位置；否则返回 NULL。查找过程从开始结点出发，顺着链表逐个将结点的值和给定值 x 作比较。

2. 线性链表的插入

线性链表的插入是指在链式存储结构下的线性链表中插入一个新元素。

插入运算是将值为 x 的新结点插入到表的第 i 个结点的位置上，即插入到 a_{i-1} 与 a_i 之间。因此，必须首先找到 a_{i-1} 的存储位置 p，然后生成一个数据域为 x 的新结点*p，并令结点 p 的指针域指向新结点，新结点的指针域指向结点 a_i。

由线性链表的插入过程可以看出，由于插入的新结点取自于可利用栈，因此，只要可利用栈不空，则在线性链表插入时总能取到存储插入元素的新结点，不会发生"上溢"的情况。而且，由于可利用栈是公用的，多个线性链表可以共享它，从而很方便地实现了存储空间的动态分配。另外，线性链表在插入过程中不发生数据元素移动的现象，只要改变有关结点的指针即可，从而提高了插入的效率。

3. 线性链表的删除

线性链表的删除是指在链式存储结构下的线性链表中删除包含指定元素的结点。

删除运算是将表的第 i 个结点删去。因为在单链表中，结点 a 的存储地址是在其直接前趋结

点 a_{i-1} 的指针域 Next 中，所以必须首先找到 a_{i-1} 的存储位置 p。然后令 $p\text{-}>$Next 指向 a_i 的直接后件结点，即把 a_i 从链上摘下。最后释放结点 a 的空间。

从线性链表的删除过程可以看出，从线性链表中删除一个元素后，不需要移动表中的数据元素，只要改变被删除元素所在结点的前一个结点的指针域即可。另外，由于可利用栈用于收集计算机中所有的空闲结点，因此，当从线性链表中删除一个元素后，该元素的存储结点就变为空闲，应将空闲结点送回到可利用栈。

1.5.3　线性双向链表的结构及其基本运算

1．什么是双向链表

在单链表中，从某个结点出发可以直接找到它的直接后件，时间复杂度为 $O(1)$，但无法直接找到它的互接前件；在单循环链表中，从某个结点出发可以直接找到它的直接后件，时间复杂度仍为 $O(1)$，直接找到它的直接前件，时间复杂度为 $O(n)$。有时，希望能快速找到一个结点的直接前件，这时，可以在单链表中的结点中增加一个指针域指向它的直接前件，这样的链表就称为双向链表（一个结点中含有两个指针）。如果每条链构成一个循环链表，则会得到双向循环链表。

2．双向链表的基本运算

（1）插入：在 HEAD 为头指针的双向链表中，在值为 x 的结点之前插入值为 b 的结点，插入结点的指针变化，如图 1–7 所示。

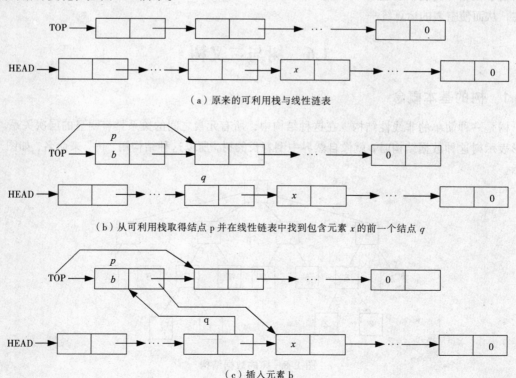

（a）原来的可利用栈与线性涟表

（b）从可利用栈取得结点 p 并在线性链表中找到包含元素 x 的前一个结点 q

（c）插入元素 b

图 1–7　插入运算

（2）删除：在以 HEAD 为头指针的双向链表中删除值为 x 的结点。

1.5.4 循环链表的结构及其基本运算

单链表上的访问是一种顺序访问,从其中的某一个结点出发,可以找到它的直接后件,但无法找到它的直接前件。

在前面讨论的线性链表中,其插入与删除的运算虽然比较方便,但还存在一个问题,在运算过程中对空表和对第一个结点的处理必须单独考虑,使空表与非空表的运算不统一。

因此,可以考虑建立这样的链表,具有单链表的特征,但又不需要增加额外的存储空间,仅对表的链接方式稍做改变,使得对表的处理更加方便灵活。从单链表可知,最后一个结点的指针域为 NULL,表示单链表已经结束。如果将单链表最后一个结点的指针域改为存放链表中头结点(或第一个结点)的地址,就使得整个链表构成一个环,又没有增加额外的存储空间。

循环链表具有以下两个特点:

(1)在循环链表中增加了一个表头结点,其数据域为任意或者根据需要来设置,指针域指向线性表的第一个元素的结点。循环链表的头指针指向表头结点。

(2)循环链表中最后一个结点的指针域不是空,而是指向表头结点,即在循环链表中,所有结点的指针构成了一个环状链。

在循环链表中,只要指出表中任何一个结点的位置,就可以从它出发访问到表中其他所有的结点,而线性单链表做不到这一点。

由于在循环链表中设置了一个表头结点,因此,在任何情况下,循环链表中至少有一个结点存在,从而使空表的运算统一。

1.6 树与二叉树

1.6.1 树的基本概念

树是一种简单的非线性结构。在这种结构中,所有元素之间的关系具有明显的层次关系。用图形表示树这种数据结构时,就像自然界中倒着长的树,所以这种结构用"树"来命名,如图 1-8 所示。

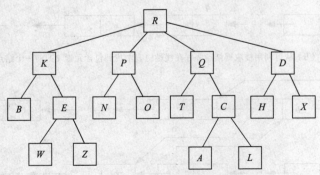

图 1-8 树的数据结构

在树结构中,每个结点只有一个前件,称为父结点,没有前件的结点只有一个,称为树的根结点,简称为树的根(如 R)。

在树结构中，每一个结点可以有多个后件，它们都称为该结点的子结点。没有后件的结点称为叶子结点（如 W、Z、A、L、B、N、O、T、H、X）。

在树结构中，一个结点拥有的后件个数称为结点的度（如 R 的度为 4，K、P、Q、D、E、C 的度均为 2）。

树的结点是层次结构，一般按如下原则分层：根结点在第 1 层；同一个层所有结点的所有子结点都在下一层。树的最大层次称为树的深度。如图 1-8 中的树的深度为 4。R 结点有 4 棵子树，K、P、Q、D、E、C 结点各有两棵子树；叶子没有子树。

在计算机中，可以用树结构表示算术运算。在算术运算中，一个运算符可以有若干个运算对象，如取正（+）与取负（-）运算符只有一个运算对象，称为单目运算符；加（+）、减（-）、乘（*）、除（/）、乘幂（**）有两个运算对象，称为双目运算符；三元函数 $f(x,y,z)$ 为 f 函数运算符，有三个运算对象，称为三目运算符；多元函数有多个运算对象，称为多目运算符。

用树表示算术表达式原则是：

（1）表达式中的每一个运算符在树中对应一个结点，称为运算符结点；

（2）运算符的每一个运算对象在树中为该运算结点的子树（在树中的顺序从左到右）；

（3）运算对象中的单变量均为叶子结点。

根据上面原则，可将表达式 $a*(b+c/d)+e*h-g*f$ 表示成。如图 1-9 所示的树。

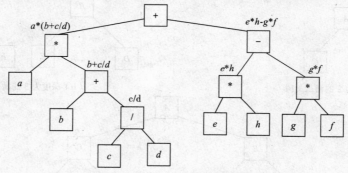

图 1-9　表达式 $a*(b+c/d)+e*h-g*f$ 的树

树在计算机中通常用多重链表表示，多重链表的每个结点描述了树中对应结点的信息，每个结点中的链域（指针域）个数随树中该结点的度而定。

1.6.2　二叉树及其基本性质

1. 什么是二叉树

二叉树是很有用的非线性结构。它与树结构很相似，树结构的所有术语都可用到二叉树这种结构上。

二叉树具有以下两个特点：

（1）非空两叉树只有一个根结点；

（2）每个结点最多有两棵子树，且分别称该结点的左子树与右子树。

也就是说，在二叉树中，每一个结点的度最大为 2，而且所有子树也均为二叉树。二叉树中的每一个结点可以有左子树没有右子树，也可以有右子树没有左子树，甚至左右子树都没有，如图 1-10 所示。

2．二叉树的基本性质

二叉树有如下性质。

性质 1：在二叉树的第 k 层上，最多有 $2k-1$（$k \geq 1$）个结点。

性质 2：深度为 m 的二叉树最多有 $2m-1$ 个结点。

性质 3：在任意一棵二叉树中，度为 0 的结点（即叶子结点）总比度为 2 的结点多一个。

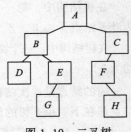

图 1-10　二叉树

性质 4：具有 n 个结点的二叉树，其深度至少为 $[\log_2 n]+1$，其中 $[\log_2 n]$ 表示取 $\log_2 n$ 的整数部分。

3．满二叉树与完全二叉树

（1）满二叉树

满二叉树是除了最后一层外，每一层上的所有结点都有两个子结点，即在满二叉树中，每一层上的结点数都达到最大值。在满二叉树的第 k 层上有 $2k-1$ 个结点，且深度为 m 的满二叉树有 $2m-1$ 个结点，如图 1-11 所示。

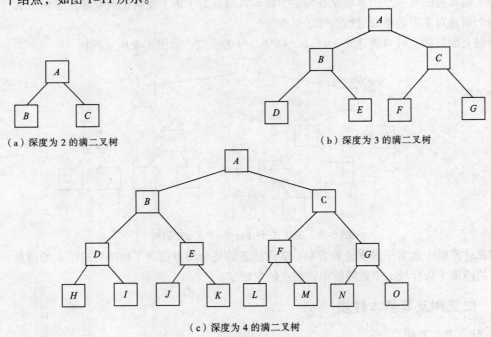

（a）深度为 2 的满二叉树

（b）深度为 3 的满二叉树

（c）深度为 4 的满二叉树

图 1-11　深度为 2、3、4 的满二叉树

（2）完全二叉树

完全二叉树除最后一层外，每一层上的结点数均达到最大数；最后一层只缺少右边的若干结点，如图 1-12 所示。

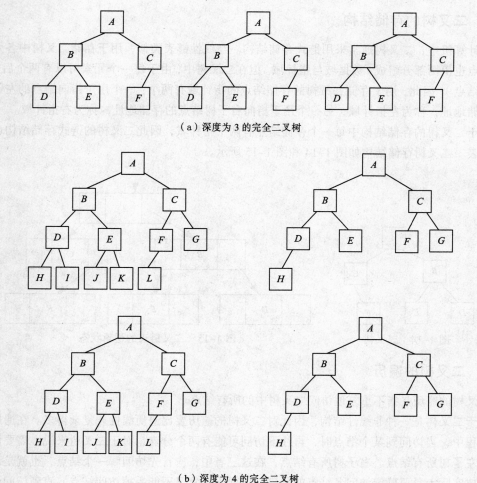

（a）深度为 3 的完全二叉树

（b）深度为 4 的完全二叉树

图 1–12 深度为 3、4 的完全二叉树

完全二叉树具有以下两个性质。

性质 1：具有 n 个结点的完全二叉树的深度为$[\log_2 n]+1$。

性质 2：设完全二叉树有 n 个结点（见图 1–13）。如果从根结点开始，按层序用自然数 1、2、…、n 给结点进行编号，则对于编号为 k（$k=1,2,\cdots,n$）的结点有以下结论。

① 若 $k=1$，则该结点为根结点，它没有父结点；若 $k>1$，则该结点的父结点编号为 INT($k/2$)。如结点 D 的编号 $k=4$，则它的父结点 B 的编号为 2。

② 若 $2k\leq n$，则编号为 k 的结点的左子结点编号为 $2k$，否则该结点无左子结点（也无右子结点），如结点 D 的编号 $k=4$，则 $8\leq 10$，则它的左子结点 H 编号为 8。

③ 若 $2k+1\leq n$，则编号为 k 的结点的右子结点编号为 $2k+1$，否则该结点无右子结点，如结点 D 的编号 $k=4$，则 $9\leq 10$，则它的右子结点 I 编号为 9。

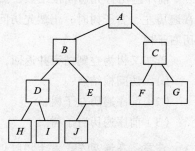

图 1–13 完全二叉树结点性质

1.6.3　二叉树的存储结构

在计算机中，二叉树通常采用链式存储结构。与线性链表类似，用于存储二叉树中各元素的存储结点也由两部分组成：数据域与指针域。但在二叉树中，由于每一个元素可以有两个后件（即两个子结点），因此，用于存储二叉树的存储结点的指针域有两个：一个用于指向结点的左子树结构的存储地址，称为左指针域；另一个用于指向右子树结点的存储地址，称为右指针域。

由于二叉树的存储结构中每一个存储结点有两个指针域，因此二叉树的链式存储结构也称为二叉链表。二叉树存储结构如图 1-14 和图 1-15 所示。

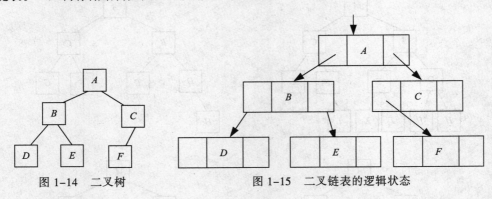

图 1-14　二叉树　　　　　　图 1-15　二叉链表的逻辑状态

1.6.4　二叉树的遍历

二叉树的遍历是指不重复地访问二叉树中的所有结点。

由于二叉树是一种非线性结构，因此对二叉树的遍历要比遍历线性表复杂得多。在遍历二叉树的过程中，当访问到某个结点时，再往下访问可能有两个分支，对于二叉树来说，需要访问根结点、左子树所有结点、右子树所有结点，在这三者中，应首先访问哪一个结点，也就是说，遍历二叉树实际上是要确定访问各结点的顺序，以便不重复又不能丢掉访问结点，直到访问到所有结点。

在遍历二叉树的过程中，一般首先遍历左子树，然后遍历右子树，在先左后右原则下，根据访问结点的次序，二叉树的遍历分为 3 种方法：前序遍历、中序遍历和后序遍历。

1.　前序遍历（DLR）

前序遍历首先访问根结点，然后遍历左子树，最后遍历右子树。在遍历左、右子树时，仍然先访问根结点，然后遍历左子树，最后遍历右子树。

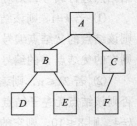

若二叉树为空则结束并返回，否则：

（1）访问根结点；

（2）前序遍历左子树；

（3）前序遍历右子树。

图 1-16　二叉树

注意：在遍历左、右子树时仍然采用前序遍历方法。

例：如图 1-16 所示的二叉树，其前序遍历结果是 *ABDECF*。

2．中序遍历（LDR）

中序遍历首先遍历左子树，然后访问根结点，最后遍历右子树。在遍历左、右子树时，仍然先遍历左子树，再访问根结点，最后遍历右子树。

若二叉树为空则结束并返回，否则：

（1）中序遍历左子树；

（2）访问根结点；

（3）中序遍历右子树。

注意：在遍历左、右子树时仍然采用中序遍历方法。

例：如图 1-16 所示的二叉树，其中序遍历结果是 *ABDECF*。

3．后序遍历（LRD）

后序遍历首先遍历左子树，然后遍历右子树，最后访问根结点。在遍历左、右子树时，仍然先遍历左子树，然后遍历右子树，最后访问根结点。

若二叉树为空则结束返回，否则：

（1）后序遍历左子树；

（2）后序遍历右子树。

（3）最后访问根结点。

注意：在遍历左、右子树时仍然采用后序遍历方法。

例：如图 1-16 所示的二叉树，其后序遍历结果是 *ABDECF*。

1.7 查 找 技 术

查找是数据处理领域中的一个重要内容。所谓查找是指在一个给定的数据结构中查找某个指定元素。

1.7.1 顺序查找

顺序查找是从线性表的第一个元素开始，依次将线性表的元素与被查找元素进行比较，若相等则表示找到；若线性表中所有元素都与被查找元素进行了比较且都不相等，则表示线性表中没有要查找的元素。

顺序查找适合无序表和使用链式存储结构的线性表。

1.7.2 二分法查找

二分法查找只适用于顺序存储的有序表。二分查找方法如下：将被查找元素与线性表的中间项进行比较，若中间项值等于被查找元素，则说明查到；若被查找元素小于中间项的值，则在线性表的前半部分以相同方法进行查找；若被查找元素大于中间项的值，则在线性表的后半部分以相同方法进行查找。

1.8 排序技术

排序是指将一个无序序列整理成有序序列（一般指升序，即非递减顺序）。

1.8.1 交换类排序法

1．冒泡排序法

冒泡排序法的基本过程是：从线性表开头逐次比较相邻数据元素的大小，若相邻两个元素中，前面元素大于后面元素，则将它们交换。依次下去最后将最大元素换到表的最后。然后再从剩下的线性表中按上述方法进行操作，直到剩余的线性表变空为止。此时线性表已经变为有序。

2．快速排序法

快速排序法的基本思想：从线性表中选取一个元素，设为 T，将线性表后面小于 T 的元素移到前面，而前面大于 T 的元素移到后面，结果就将线性表分成了两部分，T 插入到其分界线的位置处，这个过程称为线性表的分割。通过对线性表一次分割，就以 T 为分界线，将线性表分为两个子表，前面子表中所有元素均不大于 T，后面子表中所有元素均不小于 T。

对分割后的各子表再按上述原则进行分割，直到所有子表变空为止，则线性表就变成了有序表。

快速排序法的关键是对线性表进行分割，以及对各分割出的子表再进行分割。

1.8.2 插入类排序法

1．简单插入排序法

插入排序是将无序序列中的各元素依次插入到已经有序的线性表中。插入过程如下。

先将第 j 个元素放入一个变量 T 中，然后从有序子表的最后一个元素开始，往前逐个与 T 比较，将大于 T 的元素均依次向后移动一个位置，直到发现一个元素不大于 T 为止，此时就将 T 插入到刚移出的空位置上，依此类推，可将 70、30、50 插入表 1–3 中。

表 1-3 插入排序法

20	25	35	40	45	55	60	65	75	80
A（1）	A（2）	A（3）	A（4）	A（5）	A（6）	A（7）	A（8）	A（9）	A（10）

2．希尔排序法

希尔排序法的基本思想如下：

将整个无序序列分割成若干小的子序列分别进行插入排序。子序列的分割方法是：将相邻某个增量 h 的元素构成一个子序列。在排序过程中，逐次减少这个增量，最后当 h 减到 1 时，进行一次插入排序。

增量序列一般取 $h_t=n/2k$（$k=1,2,\cdots,[\log_2 n]$），其中 n 为待排序序列的长度。

1.8.3 选择类排序法

1. 简单选择排序法

选择排序法的基本思想是：对整个线性表，从中选择出最小的的元素，将它交换到最前面，然后对剩下的子表采用同样的方法，直到子表空为止。

2. 堆排序法

堆排序法属于选择类的排序方法。堆的定义如下。

具有 n 个元素的序列（h_1、h_2、$\cdots$、h_n），当且仅当满足：

$h_i \geq h_{2i}$ 和 $h_i \geq h_{2i}+1$

$h_i \geq h_{2i}$ 和 $h_i \leq h_{2i}+1$

（$i=1$，2，$\cdots$，$n/2$）时称之为堆。这时只讨论前者堆。堆顶元素（第一个元素）必为最大项。

在实际处理中，可以用一维数组来存储堆序列中的元素，也可以用完全二叉树来直观地表示堆的结构，如序列（91，85，53，36，47，30，24，12）是一个堆，它所对应的是一棵完全两叉树。用完全二叉树表示堆时，树中的所有非叶子结点均不小于其左、右子树的根结点值，如图 1–17 所示。

在调整建堆的过程中，总是将根结点值与左、右子树的根结点值进行比较，若不满足堆的条件，则将左、右子树结点值中的大者与根结点进行交换，直到所有子树均为堆为止。

设无序序列 $H(1,2,...,n)$ 以完全二叉树表示，从完全二叉树的最后一个非叶子子结点（即第 $n/2$ 个元素）开始，直到根结点（即第一个元素）为止，对每一个结点进行调整建堆，最后就可以得到与该序列对应的堆。

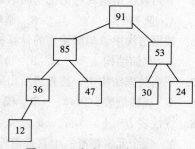

图 1-17 完全二叉树表示堆

如此得到堆的排序方法：

（1）首先将一个无序序列建成堆；

（2）然后将堆顶元素（序列中最大项）与堆中的最后一个元素交换（最大项应该在序列的最后）。

1.9 本 章 小 结

学习完本章之后要掌握以下内容：

（1）算法的基本概念；算法复杂度的概念和意义（时间复杂度与空间复杂度）。

（2）数据结构的定义；数据的逻辑结构与存储结构；数据结构的图形表示；线性结构与非线性结构的概念。

（3）线性表的定义；线性表的顺序存储结构及其插入与删除运算。

（4）栈和队列的定义；栈和队列的顺序存储结构及其基本运算。

（5）线性单链表、双向链表与循环链表的结构及其基本运算。

（6）树的基本概念；二叉树的定义及其存储结构；二叉树的前序、中序和后序遍历。

（7）顺序查找与二分法查找算法；基本排序算法（交换类排序、选择类排序、插入类排序）。

习　题　1

一、选择题

1. 栈和队列的共同特点是（　　　）。
   - A. 都是先进先出
   - B. 都是先进后出
   - C. 只允许在端点处插入和删除元素
   - D. 没有共同点

2. 已知二叉树后序遍历序列是 *dabec*，中序遍历序列是 *debec*，它的前序遍历序列是（　　　）。
   - A. *acbed*
   - B. *decab*
   - C. *deabc*
   - D. *cedba*

3. 链表不具有的特点是（　　　）。
   - A. 不必事先估计存储空间
   - B. 可随机访问任一元素
   - C. 插入和删除不需要移动元素
   - D. 所需空间与线性表长度成正比

4. 算法的时间复杂度是指（　　　）。
   - A. 执行算法程序所需要的时间
   - B. 算法程序的长度
   - C. 算法执行过程中所需要的基本运算次数
   - D. 算法程序中的指令条数

5. 下列数据结构具有记忆功能的是（　　　）。
   - A. 队列
   - B. 循环队列
   - C. 栈
   - D. 顺序表

6. 数据结构中，与所使用的计算机无关的是数据的（　　　）。
   - A. 存储结构
   - B. 物理结构
   - C. 逻辑结构
   - D. 物理和存储结构

7. 下列数据结构中，按先进后出原则组织数据的是（　　　）。
   - A. 线性链表
   - B. 栈
   - C. 循环链表
   - D. 顺序表

8. 线性表 $L = （a_1, a_2, a_3, \ldots a_i, \ldots, a_n）$，下列说法正确的是（　　　）。
   - A. 每个元素都有一个直接前件和直接后件
   - B. 线性表中至少要有一个元素
   - C. 表中诸元素的排列顺序必须是由小到大或由大到小
   - D. 除第一个元素和最后一个元素外，其余每个元素都有一个且只有一个直接前件和直接后件

9. 由两个栈共享一个存储空间的好处是（　　　）。
   - A. 减少存取时间，降低下溢发生的几率
   - B. 节省存储空间，降低上溢发生的几率
   - C. 减少存取时间，降低上溢发生的几率
   - D. 节省存储空间，降低下溢发生的几率

10. 树是结点的集合，它的根结点数目是（　　　）。
    - A. 有且只有 1
    - B. 1 或多于 1
    - C. 0 或 1
    - D. 至少 2

二、填空题

1. 算法的基本特征是可行性、确定性、_____和拥有足够的情报。

2. 在深度为 5 的满二叉树中，叶子结点的个数为_____。

3. 最简单的交换排序方法是_____。

4. 设一棵二叉树中有 3 个叶子结点，8 个度为 1 的结点，则该二叉树中总的结点数为_____。

5. 对于输入为 *N* 个数进行快速排序算法的平均时间复杂度是_____。

第2章
程序设计基础

自世界上第一台电子计算机诞生开始，特别是近 20 年来计算机技术的飞速发展与广泛应用已远远超出人们的预料。计算机的应用也日益普及和深入，并逐步渗透到人类生活的各个领域，有些不了解计算机的人把它看得非常神秘。其实计算机只不过是一种具有一定存储能力、在程序控制下自动工作的电子设备。所以要使计算机发挥巨大的作用，就必须为它编写种类不同的程序，而为了能使计算机识别这些程序，就需要有一种特定的编程语言，它是人与计算机进行信息交流的工具。

2.1　程序设计风格与方法

就程序设计方法和技术的发展而言，主要经过了结构化程序设计和面向对象的程序设计阶段。一般来讲，程序设计风格是指编写程序时所表现出的特点、习惯和逻辑思路。程序是由人来编写的，为了测试和维护程序，往往还要阅读和跟踪程序，因此程序设计的风格总体而言应该强调清晰且易于理解。

要形成良好的程序设计风格，主要应注重和考虑下述因素。

1. 源程序文档化

源程序文档化应考虑如下几点。

（1）符号名的命名：符号名的命名应具有一定的实际含义，以便于对程序功能的理解。

（2）程序注释：适当的注释能够帮助读者理解程序。

（3）视觉组织：为使程序的结构一目了然，可以在程序中利用空格、空行、缩进等技巧使程序层次清晰。

2. 数据说明的方法

在编写程序时，需要注意数据说明的风格，以便使程序中的数据说明更易于理解和维护。一般应注意如下几点：

（1）数据说明的次序规范化。鉴于程序理解、阅读和维护的需要，使数据说明次序固定，可以使数据的发生容易查找，也有利于测试、排错和维护。

（2）说明语句中变量安排有序化。当一个说明语句说明多个变量时，变量按照字母顺序为好。

（3）使用注释来说明复杂数据的结构。

3．语句的结构

程序应该简单易懂，语句构造应该简单直接，不应该为提高效率而把语句复杂化。一般应注意如下：

（1）在一行内只写一条语句；

（2）程序编写应优先考虑清晰性；

（3）除非对效率有特殊要求，程序编写要做到清晰第一，效率第二；

（4）首先要保证程序正确，然后才要求提高速度；

（5）避免使用临时变量而使程序的可读性下降；

（6）避免不必要的转移；

（7）尽可能使用库函数；

（8）避免采用复杂的条件语句；

（9）尽量减少使用"否定"条件的条件语句；

（10）数据结构要有利于程序的简化；

（11）要模块化，使模块功能尽可能单一化；

（12）利用信息隐蔽，确保每一个模块的独立性；

（13）从数据出发去构造程序；

（14）不要修补不好的程序，要重新编写。

4．输入和输出

无论是批处理的输入和输出方式，还是交互式的输入和输出方式，在设计和编程时都应该考虑如下原则：

（1）对所有的输入数据都要检验数据的合法性；

（2）检查输入项的各种重要组合的合理性；

（3）输入格式要简单，以使得输入的步骤和操作尽可能简单化；

（4）输入数据时，应允许使用自由格式；

（5）应允许缺省值；

（6）输入一批数据时，最好使用输入结束标志；

（7）在以交互式输入/输出方式进行输入时，要在屏幕上使用提示符明确提示输入的请求，同时在数据输入过程中的输入结束时，应在屏幕上给出状态信息；

（8）当程序设计语言对输入格式有严格要求时，应保持输入格式与输入语句的一致性；给所有的输入添加注释，并设计输出报表格式。

2.2　结构化程序设计

2.2.1　结构化程序设计的原则

结构化程序设计方法的主要原则可以概括为自顶向下、逐步求精、模块化、限制使用 goto 语句。

1．自顶向下

程序设计时，应先考虑总体，后考虑细节；先考虑全局目标，后考虑局部目标。不要一开始就过多追求众多的细节，应该先从最上层总目标开始设计，逐步使问题具体化。

2．逐步求精

对复杂问题，应设计一些子目标作过渡，逐步细化。

3．模块化

一个复杂问题，肯定是由若干稍简单的问题构成的。模块化是把程序要解决的总目标分解为分目标，再进一步分解为具体的小目标，把每个小目标称为一个模块。

4．限制使用 goto 语句

使用 goto 语句经实验证实：

（1）滥用 goto 语句确实有害，应该避免；

（2）完全避免使用 goto 语句也并非是个明智的方法，有些地方使用 goto 语句，会使程序效率更高；

（3）争论的焦点不应该放在是否取消 goto 语句，而是应该放在用什么样的程序结构上。

其中最关键的是，要以提高程序的清晰性为目标。

2.2.2　结构化程序设计的基本结构与特点

1．顺序结构

顺序结构是最简单的程序设计结构，也是最基本、最常用的结构，所谓顺序执行是指按照程序语句行的自然顺序，一条语句一条语句地执行程序，如图 2-1 所示。

2．选择结构

选择结构又称为分支结构，它包括简单选择和多分支选择结构，这种结构可以根据设定的条件，判断应该选择哪一条分支来执行相应的语句序列，如图 2-2 所示。

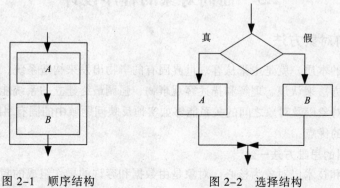

图 2-1　顺序结构　　　　　　　　图 2-2　选择结构

3．循环结构

循环结构又称为重复结构，它根据给定的条件，判断是否需要重复执行某一相同的或类似的程序段，利用重复结构可简化大量的程序行。重复结构分为如下两类：

（1）当型循环结构：先判断后执行，程序易于理解、使用和维护；结构如图 2-3 所示。

（2）直到型循环结构：先执行后判断，提高编程工作的效率，降低软件开发成本，结构如图 2-4 所示。

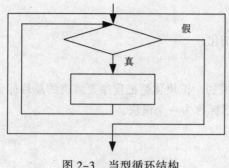

图 2-3　当型循环结构

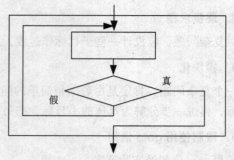

图 2-4　直到型循环结构

2.2.3　结构化程序设计原则和方法的应用

要注意把握如下要素：

（1）使用程序设计语言中的顺序、选择、循环等有限的控制结构表示程序的控制逻辑。

（2）选用的控制结构只准许有一个入口和一个出口；

（3）程序语句组成容易识别的块，每个块只有一个入口和一个出口；

（4）复杂结构应该由嵌套的基本控制结构进行组合嵌套来实现；

（5）语言中所没有的控制结构，应该采用前后一致的方法来模拟；

（6）严格控制 goto 语句的使用。其原则如下：

① 用一个非结构化的程序设计语言去实现一个结构化的构造；

② 若不使用 goto 语句会使功能模糊；

③ 在某种可以改善而不损害程序可读性的情况下。

2.3　面向对象的程序设计

2.3.1　关于面向对象方法

面向对象方法的本质，就是主张从客观世界固有的事物出发来构造系统，提倡用人类在现实生活中常用的思维方法来认识、理解和描述客观事物，强调最终建立的系统能够映射问题域，也就是说，系统中的对象以及对象之间的关系能够如实地反映问题域中的固有事物及其关系。

面向对象方法的优点：

1. 与人类习惯的思维方法一致

面向对象方法和技术以对象为核心。对象是由数据和容许的操作组成的封装体，与客观实体有直接的关系。对象之间通过传递消息互相联系，以模拟现实世界中不同事物彼此之间的联系。

面向对象的设计方法与传统的面向过程的方法有本质的不同，这种方法的基本原理是：使用现实世界的概念抽象地思考问题，从而自然地解决问题。它强调模拟现实世界中的概念而不强调算法，它鼓励开发者在软件开发的绝大部分过程中都用应用领域的要领去思考。

2．稳定性好

面向对象方法基于构造问题领域的对象模型，以对象为中心构造软件系统。它的基本作法是用对象模拟问题领域小的实体，以对象间的联系刻画实体间的联系。因为面向对象的软件系统结构是根据问题领域的模型建立起来的，而不是基于对系统应完成的功能的分解，所以，当对系统的功能需求变化时并不会引起软件结构的整体变化，往往仅需要作一些局部性的修改。由于现实世界中的实体是相对稳定的，因此，以对象为中心构造的软件系统也是比较稳定的。

3．可重用性好

软件重用是指在不同的软件开发过程中，重复作用相同或相似软件元素的过程。重用是提高软件生产率的最主要的方法。

在面向对象方法中所使用的对象，其数据和操作是作为平等伙伴出现的。因此，对象具有很强的自含性。此外，对象所固有的封装性，使得对象的内部实现与外界隔离，具有较强的独立性。由此可见，对象提供了比较理想的模块化机制和可重用的软件成分。

4．易于开发大型软件产品

用面向对象范型开发软件时，可以把一个大型产品看作一系列本质上相互独立的小产品来处理，这就不仅降低了开发的技术难度，而且也使得对开发工作的管理变得容易。这就是为什么对于大型软件产品来说，面向对象范型优于结构化范型的原因之一。许多软件开发公司的经验都表明，当把面向对象技术用于大型软件开发时，软件成本明显地降低了，软件的整体质量也提高了。

5．可维护性好

用面向对象的方法开发的软件稳定性比较好、容易修改、容易理解且易于测试和调试。

2.3.2　面向对象方法的基本概念

1．对象（object）

对象是面向对象方法中最基本的概念。对象可以用来表示客观世界中的任何实体，也就是说，应用领域中有意义的、与所要解决的问题有关系的任何事物都可以作为对象，它既可以是具体的物理实体的抽象，也可以是人为的概念，或者是任何有明确边界的意义的东西。总之，对象是对问题域中某个实体的抽象，设立某个对象就反映软件系统保存有关它的信息，并具有与它进行交互的能力。

面向对象的程序设计方法中涉及的对象是系统中用来描述客观事物的一个实体，是构成系统的一个基本单位，它由一组表示其静态特征的属性和它可执行的一组操作组成。

对象可以做的操作表示它的动态行为，在面向对象分析和面向对象设计中，通常把对象的操作称为方法或服务。

属性即对象所包含的信息，它在设计对象时确定，一般只能通过对象的操作来改变。

操作描述了对象执行的功能，若通过消息传递，还可以为其他对象使用。操作的过程对外是封闭的，即用户只能看到这一操作实施后的结果。这相当于事先已经设计好的各种过程，只需要调用就可以了，用户不必去关心这一过程是如何编写的。事实上，这个过程已经封装在对象中，用户也看不到。这一特性即对象的封装性。

对象有如下一些基本特点。

（1）标识唯一性。指对象是可区分的，并且由对象的内在本质来区分，而不是通过描述来区分。

（2）分类性：指可以将具有相同属性的操作对象抽象成类。

（3）多态性：指同一个操作可以是不同对象的行为。

（4）封装性：从外面看只能看到对象的外部特性，即只需知道数据的取值范围和可以对该数据施加的操作，根本无须知道数据的具体结构以及实现操作的算法。对象的内部即处理能力的实行和内部状态，对外是不可见的。从外面不能直接使用对象的处理能力，也不能直接修改其内部状态，对象的内部状态只能由其自身改变。

（5）模块独立性好：对象是面向对象的软件的基本模块，它是由数据以及可以对这些数据施加的操作所组成的统一体，而且对象是以数据为中心的，操作围绕对其数据所需做的处理来设置，没有无关的操作。从模块的独立性考虑，对象内部各种元素彼此结合得很紧密，内聚性强。

2. 类（class）和实例（instance）

将属性、操作相似的对象归为类，也就是说，类是具有共同属性、共同方法的对象的集合。所以，类是对象的抽象，它描述了属于该对象类型的所有对象的性质，而一个对象则是其对应类的一个实例。

需要注意的是，当使用"对象"这个术语时，既可以指一个具体的对象，也可以泛指一般的对象，但是，当使用"实例"这个术语时，必然是指一个具体的对象。

例如：Integer 是一个整数类，它描述了所有整数的性质。因此任何整数都是整数类的对象，而一个具体的整数"123"是类 Integer 的实例。

由类的定义可知，类是关于对象性质的描述，它同对象一样，包括一组数据属性和在数据上的一组合法操作。

3. 消息（message）

面向对象的世界是通过对象与对象间彼此的相互合作来推动的，对象间的这种相互合作需要一个机制协助进行，这样的机制称为"消息"。消息是在一个实例与另一个实例之间传递的，它请示对象执行某一处理或回答某一要求的信息，它统一了数据流的控制流。消息的使用类似于函数调用，消息中指定了某一个实例，一个操作名和一个参数表（可空）。接收消息的实例执行消息中指定的操作，并将形式参数与参数表中相应的值结合起来。在消息传递过程中，由发送消息的对象（发送对象）的触发操作产生输出结果，作为消息传送至接收消息的对象（接收对象），引发接收消息的对象一系列的操作。所传送的消息实质上是接收对象所具有的操作/方法名称，有时还包括相应的参数。

消息中只包含传递者的要求，它告诉接收者需要做哪些处理，但并不指示接收者应该怎样完成这些处理。消息完全由接收者解释，接收者独立决定采用什么方式完成所需的处理，发送者对接收者不起任何控制作用。一个对象能够接收不同形式、不同内容的多个消息；相同形式的消息可以送往不同的对象，不同的对象对于形式相同的消息可以有不同的解释，能够做出不同的反映。一个对象可以同时给多个对象传递信息，两个对象也可以同时向某个对象传递消息。

例如，一个汽车对象具有"行驶"这项操作，那么要让汽车以时速 50km 行驶，需要传递给汽车对象"行驶"及"时速 50km"的消息。

通常，一个消息由下述三部分组成：

（1）接收消息的对象的名称；

（2）消息标识符（也称为消息名）；

（3）零个或多个参数。

4．继承（inheritance）

继承是面向对象的方法的一个主要特征。继承是使用已有的类定义作为基础建立新类的定义技术。已有的类可当作基类来引用，则新类相应地可当作派生类来引用。

广义地说，继承是指能够直接获得已有的性质和特征，而不必重复定义它们。

面向对象软件技术的许多强有力的功能和突出的优点，都来源于把类组成一个层次结构的系统：一个类的上层可以有父类，下层可以有子类。这种层次结构系统的一个重要性质是继承性，一个类直接继承其父类的描述（数据和操作）或特性，子类自动地共享基类中定义的数据和方法。

继承具有传递性，如果类 C 继承类 B，类 B 继承类 A，则类 C 继承类 A。因此一个类实际上继承了它上层的全部基类的特性，也就是说，属于某类的对象除了具有该类所定义的特性外，还具有该类上层全部基类定义的特性。

继承分为单继承与多重继承。单继承是指一个类只允许有一个父类，即类似于树形结构。多重继承是指一个类允许有多个父类。多重继承的类可以组合多个父类的性质构成所需要的性质。因此，功能更强，使用更方便；但是，使用多重继承时要注意避免二义性。

继承性的优点是，相似的对象可以共享程序代码和数据结构，从而大大减少程序中的冗余信息，提高软件的可重用性，便于软件个性维护。此外，继承性使用户在开发新的应用系统时不必完全从零开始，可以继承原有的相似系统的功能或者从类库中选取需要的类，再派生出新的类以实现所需要的功能。

5．多态性（polymorphism）

对象根据所接收的消息而做出动作，同样地，消息被不同的对象接收时，可导致完全不同的行动，该现象称为多态性。在面向对象的软件技术中，多态性是指类对象可以像父类对象那样使用，同样的消息既可以发送给父类对象，也可以发送给子类对象。

多态性机制不仅增加了面向对象软件系统的灵活性，进一步减少了信息冗余，而且显著地提高了软件的可重用性和可扩充性。当扩充系统功能增加新的实体类型时，只需派生出与新实体类相应的新的子类，完全无须修改原有的程序代码，甚至不需要重新编译原有的程序。利用多态性，用户能够发送一般形式的消息，而将所有的实现细节都留给接收消息的对象。

2.4 本章小结

学习完本章之后要掌握以下内容：

（1）程序设计方法与风格；

（2）结构化程序设计；

（3）面向对象的程序设计方法、对象、方法、属性及继承与多态性。

习　题　2

一、选择题

1. 在结构化程序设计思想提出之前，在程序设计中强调程序的效率。与程序的效率相比，人们更重视程序的（　　）。
   A. 安全性　　　　　　　B. 一致性　　　　　　C. 可理解性　　　　D. 合理性

2. 对建立良好的程序设计风格，下面描述正确的是（　　）。
   A. 程序应简单、清晰、可读性好　　　　　B. 符号名的命名只要符合语法即可
   C. 充分考虑程序的执行效率　　　　　　　D. 程序的注释可有可无

3. 在设计程序时，应采纳的原则之一是（　　）。
   A. 不限制 goto 语句的使用　　　　　　　B. 减少或取消注释行
   C. 程序越短越好　　　　　　　　　　　　D. 程序结构应有助于读者理解

4. 结构化程序设计主要强调的是（　　）。
   A. 程序的规模　　　　　　　　　　　　　B. 程序的易读性
   C. 程序的执行效率　　　　　　　　　　　D. 程序的可移植性

5. 下列叙述中，不属于结构化程序设计方法的主要原则的是（　　）。
   A. 自顶向下　　　　　B. 由底向上　　　　C. 模块化　　　　D. 限制使用 goto 语句

6. 以下不属于对象的基本特点的是（　　）。
   A. 分类性　　　　　　B. 多态性　　　　　C. 继承性　　　　D. 封装性

7. 下面关于对象的描述错误的是（　　）。
   A. 任何对象都必须有继承性　　　　　　　B. 对象是属性和方法的封装体
   C. 对象间的通信靠消息传递　　　　　　　D. 操作是对象的动态属性

8. 在下列概念中，不属于面向对象方法的是（　　）。
   A. 对象　　　　　　　B. 继承　　　　　　C. 类　　　　　　D. 过程调用

9. 在面向对象方法中，一个对象请求另一对象为其服务的方式是通过发送（　　）。
   A. 调用语句　　　　　B. 命令　　　　　　C. 口令　　　　　D. 消息

10. 面向对象的设计方法与传统的面向过程的方法有本质的不同，它的基本原理是（　　）。
    A. 模拟现实世界中不同事物之间的联系
    B. 强调模拟现实世界中的算法，而不强调概念
    C. 使用现实世界的概念抽象地思考问题从而自然地解决问题
    D. 鼓励开发者在软件开发的绝大部分中都用实际领域的概念去思考

二、填空题

1. 结构化程序设计的 3 种结构是_____、_____、_____。
2. 结构化程序设计的主要特点是_____。
3. _____是一个支持集成的抽象数据类型，而对象是它的实例。
4. 对象实现了数据和操作的结合，是指对数据和数据的操作进行_____。
5. 在面向对象方法中，类之间共享属性和操作的机制称为_____。

第3章

软件工程基础

软件工程（Software Engineering，SE）是一门研究用工程化方法构建和维护有效、实用和高质量的软件的学科。它涉及到程序设计语言、数据库、软件开发工具、系统平台、标准、设计模式等方面。

在现代社会中，软件应用于多个方面。典型的软件有电子邮件、嵌入式系统、人机界面、办公套件、操作系统、编译器、数据库、游戏等。同时，各个行业几乎都有计算机软件的应用，比如工业、农业、银行、航空、政府部门等。这些应用促进了经济和社会的发展，使得人们的工作更加高效，同时提高了生活质量。

3.1 软件工程概述

3.1.1 软件的组成与软件特点

1. 软件的组成

软件指的是计算机系统中与硬件相互依赖的另一部分，包括程序、数据和有关文档的完整集合。程序是对计算机的处理对象和处理规则的描述，是软件开发人员根据用户需求开发的、用程序语言描述的、适合计算机执行的指令序列。数据是使程序能正常操作信息的数据结构。文档是为了便于了解程序所需的资源说明，是与程序的开发、维护和使用有关的资料。由此可见，软件由以下两部分组成：

（1）机器可执行的程序和数据；

（2）与软件开发、运行、维护及使用等有关的文档。

2. 软件的特点

国标（GB）中对软件的定义为：与计算机系统的操作有关的计算机程序、规程、规则，以及可能有的文件、文档及数据。

软件具有如下特点：

（1）软件是逻辑产品，而不是物理实体，它具有无形性，通过计算机的执行才能体现它的功能和作用；

（2）没有明显的制作过程，其成本主要体现在软件的开发和研制上，可进行大量的复制；

（3）不存在磨损和消耗问题；

（4）软件的开发、运行对计算机系统具有依赖性；

（5）开发和维护成本高；

（6）软件开发涉及诸多社会因素。

3．软件的分类

结合应用观点，软件可分为应用软件、系统软件和支撑软件 3 类。

（1）应用软件：它是特定应用领域内专用的软件。

（2）系统软件：居于计算机系统中最靠近硬件的一层，是计算机管理自身资源，提高计算机使用效率并为计算机用户提供各种服务的软件。

（3）支撑软件：介于系统软件和应用软件之间，是支撑其他软件的开发与维护的软件。

4．软件的作用

软件是用户与硬件之间的接口，是计算机系统的指挥者，是计算机系统结构设计的重要依据。

3.1.2　软件危机与软件工程

1．软件的产生和发展

软件生产的发展经历了程序设计时代、程序系统时代和软件工程时代。

（1）程序设计时代

从第一台计算机上的第一个程序的出现到实用的高级程序设计语言出现以前（1945～1956 年）。程序设计时代的生产方式是个体手工劳动，使用的工具是机器语言、汇编语言，主要通过编程来实现，不重视程序设计方法。

（2）程序系统时代

从实用的高级程序设计语言出现到软件工程出现以前（1956～1968 年）。程序系统时代的生产方式是作坊式小集团生产，生产工具是高级语言，开始提出结构化方法，但开发技术还没有根本性突破，开发人员素质和开发技术不适应规模大、结构复杂的软件开发，导致了软件危机的产生。

（3）软件工程时代

从软件工程出现至今（1968 年至今）软件工程时代的生产方式是工程化生产，使用数据库、开发工具、开发环境、网络等先进的开发技术和方法，使生产效率大大提高，但未能完全摆脱软件危机。

2．软件危机

在软件发展第二阶段末期，随着第二代计算机的诞生而产生。第三代计算机（集成电路计算机）与第二代计算机相比，性能大大提高。随着计算机软件规模的扩大，软件本身的复杂性不断增加，研制周期显著变长，正确性难以保证，软件开发费用上涨，生产效率急剧下降，从而出现了人们难以控制软件发展的局面，即所谓的"软件危机"。软件危机主要表现在以下几个方面：

（1）软件需求的增长得不到满足；

（2）软件开发成本和进度无法控制；

（3）软件质量难以保证；

（4）软件不可维护或维护程度非常低；

（5）软件成本不断提高；

（6）软件开发生产效率的提高赶不上硬件的发展和应用需求的增长。

总之，可以将软件危机归结为成本、质量和生产率等问题。

3. 软件工程的产生

为了摆脱软件危机，北大西洋公约组织成员国软件的一名工作者于 1968 年和 1969 年两次召开会议（NATO 会议），认识早期软件开发中所存在的问题和产生问题的原因，提出软件工程的概念。

国标中指出软件工程是应用于计算机软件的定义、开发和维护的一整套方法、工具、文档、实践标准和工序。

软件工程包括 3 个要素，即方法、工具和过程。方法是完成软件工程项目的技术手段；工具支持软件的开发、管理、文档生成；过程支持软件开发的各个环节的控制、管理。

自软件工程概念的提出，该研究领域吸引了众多的学者，并开展了大量的理论和技术的研究，形成了"软件工程学"这一计算机科学中的分支。它所包含的内容可概括为以下两点：

（1）软件开发技术：主要有软件开发方法学、软件工具、软件工程环境。

（2）软件工程管理：主要有软件管理、软件工程经济学。

3.1.3 软件工程过程

ISO 9000 定义：软件工程过程是把输入转化为输出的一组彼此相关的资源和活动。

软件工程过程包含如下 4 种基本活动：

（1）软件规格说明 P（Plan）：规定软件的功能及其运行机制。

（2）软件开发 D（Do）：产生满足规格说明的软件。

（3）软件确认 C（Check）：确认软件能够满足客户提出的要求。

（4）软件演进 A（Action）：为满足客户的变更要求，软件必须在使用过程中演进。

3.1.4 软件生命周期

软件产品从提出、实现、使用、维护到停止使用退役的过程称为软件生命周期。

在国家标准"计算机软件开发规范"中，把软件生命周期划分为 8 个阶段，即可行性研究与计划、需求分析、概要设计、详细设计、实现、综合测试、确认测试、使用与维护，对每个阶段，都明确规定了该阶段的任务、实施方法、实施步骤和完成标志，其中特别规定了每个阶段需要产生的文档。

当前出现的软件生命周期模型有瀑布模型、快速原型模型、操作模型、组装可再用部件模型、螺旋式模型以及基于知识的模型。

瀑布模型将软件生命周期的各项活动规定为依次连续的若干阶段，形如瀑布。瀑布模型在支持结构化软件开发、控制软件开发的复杂性、促进软件开发工程化等方面起着显著的作用。

瀑布模型在大量的软件开发实践中也逐渐暴露出它的缺点，其中最为突出的缺点是该模型缺乏灵活性，无法通过开发活动澄清本来不够确切的软件需求，而这些问题可能导致开发出的软件并不是用户真正需要的软件，反而要进行返工或不得不在维护中纠正需求的偏差，为此必须付出高昂的代价，为软件开发带来不必要的损失。

快速原型模型是软件开发人员针对软件开发初期在确定软件系统需求方面存在的困难，借鉴建筑师在设计和建造原型方面的经验，根据客户提出的软件要求，快速地开发一个原型。它向客户展示了待开发软件系统的全部或部分功能和性能，在征求客户对原型意见的过程中，进一步修改、完善、确认软件系统的需求并达到一致的理解。

3.1.5 软件工程的目标与原则

1. 软件工程的目标

软件工程的目标是，在给定成本、进度的前提下，开发出具有有效性、可靠性、可理解性、可维护性、可重用性、可适应性、可移植性、可追踪性和可互操作性且满足用户需求的产品。

软件工程研究的内容主要包括软件开发技术和软件工程管理。

（1）软件开发技术：软件开发技术包括：软件开发方法学、开发过程、开发工具和软件工程环境，其主体内容是软件开发方法学。

软件开发方法学是从不同的软件类型，按不同的观点和原则，对软件开发中应遵循的策略、原则、步骤和必须产生的文档资料做出规定，从而使软件的开发能够规范化和工程化，以克服早期的手动方式生产中的随意性和非规范性。

现代软件工程方法得以实施，重要的保证是软件开发工具和环境。软件开发环境是方法与工具的结合以及配套的软件的有机组合。

（2）软件工程管理：软件工程管理包括软件管理学、软件工程经济学、软件心理学等内容。软件工程管理是软件按工程化生产时的重要环节，它要求按照预先制定的计划、进度和预算执行，以实现预期的经济效益和社会效益。工程管理包括人员组织、进度安排、质量保证和成本核算等；软件工程经济学是研究软件开发中对成本的估算、成本效益分析的方法和技术。它应用经济学的基本原理来研究软件工程开发中的经济效益问题；软件心理学从个体心理、人类行为、组织行为和企业文化等角度来研究软件管理和软件工程。

2. 软件工程的原则

软件工程的原则包括抽象、信息隐蔽、模块化、局部化、确定性、一致性、完备性和可验证性。

（1）抽象：抽象事物最基本的特性和行为，忽略非本质细节，采用分层次抽象，自顶向下，逐层细化的方法控制软件开发过程的复杂性。

（2）信息隐蔽：采用封装技术将程序模块的实现细节隐藏起来，使模块接口尽量简单。

（3）模块化：模块是程序中相对独立的成分，一个独立的编程单位应有良好的接口定义。模块的大小要适中，模块过大会使模块内部的复杂性增加，不利于模块的理解和修改，也不利于模块的调试和重用；模块太小会导致整个系统表示过于复杂，不利于控制系统的复杂性。

（4）局部化：要求在一个物理模块内集中逻辑上相互关联的计算资源，保证模块间具有松散的耦合性，模块内部有较强的内聚性，这有助于控制系统的复杂性。

（5）确定性：软件开发过程中所有概念的表达应是确定、无歧义且规范的，这有助于人与人的交互，不会产生误解和遗漏，以保证整个开发工作的协调一致。

（6）一致性：一致性包括程序、数据和文档的整个软件系统的各模块应使用已知的概念、符号和术语；程序内外部接口应保持一致，系统规格说明与系统行为应保持一致。

（7）完备性：软件系统不丢失任何重要成分，完全实现系统所需的功能。

（8）可验证性：开发大型软件系统需要对系统自顶向下，逐层分解。系统分解应遵循容易检查、测评、评审的原则，以确保系统的正确性。

3.1.6　软件开发工具与软件开发环境

1．软件开发工具

软件开发工具是指协助开发人员进行软件开发活动所使用的软件或环境，它包括需求分析工具、设计工具、编码工具、排错工具、测试工具等。

2．软件开发环境

软件开发环境是指支持软件产品开发的软件系统，它由软件工具集和环境集成机制构成。工具集包括支持软件开发相关过程、活动、任务的软件工具，以便对软件开发提供全面的支持。环境集成机制为工具集和软件开发、维护与管理提供统一的支持，它通常包括数据集成、控制集成和界面集成 3 个部分。

3.2　结构化分析方法概述

软件开发方法是软件开发过程所遵循的方法和步骤，其目的在于有效地得到一些工作产品，即程序和文档，并且满足质量要求。软件开发方法包括分析方法、设计方法和程序设计方法。

3.2.1　需求分析与需求分析方法

1．需求分析

软件需求是指用户对目标软件系统在功能、行为、性能、设计约束等方面的期望。需求分析的任务是发现需求、求精、建模和定义需求的过程。需求分析将创建所需的数据模型、功能模型和控制模型。

（1）需求分析的定义如下：

① 用户解决问题或达到目标所需的条件或权能；

② 系统或系统部件要满足合同、标准、规范或其他正式规定文档所需具有的条件或权能；

③ 一种反映 A 或 B 所描述的条件或权能的文档说明。

由需求分析定义可知，需求分析的内容包括：提炼、分析和仔细审查已收集到的需求；确保所有利益相关者都明白其含义并找出其中的错误、遗漏或其他不足的地方；从用户最初的非形式化需求到满足用户对软件产品的要求的映射；对用户意图不断进行提示和判断。

（2）需求分析阶段的工作。

需求分析阶段的工作可以概括为如下 4 个方面。

① 需求获取：需求获取的目的是确定对目标系统的各方面需求。涉及到的主要任务是建立

获取用户需求的方法框架，并支持和监控需求获取的过程。

② 需求分析：对获取的需求进行分析和综合，最终给出系统的解决方案和目标系统的逻辑模型。

③ 编写需求规格说明书：需求规格说明书作为需求分析的阶段成果，可以为用户、分析人员和设计人员之间的交流提供方便，可以直接支持目标软件系统的确认，又可以作为控制软件开发进程的依据。

④ 需求评审：在需求分析的最后一步，对需求分析阶段的工作进行评审，验证需求文档的一致性、可行性、完整性和有效性。

2．需求分析方法

常见的需求分析方法有如下两种：

（1）结构化分析方法

结构化分析方法主要包括面向数据流的结构化分析方法（Structured Analysis，SA）、面向数据结构的 Jackson 方法（Jackson System Development，JSD）、面向数据结构的结构化数据系统开发方法（Data Structured System Development，DSSD）。

（2）面向对象的分析方法

从需求分析建立的模型的特性来分，需求分析方法又分为静态分析方法和动态分析方法。

3.2.2　结构化分析方法

1．关于结构化分析方法

结构化分析方法是结构化程序设计理论在软件需求分析阶段的运用。

对于面向数据流的结构化分析方法，按照 DeMarco 的定义，"结构化分析就是使用数据流图（DFD）、数据字典（DD）、结构化语言、判定表和判定树等工具，来建立一种新的、称为结构化规格说明的目标文档。"

结构化分析方法的实质是着眼于数据流自顶向下、逐层分解、建立系统的处理流程，以数据流图和数据字典为主要工具建立系统的逻辑模型。

结构化分析的步骤如下：

（1）通过对用户的调查，以软件的需求为线索，获得当前系统的具体模型；

（2）去掉具体模型中的非本质因素，抽象出当前系统的逻辑模型；

（3）根据计算机的特点分析当前系统与目标系统的差别，建立目标系统的逻辑模型；

（4）完善目标系统并补充细节，写出目标系统的软件需求规格说明；

（5）评审直到确认完全符合用户对软件的需求。

2．结构化分析的常用工具

（1）数据流图

数据流图（Data Flow Diagram，DFD）是描述数据处理过程的工具，是需求理解的逻辑模型的图形表示，它直接支持系统的功能建模。

（2）数据字典

数据字典（Data Dictionary，DD）是结构化分析方法的核心。数据字典是对所有与系统相关的数据元素的一个有组织的列表，以及精确的、严格的定义，使得用户和系统分析员对于输入、输出、存储成分和中间计算结果有共同的理解。数据字典把不同的需求文档和分析模型紧密地结合在一起，与各模型的图形表示配合，能清楚地表达数据处理的要求。

概括地说，数据字典的作用是对 DFD 中出现的被命名的图形元素的确切解释。通常数据字典包括的信息有名称、别名、何处作用、如何使用、内容描述、补充信息等。

（3）判定树

使用判定树进行描述时，应先从问题定义的文字描述中分清哪些是判定的条件，哪些是判定的结论，根据描述材料中的连接词找出判定条件之间的从属关系、并列关系、选择关系，根据它们构造判定树。

（4）判定表

判定表与判定树相似，当数据流图中的加工要依赖于多个逻辑条件的取值，即完成该加工的一组动作是由于某一组条件取值的组合而引发的，使用判定表描述比较适宜。判定表由 4 部分组成：基本条件、条件项、基本动作、动作项。

3.2.3　软件需求规格说明书

软件需求规格说明书（Software Requirement Specification，SRS）是需求分析阶段的最后成果，是软件开发中的文档之一。

1. 软件需求规格说明书的作用

（1）便于用户、开发人员理解和进行交流。

（2）反映出用户问题的结构，可以作为软件开发工作的基础和依据。

（3）作为确认测试的验收的依据。

2. 软件需求规格说明书的内容框架

一、概述

二、数据描述

- 数据流图
- 数据字典
- 系统接口说明
- 内部接口

三、功能描述

- 功能
- 处理说明
- 设计的限制

四、性能描述

- 性能参数
- 测试种类
- 预期的软件响应
- 应考虑的特殊问题

五、参考文献目录

六、附录 A

其中，各部分的含义如下。

（1）概述是从系统的角度描述软件的目标和任务。

（2）数据描述是对软件系统所必须解决的问题做出的详细说明。

（3）功能描述描述了为解决用户问题所需要的每一项功能的过程细节。对每一项功能要给出处理说明和在设计时需要考虑的限制条件。

（4）在性能描述说明系统应达到的性能和应该满足的限制条件、检测方法和标准、预期的软件响应和可能需要考虑的特殊问题。

（5）参考文献目录中应包括与该软件有关的全部参考文献，其中包括前期的其他文档、技术参考资料、产品目录手册以及标准等。

（6）附录 A 部分包括一些补充资料。

3．软件需求规格说明书的特点

软件需求规格说明书是确保软件质量的有力措施，衡量软件需求规格说明书质量好坏的标准、标准的优先级及标准的内涵如下所示。

（1）正确性：体现待开发系统的真实要求。

（2）无歧义性：对每一个需求只有一种解释，其陈述具有唯一性。

（3）完整性：包括全部有意义的需求，功能的、性能的、设计的、约束的，属性或外部接口等方面的需求。

（4）可验证性：描述的每一个需求都是可以验证的，即存在有限代价的有效过程验证确认。

（5）一致性：各个需求的描述无矛盾。

（6）可理解性：需求说明书必须简明易懂，尽量少包含计算机的要领和术语，以便用户和软件人员都能接受它。

（7）可修改性：SRS 的结构风格在需求有必要改变时是易于实现的。

（8）可追踪性：可追踪每一个需求的来源、流向是清晰的，当产生和改变文件编制时，可以方便地引证每一个需求。

3.3　结构化设计方法

3.3.1　软件设计的基本概念

1．软件设计的基础

软件设计是软件工程的重要阶段，是一个把软件需求转换为软件表示的过程。软件设计的重要性和地位概括为以下几点：

（1）软件开发阶段（设计、编码、测试）占软件项目开发总成本的绝大部分，是在软件开发中形成质量的关键环节；

（2）软件设计是开发阶段最重要的步骤，是将需求准确地转化为完整的软件产品或系统的唯一途径；

（3）软件设计做出的决策，最终影响软件实现的成败；

（4）设计是软件工程和软件维护的基础。

从技术观点上看，软件设计包括软件结构设计、数据设计、接口设计、过程设计。其中，结构设计定义软件系统各主要部件之间的关系；数据设计将分析时创建的模块转化为数据结构的定义；接口设计是描述软件内部、软件和协作系统之间以及软件与人之间如何通信；过程设计则是把系统结构部件转换为软件的过程性描述。

从工程管理角度来看，软件设计分两步完成：概要设计和详细设计。

软件设计的一般过程是：软件设计是一个迭代的过程；先进行高层次的结构设计；然后进行低层次的过程设计；穿插进行数据设计和接口设计。

2. 软件设计的基本原理

（1）抽象：抽象是一种思维工具，就是把事物本质的共同特性提取出来而不考虑其他细节。

（2）模块化：模块是指把一个待开发的软件分解成若干小的简单的部分。模块化是指解决一个复杂问题时自顶向下逐层把软件系统划分成若干模块的过程。

（3）信息隐蔽：信息隐蔽是指在一个模块内包含的信息（过程或数据），对于不需要这些信息的其他模块来说是不能访问的。

（4）模块独立性：模块独立性是指每个模块只完成系统要求的独立的子功能，并且与其他模块的联系最少且接口简单。

模块的独立程度是评价设计好坏的重要度量标准。衡量软件的模块独立性使用耦合性和内聚性两个定性的度量标准。

内聚性是度量一个模块功能强度的一个相对指标，耦合性则用来度量模块之间的相互联系程度。

① 耦合可以分为下列几种，它们之间的耦合度由高到低排列。

内容耦合：若一个模块直接访问另一个模块的内容，则这两个模块称为内容耦合。

公共耦合：若一组模块都访问同一个全局数据结构，则称为公共耦合。

外部耦合：若一组模块都访问同一个全局数据项，则称为外部耦合。

控制耦合：若一个模块明显地把开关量、名字等信息送入另一个模块，控制另一个模块的功能，则称为控制耦合。

标记耦合：若两个以上的模块都需要其余某一数据结构的子结构时，不使用其余全局变量的方式而全部使用记录传递的方式，这样的耦合称为标记耦合。

数据耦合：若一个模块访问另一个模块，被访问模块的输入和输出都是数据项参数，则这两个模块为数据耦合。

非直接耦合：若两个模块没有直接关系，它们之间的联系完全是通过程序的控制和调用来实现的，则称这两个模块为非直接耦合，这样的耦合独立性最强。

② 内聚是从功能角度来衡量模块的联系，它描述的是模块内的功能联系。内聚有如下种类，它们之间的内聚度由弱到强排列。

偶然内聚：模块中的代码无法定义其不同功能的调用，但它使该模块能执行不同的功能，这种模块为巧合强度模块。

逻辑内聚：这种模块把几种相关的功能组合在一起，每次被调用时，由传送给模块的参数来确定该模块应完成哪一种功能。

时间内聚：这种模块顺序完成一类相关功能，比如初始化模块，它顺序地为变量置初值。

过程内聚：如果一个模块内的处理元素是相关的，而且必须以特定次序执行，则称为过程内聚。

通信内聚：这种模块除了具有过程内聚的特点外，还有另外一种关系，即它的所有功能都通过使用公用数据而发生关系。

顺序内聚：如果一个模块内各个处理元素和同一个功能密切相关，而且这些处理必须顺序执行，处理元素的输出数据作为下一个处理元素的输入数据，则称为顺序内聚。

功能内聚：如果一个模块包括为完成某一具体任务所必需的所有成分，或者说模块中所有成分结合起来是为了完成一个具体的任务，此模块则称为功能内聚模块。

耦合性与内聚性是模块独立性的两个定性标准，耦合与内聚是相互关联的。在程序结构中，各模块的内聚性越强，则耦合性越弱。一般较优秀的软件设计，应尽量做到高内聚，低耦合，即减弱模块之间的耦合性和提高模块内的内聚性，有利于提高模块的独立性。

3. 结构化设计方法

结构化设计方法的基本要求是，在详细设计阶段，为了确保模块逻辑清晰，应该要求所有的模块只使用单入口、单出口以及顺序、选择和循环 3 种基本控制结构。这样，不论一个程序包含多少个模块，每个模块包含多少个基本的控制结构，整个程序仍能保持一条清晰的线索。

3.3.2 概要设计任务

概要设计的基本任务有如下 4 点：

（1）设计软件系统结构：以模块为基础，影响软件质量及一些整体特性。

（2）数据结构和数据库设计：对于大型数据处理的软件系统非常重要。在概要设计阶段，数据结构设计宜采用抽象的数据类型，数据库设计对应于数据库的逻辑设计。

（3）编写概要设计文档：编写概要设计说明书、数据库设计说明书、用户手册和修订测试计划。

（4）文档评审：针对设计方案的可行性、正确性、有效性、一致性等进行评审。

软件结构图是软件系统的模块层次结构，反映了整个系统的功能实现。

软件结构图的基本图符如图 3-1 所示。

软件结构图往往用网状或树状结构的图形来表示。

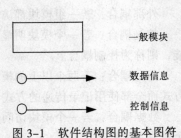

图 3-1　软件结构图的基本图符

结构图的形态特征如下：

（1）深度（模块的层数）；

（2）宽度（一层中最大的模块个数）；

（3）扇出（一个模块直接调用下属模块的个数）；

（4）扇入（一个模块直接调用上属模块的个数）。

画结构图的注意事项如下：

（1）同一名字的模块在结构图中只出现一次；

（2）调用关系只能从上到下；

（3）模块调用次序一般从左到右。

经常使用的结构图有如图 3-2 所示的 4 种模块类型：

（1）传入模块；

（2）传出模块；

（3）变换模块；

（4）协调模块。

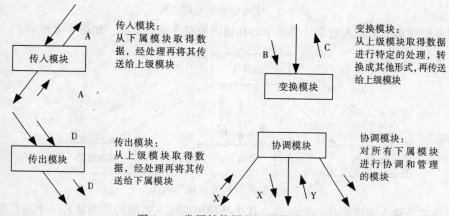

传入模块：
从下属模块取得数据，经处理再将其传送给上级模块

变换模块：
从上级模块取得数据进行特定的处理，转换成其他形式，再传送给上级模块

传出模块：
从上级模块取得数据，经处理再将其传送给下属模块

协调模块：
对所有下属模块进行协调和管理的模块

图 3-2　常用结构图的 4 种模块类型

模块的作用范围和控制范围如下：

（1）模块的作用范围指受该模块内一个判定影响的所有模块的集合；

（2）控制范围指模块本身以及其下属模块的集合；

（3）二者影响含有判定功能的模块的软件设计质量，是衡量模块的软件结构图设计方案优劣的标准。

一个模块的作用范围应在其控制范围之内，且判定所在的模块应与受其影响的模块在层次上尽量靠近。

如果软件结构图中一个模块的作用范围不在其控制范围之内，则对其优化的方法是：上移判定点或者下移受判断影响的模块，将它下移到判断所在模块的控制范围内。

根据软件设计原理提出如下优化准则：

（1）划分模块时，尽量做到高内聚、低耦合，保持模块相对独立性，并以此原则优化初始的软件结构；

（2）一个模块的作用范围应在其控制范围之内，且判定所在的模块应与受其影响的模块在层次上尽量靠近；

（3）软件结构的深度、宽度、扇入、扇出应适当；

（4）模块的大小要适中。

3.3.3　面向数据流的设计方法

1. 数据流的类型

数据流类型有两种：变换型和事务型。

（1）变换流是指信息沿输入通路进入系统，同时由外部形式变换成内部形式，进入系统的信息通过变换中心，经加工处理以后再沿输出通路变换成外部形式，离开软件系统。

变换型数据处理问题的工作过程大致分为 3 步，即输入数据、变换数据和输出数据，如图 3-3 所示。

图 3-3　变换型数据处理结构

变换型系统结构图由输入数据、变换中心和输出数据 3 部分组成，如图 3-4 所示。

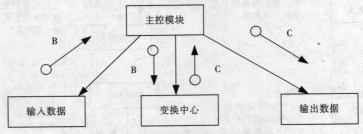

图 3-4　变换型系统结构图组成

（2）当信息沿输入通路到达一个处理，这个处理根据输入数据的类型从若干个动作序列中选择一个来执行，这类数据流归为特殊的一类，称为事务流。在一个事务流中，事务中心接收数据，分析每个事务以确定它的类型，根据事务类型选取一条活动通路。

2．面向数据流设计方法的实施要点与设计过程

面向数据流的结构设计过程和步骤如下：

（1）分析、确认数据流图的类型，区分是事务型还是变换型；

（2）说明数据流的边界；

（3）把数据流图映射为程序结构；

（4）根据设计准则把数据流转换成程序结构图。

将变换型映射成结构图，又称为变换分析，其步骤如下：

（1）确定数据流图是否具有变换特性；

（2）确定输入流和输出流的边界，划分出输入、变换和输出，独立出变换中心；

（3）进行第一级分解，将变换型映射成软件结构；

（4）按上述步骤如出现事务流的映射方式则对各个子流进行逐级分解，直至分解到基本功能；

（5）对每个模块写一个简要的说明；

（6）利用软件的设计原则对软件结构进一步转化。

将事务型映射成结构图，又称为事务分析。其步骤与变换分析的设计步骤大致类似，主要差别仅在于由数据流图到软件结构的映射方法不同。它是将事务中心映射成为软件结构中发送分支的调度模块，将接收通路映射成软件结构的接收分支。

3.3.4　设计准则

设计准则包括如下几点：

（1）提高模块独立性；

（2）模块规模适中；

（3）深度、宽度、扇出和扇入适当；

（4）使模块的作用域在该模块的控制域内；

（5）应减少模块的接口和界面的复杂性；

（6）设计成单入口、单出口的模块；

（7）设计功能可预测的模块。

3.3.5　详细设计

详细设计主要是确定每个模块的具体执行过程，也称为过程设计。详细设计的结果基本上决定了最终的程序代码的质量。

详细设计的常用工具有如下 3 种：

（1）程序流程图、N–S、PAD 和 HIPO；

（2）判定表（表格工具）；

（3）PDL（伪码）。

1．程序流程图

程序流程图是一种传统的、应用广泛的软件设计表示工具。它用方框表示一个处理步骤，菱形代表一个逻辑条件，箭头表示控制流。

程序流程图的 5 种控制结构（见图 3–5）：

（1）顺序型；

（2）选择型；

（3）先判断重复型；

（4）后判断重复型；

（5）多分支选择型。

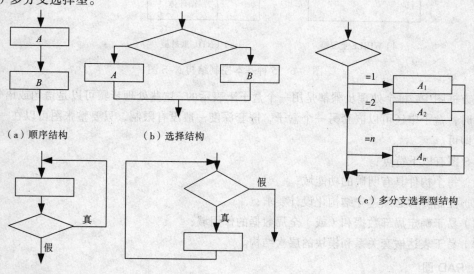

图 3–5　程序流程图的 5 种控制结构

程序流程图的主要缺点如下：

（1）程序流程图从本质上不支持逐步求精，它诱使程序员过早地考虑程序的控制流程，不去考虑程序的全局结构；

（2）程序流程图中用箭头代表控制流，使得程序员不受任何约束，可以完全不顾结构化设计的原则，随意转移控制；

（3）程序流程图不易表示数据结构；

（4）程序流程图的每个符号对应于源程序的一行代码，对于提高大型系统的可理解性作用甚微。

2. N-S 图

为了避免流程图在描述程序逻辑时的随意性与灵活性，1973 年 Nossi 和 Shneiderman 提出了用方框图代替传统的程序流程图，引起了人们的重视，人们把这种图称为 N-S 图。方框图中仅含 5 种基本的控制结构，即顺序型、选择型、多分支选择型、WHILE 重复型和 UNTIL 重复型，如图 3-6 所示。

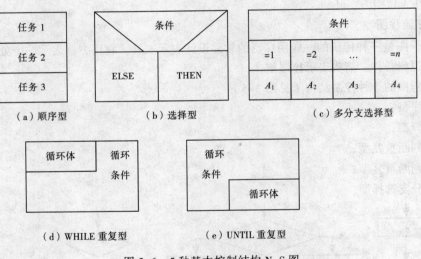

图 3-6　5 种基本控制结构 N-S 图

在方框图中，每个处理步骤都是用一个盒子来表示的，这些处理步骤可以是语句或语句序列，在需要时，盒子中还可以嵌套另一个盒子，嵌套深度一般没有限制，只要整张图可以在一张纸上容纳下即可。

N-S 图有以下特点：

（1）每个构件具有明确的功能域；

（2）控制转移必须遵守结构化设计要求；

（3）易于确定局部数据和（或）全局数据的作用域；

（4）易于表达嵌套关系和模块的层次结构。

3. PAD 图

PAD 是问题分析图（Problem Analysis Diagram）的英文缩写。它是继流程图和方框图之后，由日本的二村良彦等人在 1979 年提出的又一种主要用于描述软件详细设计的图形表示工具。与方框图一样，PAD 也只能描述结构化程序允许使用的几种基本结构、PAD 图的一个独特之处在于，以 PAD 为基础，遵循一个机械的规则就能方便地编写出程序，这个规则称为走树（Free Walk）。

用 PAD 图的基本图符表示 5 种基本控制结构，如图 3-7 所示。

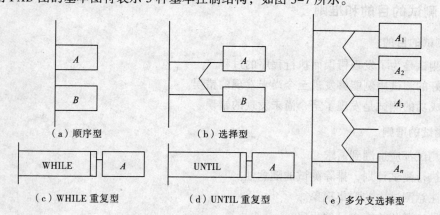

（a）顺序型　　　　　　（b）选择型　　　　　　（e）多分支选择型
（c）WHILE 重复型　　　（d）UNTIL 重复型

图 3-7　5 种基本控制结构的 PAD 图

PAD 图有以下特征：

（1）结构清晰，结构化程度高；

（2）易于阅读；

（3）最左端的纵线是程序主干线，对应程序的第一层结构；每增加一层 PAD 图向右扩展一条纵线，故程序的纵线数等于程序的层次数；

（4）程序执行从 PAD 图最左主干线的上端结点开始，自上而下、自左向右地依次执行，程序终止于最左主干线。

4．PDL

PDL 又称伪码（Pseudo Code），它是一种非形式化的比较灵活的语言，实际上 PDL 语言是对伪码的一种补充，它借助于某些高级程序语言的控制结构和一些自然语言的嵌套。一般说来，伪码的语法规则分为外语法和内语法。外语法应当符合一般程序设计语言常用的程序语句的语法规则；而内语法是没有定义的，它可以用自然语言的一些简洁的句子、短语和通用的数学符号来描述程序应该执行的功能。

用 PDL 表示基本控制结构的常用词汇如下。

顺序：A/A END。

条件：IF/THEN/ELSE/ENDIF。

循环：DO WHILE/ENDDO。

循环：REPEAT UNTIL/ENDREPEAT。

分支：CASE OF/WHEN/SELECT/WHEN/SELECT/ENDCASE。

PDL 具备以下特征：

（1）有为结构化构成元素、数据说明和模块化特征提供的关键词语法；

（2）处理部分的描述采用自然语言语法；

（3）可以说明简单和复杂的数据结构；

（4）支持各种接口描述的子程序定义和调用技术。

3.4 软 件 测 试

3.4.1 软件测试的目的和准则

1．软件测试的目的

（1）软件测试是为了发现错误而执行程序的过程。

（2）一个好的测试用例能够发现至今尚未发现的错误。

（3）一个成功的测试是发现了至今尚未发现的错误。

2．软件测试的准则

（1）所有测试都应追溯到需求。

（2）严格执行测试计划，排除测试的随意性。

（3）充分注意测试中的群集现象。

（4）程序员应避免检查自己的程序。

（5）穷举测试不可能。

（6）妥善保存测试计划、测试用例、出错统计和最终分析报告，为维护提供方便。

3.4.2 软件测试的技术与方法

在软件生命周期的各个阶段，都有可能会产生差错，虽然在每个阶段结束之前都有严格的复审，以期能尽早地发现错误。但是，经验表明审查并不能发现所有差错。如果在软件投入生产性运行之前，没有纠正软件中的大部分错误，则这些错误迟早会在运行过程中暴露出来，甚至会造成严重的后果。

测试的目的就是在软件投入生产性运行之前，尽可能多地发现软件中的错误。软件测试是对软件规格说明、设计和编码的最后复审，所以软件测试贯穿在整个软件开发周期的全过程。测试是为了发现程序中的错误而执行程序的过程。好的测试方案是尽可能地发现至今尚未发现的错误，显然，成功的测试是发现至今尚未发现的错误。

1．静态测试与动态测试

（1）静态测试：一般是指人工评审软件文档或程序，借以发现其中的错误。由于被评审的文档或程序不必运行，所以称为静态测试。

静态测试包括代码检查、静态结构分析、代码质量度量等。

（2）动态测试：指通常的上机测试，这种方法是使程序有控制地运行，并从多种角度观察程序运行时的行为，以发现其中的错误。测试是否能够发现错误取决于测试实例的设计。动态测试的设计测试实例方法一般有两类：黑盒测试方法和白盒测试方法。

2．白盒测试方法与测试用例设计

白盒测试法即结构测试，它与程序内部的结构相关，要利用程序结构的实现细节设计测试实例。它将涉及程序设计风格、控制方法、源语句、数据库设计、编码细节。使用白盒测试法需要了解程序内部的结构，此时的测试用例是根据程序的内部逻辑来设计的，如果想用白盒测试法发现程序中的所有错误，则至少必须使程序中每种可能的路径都执行一次。

白盒测试法主要有逻辑覆盖、基本路径测试等。

（1）逻辑覆盖测试：泛指一系列以程序内部的逻辑结构为基础的测试用例设计技术。通常所指的程序中的逻辑表示有判断、分支、条件等几种表示方式。

① 语句覆盖：语句覆盖是一个比较弱的测试标准，它的含义是选择足够的测试实例，使得程序中的每个语句都能执行一次。

② 路径覆盖：执行足够的测试用例，使程序中所有的可能路径都至少经历一次。

③ 判定覆盖：设计足够的测试实例，使得程序中的每个判定至少都获得一次"真值"和"假值"的机会。判定覆盖比语句覆盖严格，因为如果每个分支都执行过了，则每个语句也执行过了。

④ 条件覆盖：对于每个判定中所包含的若干个条件，应设计足够多的测试实例，使得判定中的每个条件都取到"真"和"假"两个不同的结果。条件覆盖通常比判定覆盖强，但也有测试实例满足条件覆盖而不满足判定覆盖。

（2）基本路径测试：它的思想和步骤是，根据软件过程性描述中的控制流程确定程序的环路复杂性度量，用此度量定义基本路径集合，并由此导出一组测试用例，对每一条独立执行路径进行测试。

3．黑盒测试方法与测试用例设计

黑盒测试不关心程序内部的逻辑，只是根据程序的功能说明来设计测试用例。在使用黑盒测试法时，手头只需要有程序功能说明就可以了。黑盒测试法分等价类划分法、边界值分析法和错误推测法。

（1）等价类划分法：它是一种典型的黑盒测试方法，它是将程序的所有可能的输入数据划分成若干部分，然后从每个等价类中选取数据作为测试用例。

使用等价类划分法设计测试方案，首先要划分输入集合的等价类。等价类包括如下两类。

① 有效等价类：合理、有意义的输入数据构成的集合。

② 无效等价类：不合理、无意义的输入数据构成的集合。

等价类划分法实施步骤分为如下两步：

① 划分等价类；

② 根据等价类选取相应的测试用例。

划分等价类的常用原则如下：

① 若输入条件规定了确切的取值范围，则可划分出一个有效等价类和两个无效等价类；

② 若输入条件规定了输入值的集合，则可确定一个有效等价类和一个无效等价类；

③ 若输入条件是一个布尔量，则可确定一个有效等价类和一个无效等价类；

④ 若输入数据是一组值，且程序要对每个值分别处理，可为每个输入值确定一个有效等价类和一个无效等价类；

⑤ 若规定了输入数据必须遵守一定的规则，则可确定一个有效等价类和若干个无效等价类；

⑥ 若已划分的等价类中各元素在程序中的处理方式不同，需将该等价类进一步划分。

（2）边界值分析法：它是对各种输入、输出范围的边界情况设计测试用例的方法。实践证明，程序往往在处理边缘情况时出错，因而检查边缘情况的测试实例查错率较高，这里的边缘情况是指输入等价类或输出等价类的边界值。

边界值分析法要注意如下几点：

① 如果输入条件规定了取值范围或数据个数，则可选择正好等于边界值、刚刚大于、或刚

刚小于边界范围内和刚刚超越边界外的值进行测试；

② 针对规格说明的每个输入条件，使用上述原则；

③ 对于有序数列，选择第一个和最后一个作为测试数据。

（3）错误推测法：测试人员也可以通过经验或直觉推测程序中可能存在的各种错误，从而有针对性地编写检查这些错误的例子。

错误推测法在很大程度上依靠直觉和经验进行，它的基本想法是列出程序中可能有的错误和容易发生错误的特殊情况，并且根据它们选择测试方案。

3.4.3 软件测试的实施

软件测试是保证软件质量的重要手段，软件测试是一个过程，其测试流程是该过程规定的程序，目的是使软件测试工作系统化

软件测试过程分 4 个步骤，即单元测试、集成测试、验收测试（确认测试）和系统测试。

1．单元测试

单元测试是对软件设计的最小单位——模块（程序单元）进行正确性检验测试。单元测试的目的是发现各模块内部可能存在的各种错误。

单元测试的依据是详细的设计说明书和源程序。

单元测试的技术可以采用静态分析和动态测试。

单元测试主要针对模块的以下 5 个基本特性进行：

（1）模块接口测试——测试通过模块的数据流；

（2）局部数据结构测试；

（3）重要的执行路径检查；

（4）出错处理测试；

（5）影响以上各点及其他相关点的边界条件测试。

2．集成测试

集成测试是测试和组装软件的过程。集成测试所设计的内容包括软件单元的接口测试、全局数据结构测试、边界条件和非法输入的测试等。

集成测试时将模块组装成程序，通常采用两种方式：非增量方式组装与增量方式组装。

（1）非增量方式：它也称为一次性组装方式，将测试好的每一个软件单元一次性组装在一起再进行整体测试。

（2）增量方式：它是将已经测试好的模块逐步组装成较大的系统，在组装过程中边连接边测试，以发现连接过程中产生的问题。

增量方式包括自顶向下、自底向上、自顶向下与自底向上相结合的混合增量方法。

① 自顶向下的增量方式：将模块按系统程序结构，从主控模块（主程序）开始，沿控制层次自顶向下地逐个把模块连接起来。

自顶向下的集成过程步骤如下：

a．主控模块作为测试驱动器。

b．按照一定的组装次序，每次用一个真模块取代一个附属的桩模块；

c. 当装入真模块时都要进行测试；

d. 做完每一组测试后再用一个真模块代替另一个桩模块；

e. 可以进行回归测试，以便确定没有新的错误发生。

② 自底向上的增量方式：自底向上的集成测试方法是从软件结构中最底层、最基本的软单元开始进行集成和测试。

自底向上集成的过程与步骤如下：

a. 底层的模块组成簇，以执行某个特定的软件子功能；

b. 编写一个驱动模块作为测试的控制程序，和被测试的簇连在一起，负责安排测试用例的输入及输出；

c. 对簇进行测试；

d. 拆去各个小簇的驱动模块，把几个小簇合并成大簇，再重复做步骤②、③以及④。

③ 混合增量方式：自顶向下的增量方式和自底向上的增量方式各有优缺点，一种方式的优点是另一种方式的缺点。针对自顶向下、自底向上方法各自的优点和不足，人们提出了自顶向下和自底向上相结合、从两头向中间逼近的混合式组装方法，被称为"三明治"方法。

3. 确认测试

确认测试的任务是验证软件的功能和性能及其他特性是否满足了需求规格说明中确定的各种需求，以及软件配置是否完全、正确。

4. 系统测试

系统测试是通过测试确认的软件作为整个计算机系统的一个元素，与计算机硬件、外部设备、支撑软件、数据和人员等其他系统元素组合在一起，在实际运行（使用）环境下对计算机系统进行一系列的集成测试和确认测试。

系统测试的目的是在真实的系统工作环境下检验软件是否能与系统正确连接，发现软件与系统需求不一致的地方。

系统测试的具体实施一般包括功能测试、性能测试、操作测试、配置测试、外部接口测试、安全性测试等。

3.5　程序的调试

3.5.1　程序调试的概念

在对程序进行成功测试之后将进行程序调试（排错）。程序的调试任务是诊断和改正程序中的错误。调试主要在开发阶段进行。

1. 程序调试的基本步骤

（1）错误定位从错误的外部表现形式入手，研究有关部分的程序，确定程序中出错的位置，找出错误的内在原因。

（2）修改设计和代码，以排除错误。排错是软件开发过程中的一项艰苦工作，这也决定了调试工作是一个具有很强技术性和技巧性的工作。

（3）进行回归测试，防止引进新的错误，因为修改程序可能带来新的错误，重复进行暴露这个错误的原始测试或某些有关测试，以确认该错误是否被排除、是否引进了新的错误。

2．程序调试原则

（1）确定错误的性质和位置时的注意事项如下：

① 分析思考与错误征兆有关的信息；

② 避开死胡同；

③ 只把调试工具当作辅助手段来使用；

④ 避免用试探法，最多只能把它当作最后手段。

（2）修改错误的原则如下：

① 在出现错误的地方，很可能有别的错误；

② 修改错误的一个常见失误是只修改了这个错误的征兆或这个错误的表现，而没有修改错误本身；

③ 注意修正一个错误的同时有可能会引入新的错误；

④ 修改错误的过程将迫使人们暂时回到程序设计阶段；

⑤ 修改源代码程序，不要改变目标代码。

3.5.2 程序调试的方法

1．强行排错法

作为传统的调试方法，其过程可概括为设置断点、程序暂停、观察程序状态、继续运行程序。涉及的调试技术主要是设置断点和监视表达式：

（1）通过内存全部打印来排错；

（2）在程序的特定部位设置打印语句，即断点法；

（3）自动调试工具。

2．回溯法

该方法适合于小规模程序的排错，即一旦发现了错误，先分析错误征兆，确定最先发现"症状"的位置。然后，从发现"症状"的地方开始，沿程序的控制流程，逆向跟踪源程序代码，直到找到错误根源或确定出错产生的范围。

3．原因排除法

原因排除法是通过演绎法归纳法，以及二分法来实现的。

（1）演绎法：它是一种从一般原理或前提出发，经过排除和精化的过程来推导出结论的思考方法。

（2）归纳法：它是一种从特殊推断出一般的系统化思考方法。其基本思想是从一些线索着手，通过分析寻找潜在的原因，从而找出错误。

（3）二分法：它的实现思想是，如果已知每个变量在程序中若干个关键点的正确值，则可以使用定值语句（如赋值语句、输入语句等）在程序中的某点附近给这些变量赋正确值，然后运行程序并检查程序的输出。

3.6　软件工程管理

3.6.1　软件工程管理的职能

（1）组织管理：软件开发将涉及业务人员和技术人员，只有他们的共同参与才能保证待开发的软件能根据用户提出的需求，在软件技术人员的配合下顺利完成。

（2）人员管理：软件开发特别是应用软件开发，需要各方面和各层次的人员参加。完备的人员组织和管理，明确的任务分工，特别是开发人员和测试人员间的分工和配合，将对软件开发的质量起到良好的保证作用。

（3）资源管理：软件是特定系统的组成部分，它的开发也是系统开发的组成部分，软件开发离不开系统环境资源的支持，它们包括硬件、支撑软件、通信和辅助资源。

（4）计划管理：计划管理包括对整个软件生命周期的计划安排和执行，工作量的估算和分配以及具体的进度安排。

3.6.2　进度安排

（1）进度的表示方法：明确软件开发的起始时间和交付时间是制定进度的关键数据，在总开发时间内科学地划分软件生命周期各时间段内的比例是非常关键的。

（2）进度的安排方法：当前主要的进度安排方法包括甘特图（Grant）方法、时间标记网络法（Time Scalar Network）、进度计划评审法（Program Evaluation and Review Technique）和关键路径法（Critical Path Method）等。

3.6.3　标准化

对于大规模的生产，科学的管理应该是规范化的管理和标准化的管理。对于软件生产和软件生产工程化，当其规模达到一定程度后，其管理的规范化和标准化要求就十分迫切了。

（1）软件工程标准化：软件工程标准化是在大规模的软件生产活动中提出的要求，它包括如下几点：

① 如何制定软件计划；

② 怎样进行软件需求分析、设计；

③ 程序的编码、测试要求；

④ 维护的进行以及软件的组织管理等，它们都需要制定必要的标准并形成规范。

（2）标准化的作用：软件工程标准化的作用可概括为如下 3 个方面：

① 为软件开发各层次人员提供共同遵守的规定，把参与软件开发的各层次人员约束在一个共同的、必须遵守的标准下，以利于规范行为和有效通信；

② 为软件工程成果的评价和验收提供客观、统一的标准；

③ 为软件的维护带来极大的好处。

3.6.4　软件配置

由于软件生产的复杂性，从研制、生产到使用需要经历复杂的过程，每一过程都将产生各种

产品，如文档、手册和程序，它们共同构成一个完整的软件系统，这种构成就是软件配置。 软件配置是动态的，它随软件设计、生产和使用，即按生命周期的推动而逐步增加和完善。

3.6.5 软件产权保护

软件是一种产品，同时又是一种易复制的产品。从长远发展来看，与保护任何一种知识产品一样，应对软件产品的版权进行保护，这样有利于软件产业的发展。

3.7 本 章 小 结

学习完本章之后要掌握以下内容：

（1）软件工程基本概念：软件生命周期概念，软件工具与软件开发环境。

（2）结构化分析方法：数据流图，数据字典，软件需求规格说明书。

（3）结构化设计方法：总体设计与详细设计。

（4）软件测试的方法：白盒测试与黑盒测试，测试用例设计，软件测试的实施，单元测试、集成测试和系统测试。

（5）程序的调试：静态调试与动态调试。

习 题 3

一、选择题

1. 下列叙述中，正确的是（   ）。

   A. 软件就是程序清单

   B. 软件就是存放在计算机中的文件

   C. 软件应包括程序清单及运行结果

   D. 软件包括程序和文档

2. 下列不属于软件工程的 3 个要素的是（   ）。

   A. 工具   B. 环境   C. 方法   D. 过程

3. 瀑布模型突出的缺点是不适应（   ）的变动。

   A. 算法   B. 平台   C. 程序语言   D. 用户需求

4. 下列不属于结构化分析的常用工具的是（   ）。

   A. PAD 图   B. 数据字典

   C. 判定树   D. 数据流图

5. 下面不属于软件设计原则的是（   ）。

   A. 抽象   B. 模块化

   C. 自底向上   D. 信息隐藏

6. 软件设计中，有利于提高模块独立性的一个准则是（   ）。

   A. 低内聚低耦合   B. 低内聚高耦合

   C. 高内聚低耦合   D. 高内聚高耦合

7. 在结构化方法中，软件功能分解属于下列软件开发中的阶段是（　　　）。

    A. 详细设计   B. 总体分析

    C. 需求设计   D. 编程调试

8. 在软件测试设计中，软件测试的主要目的是（　　　）。

    A. 实验性运行软件   B. 证明软件正确

    C. 找出软件中的全部错误   D. 发现软件错误而执行程序

9. 完全不考虑程序的内部结构和内部特征，而只是根据程序功能导出测试用例的测试方法是（　　　）。

    A. 黑盒测试法   B. 白盒测试法

    C. 错误推测法   D. 安装测试法

10. 下列叙述正确的是（　　　）。

    A. 测试和调试工作必须由程序编制者自己完成

    B. 测试用例和调试用例必须完全一致

    C. 一个程序经调试改正错误后，一般不必再进行测试

    D. 上述 3 种说法都不对

二、填空题

1. 开发软件所需高成本和产品的低质量之间有着尖锐的矛盾，这种现象称作_____。

2. 软件生命周期中所花费用最多的阶段是_____。

3. 需求分析阶段的任务是确定_____。

4. 结构化方法的核心和基础是_____。

5. 软件测试过程一般按 4 个步骤进行，即单元测试、集成测试、_____和系统测试。

第4章

数据库基本原理

信息在现代社会和经济发展中所起的作用越来越大，信息资源的开发和利用水平已成为衡量一个国家综合国力的重要标志之一。在计算机的三大主要应用领域（科学计算、数据处理和过程控制）中，数据处理是计算机应用的主要方面。数据库技术就是作为数据处理中的一门技术而发展起来的。

数据处理是指对各种形式的数据进行收集、存储、加工和传播的一系列活动的总和。其目的之一是从大量原始的数据中抽取、推导出对人们有价值的信息以作为行动和决策的依据；目的之二是为了借助计算机科学地保存和管理复杂、大量的数据，以便人们能够方便而充分地利用这些宝贵的信息资源。

数据库技术所研究的问题就是如何科学地组织和存储数据，如何高效地获取和处理数据。数据库技术作为数据管理的主要技术目前已广泛应用于各个领域，数据库系统已成为计算机系统的重要组成部分。

4.1　数据库技术

数据库技术产生于 20 世纪 60 年代末 70 年代初，其主要目的是有效地管理和存取大量的数据资源。数据库技术主要研究如何存储、使用和管理数据，是计算机数据管理技术发展的新阶段。

近年来，数据库技术和计算机网络技术的发展相互渗透、相互促进，已成为当今计算机领域发展迅速、应用广泛的两大领域。数据库技术不仅应用于事务处理，并且进一步应用到情报检索、人工智能、专家系统、计算机辅助设计等领域。

4.1.1　数据库的基本概念

数据库技术涉及到许多基本概念，主要包括数据、数据处理、数据库、数据库管理系统以及数据库系统等。

1. 数据

数据是指存储在某一种媒体上能够识别的物理符号。数据的概念包括两个方面：其一是描述事物特性的数据内容；其二是存储在某一种媒体上的数据形式。由于描述事物特性必须借助一定的符号，这些符号就是数据形式。数据形式可以是多种多样的，例如某人的出生日期是"1964 年 2 月 17 日"，当然也可以将该形式改写为"02/17/64"，其含义并没有改变。

数据的概念在数据处理领域已经大大地拓宽了。数据不仅仅指数字、字母、文字和其他特殊字符组成的文本形式的数据，而且包括图形、图像、动画、影像、声音（包括语音、音乐）等多媒体数据。

2. 数据处理

数据处理是指对各种形式的数据进行收集、存储、加工和传播的一系列活动的总和。其目的之一是从大量、原始的数据中抽取、推导出对人们有价值的信息以作为行动和决策的依据；目的之二是为了借助计算机科学地保存和管理复杂、大量的数据，以便人们能够方便而充分地利用这些宝贵的信息资源。

3. 数据库

数据库可以直观地理解为存放数据的仓库。只不过这个仓库是在计算机的大容量存储器上，例如，硬盘就是一种最常见的计算机大容量存储设备。而且数据必须按一定的格式存放，因为它不仅需要存放，而且还要便于查找。

所以可以认为数据库是被长期存放在计算机内、有组织的、可以表现为多种形式的可共享的数据集合。数据库技术使数据能按一定的格式组织、描述和存储，且具有较小的冗余度，较高的数据独立性和易扩展性，并可为多个用户所共享。

人们总是尽可能地收集各种各样的数据，然后对它们进行加工，目的是要从这些数据中得到有用的信息。在社会飞速发展的今天，人们接触的事物越来越多，反映这些事物的数据量也急剧增加。过去人们手动管理和处理数据，现在借助计算机来保存和管理复杂的大量数据，这样就可以方便而充分地利用这些宝贵的数据资源，数据库技术正是由于这一需求驱动而发展起来的一种计算机软件技术。

4. 数据库管理系统

数据库管理系统（DataBase Management System，DBMS）是计算机系统软件，它的职能是有效地组织和存储数据、获取和管理数据，接收和完成用户提出的访问数据的各种请求。

数据库管理系统的主要功能包括以下几个方面：

（1）数据定义功能

DBMS 提供了数据定义语言（Data Definition Language，DDL），用户通过它可以方便地对数据库中的相关内容进行定义。例如，对数据库、表、索引进行定义。

（2）数据操纵功能

DBMS 提供了数据操纵语言（Data Manipulation Language，DML），用户通过它可以实现对数据库的基本操作。例如，对表中数据的查询、插入、删除和修改。

（3）数据库运行控制功能

这是 DBMS 的核心部分，它包括并发控制（即处理多个用户同时使用某些数据时可能产生的问题）、安全性检查、完整性约束条件的检查和执行、数据库的内部维护（例如，索引的自动维护）等。所有数据库的操作都要在这些控制程序的统一管理下进行，以保证数据的安全性、完整性以及多个用户对数据库的并发使用。

（4）数据库的建立和维护功能

数据库的建立和维护功能包括数据库初始数据的输入、转换功能，数据库的转储、恢复功能，数据库的重新组织功能和性能监视、分析功能等。这些功能通常是由一些实用程序完成的。它是数据库管理系统的一个重要组成部分。

5．数据库系统

数据库系统是指拥有数据库技术支持的计算机系统，它可以实现有组织地、动态地存储大量的相关数据，提供数据处理和信息资源共享服务。数据库系统不仅包括数据本身，即实际存储在计算机中的数据，还包括相应的硬件、软件和各类人员。

4.1.2 数据管理技术的发展

计算机对数据的管理是指对数据的组织、分类、编码、存储、检索和维护提供操作手段。

与其他技术的发展一样，计算机数据管理也经历了由低级到高级的发展过程。计算机数据管理随着计算机硬件、软件技术和计算机应用范围的发展而不断发展，多年来大致经历了如下 3 个阶段。

1．人工管理阶段

20 世纪 50 年代以前，计算机主要用于数值计算。从当时的硬件看，外存只有纸带、卡片、磁带，没有直接存取设备；从软件看（实际上，当时还未形成软件的整体概念），没有操作系统及管理数据的软件；从数据看，数据量小，数据无结构，由用户直接管理，且数据间缺乏逻辑组织，数据依赖于特定的应用程序，缺乏独立性，如图 4-1 所示。

图 4-1　数据的人工管理

2．文件系统阶段

20 世纪 50 年代后期到 20 世纪 60 年代中期，出现了磁鼓、磁盘等直接存取数据的存储设备。1954 年出现了第一台商业数据处理的电子计算机 UNIVACI，标志着计算机开始应用于以加工数据为主的事务处理。人们得益于计算机惊人的处理速度和大容量的存储能力，从而解脱了从大量传统纸张文件中寻找数据的困难，这种基于计算机的数据处理系统也就从此迅速发展起来。

这种数据处理系统是把计算机中的数据组织成相互独立的数据文件，系统可以按照文件名称对其进行访问，对文件中的记录进行存取，并可以实现对文件的修改、插入和删除，这就是文件系统。文件系统实现了记录内的结构化，即给出了记录内各种数据间的关系。但是，文件从整体来看却是无结构的。其数据面向特定的应用程序，因此数据共享性、独立性差，且冗余度大，管理和维护的代价也很大，如图 4-2 所示。

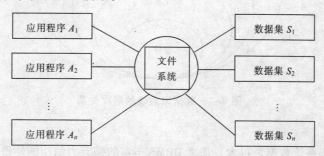

图 4-2　数据的文件系统

3．数据库系统阶段

20 世纪 60 年代后期，计算机性能得到提高，更重要的是出现了大容量磁盘，存储容量大大增加且价格下降。在此基础上，有可能克服文件系统管理数据时的不足，而去满足实际应用中多个用户、多个应用程序共享数据的要求，从而使数据能为尽可能多的应用程序服务，这就出现了数据库这样的数据管理技术。数据库的特点是数据不再只针对某一特定应用，而是面向全组织，具有整体的结构性，共享性高，因此冗余度小，具有一定的程序与数据间的独立性，并且实现了对数据进行统一的控制，如图 4-3 所示。

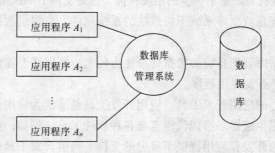

图 4-3　数据的数据库系统

从文件系统到数据库系统，标志着数据管理技术质的飞跃。20 世纪 80 年代后不仅在大、中型机上实现并应用了数据库管理系统，即使在微型计算机上也配置了经过功能简化的数据库管理系统（例如，Visual FoxPro 等），使数据库技术得到了广泛的应用和普及。

4.1.3　数据库系统的组成

数据库系统由 4 部分组成：硬件系统、系统软件（包括操作系统和数据库管理系统）、数据库应用系统和各类人员，如图 4-4 所示。

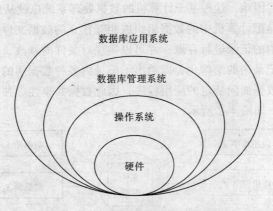

图 4-4　数据库系统的层次关系

1．硬件系统

由于一般数据库系统数据量很大，加之 DBMS 丰富的强有力的功能使得自身的体积就很大，因此整个数据库系统对硬件资源提出了较高的要求，这些要求如下：

（1）有足够大的内存以存放操作系统、DBMS 的核心模块、数据缓冲区和应用程序。

（2）有足够大的直接存取设备存放数据（例如磁盘），有足够的其他存储设备来进行数据备份。

（3）要求计算机有较高的数据传输能力，以提高数据传送率。

2．系统软件

系统软件主要包括操作系统、数据库管理系统、与数据库接口的高级语言及其编译系统和以 DBMS 为核心的应用开发工具。

（1）操作系统是计算机系统必不可少的系统软件，也是支持 DBMS 运行必不可少的系统软件。

（2）数据库管理系统是数据库系统不可或缺的系统软件，它提供数据库的建立、使用和维护功能。

（3）一般来讲，数据库管理系统的数据处理能力较弱，所以需要提供与数据库接口的高级语言及其编译系统，以便于开发应用程序。

（4）以 DBMS 为核心的应用开发工具。应用开发工具是系统为应用开发人员和最终用户提供的高效率、多功能的应用生成器、第四代语言等各种软件工具。例如，报表设计器、表单设计器等，它们为数据库系统的开发和应用提供了有力的支持。当前开发工具已成为数据库软件的有机组成部分。

3．数据库应用系统

数据库应用系统是为特定应用开发的数据库应用软件。数据库管理系统为数据的定义、存储、查询和修改提供支持，而数据库应用系统是对数据库中的数据进行处理和加工的软件，它面向特定应用。例如，基于数据库的各种管理软件：管理信息系统、决策支持系统和办公自动化等都属于数据库应用系统。

4．各类人员

参与分析、设计、管理、维护和使用数据库的人员均是数据库系统的组成部分。他们在数据库系统的开发、维护和应用中起着重要的作用。分析、设计、管理和使用数据库系统的人员主要是数据库管理员、系统分析员、应用程序员和最终用户。

（1）数据库管理员（DataBase Administrator，DBA）

数据库是整个企业或组织的数据资源，因此企业或组织设立了专门的数据资源管理机构来管理数据库，数据库管理员则是这个机构的一组人员，负责全面管理和控制数据库系统。具体的职责如下。

① 决定数据库的数据内容和结构：数据库中要存放哪些数据是由系统需求来决定的。为了更好地对数据库系统进行有效的管理和维护，DBA 应该参加或了解数据库设计的全过程，并与最终用户、应用程序员、系统分析员密切合作共同协商，做好数据库设计。

② 决定数据库的存储结构和存取策略：DBA 要综合最终用户的应用要求，和数据库设计人员共同决定数据库的存储策略，以求获得较高的存取效率和存储空间利用率。

③ 定义数据的安全性要求和完整性约束条件：DBA 的重要职责是保证数据库的安全性和完整性，即数据不被非法用户所获得，并且保证数据库中数据的正确性和数据间的相容性。因此 DBA 负责确定各个最终用户对数据库的存取权限、数据的保密级别和完整性约束条件。

④ 监控数据库的使用和运行：DBA 还有一个重要职责就是监视数据库系统的运行情况，及时处理运行过程中出现的问题。当系统发生某些故障时，数据库中的数据会因此遭到不同程度的破坏，DBA 必须在最短时间内将数据库恢复到某种一致状态，并尽可能地不影响或少影响计算机系统其他部分的正常运行。为此，DBA 要定义和实施适当的后援和恢复策略。例如，采用周期性的转储数据和维护日志文件等方法。

⑤ 数据库的改进和重组：DBA 还负责在系统运行期间监视系统的存储空间利用率、处理效率等性能指标，对运行情况进行记录、统计分析，依靠工作实践并根据实际应用环境，不断改进数据库设计。不少数据库产品都提供了对数据库运行情况进行监视和分析的实用程序，DBA 可以方便地使用这些实用程序来完成这些工作。

另外，在数据库运行过程中，大量数据不断插入、删除、修改，随着运行时间的延长，在一定程度上会影响系统的性能。因此，DBA 要定期对数据库进行重新组织，以提高系统的性能。

当最终用户的需求增加和改变时，DBA 还要对数据库进行较大的改造，包括修改部分设计，实现对数据库中数据的重新组织和加工。

（2）系统分析员

系统分析员是数据库系统建设期的主要参与人员，负责应用系统的需求分析和规范说明，要和最终用户相结合，确定系统的基本功能、数据库结构和应用程序的设计，以及软硬件的配置，并组织整个系统的开发。所以系统分析员是一类具有各领域业务和计算机知识的专家，在很大程度上影响数据库系统的质量和成败。

（3）应用程序员

应用程序员根据系统的功能需求负责设计和编写应用系统的程序模块，并参与对程序模块的测试。

（4）最终用户

数据库系统的最终用户是有不同层次的，不同层次的用户，其需求的信息以及获得信息的方式也是不同的。一般可将最终用户分为操作层、管理层和决策层。他们通过应用系统的用户接口使用数据库。常用的接口方式有菜单驱动、表格操作、图形显示、随机查询和对数据库中的数据进行统计，分析时使用专用的软件和分析决策模型。

4.1.4　数据库系统的内部结构体系

数据库系统在其内部具有 3 级模式及两级映射，3 级模式分别是概念级模式、内部级模式与外部级模式，即内模式、模式和外模式。两级映射则分别是概念级到内部级的映射以及外部级到概念级的映射，即模式/内模式映射和外模式/模式映射，如图 4-5 所示。

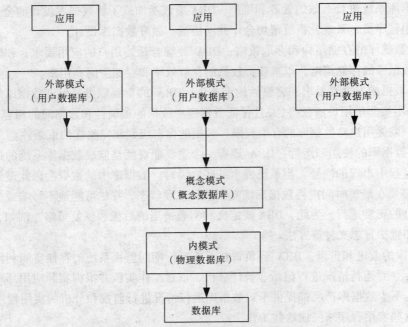

图 4-5　3 级模式、两级映射关系图

1．数据库系统的 3 级模式

（1）概念模式（Conceptual Schema）：概念模式也称逻辑模式，是对数据库系统中全局数据逻辑结构的描述，是全体用户（应用）的公共数据视图。它不涉及具体的硬件环境与平台，也与具体的软件环境无关。

模式实际上是数据库数据在逻辑级上的视图。一个数据库只有一个模式。

（2）外模式（External Schema）：外模式也称子模式，它是数据库用户（包括应用程序员和最终用户）能够看见和使用的局部数据的逻辑结构和特征的描述，它是由概念模式推导而来的，是数据库用户的数据视图，是与某一应用有关的数据的逻辑表示。一个概念模式可以有若干个外模式。

（3）内模式（Internal Schema）：内模式又称物理模式（Physical Schema），它给出了数据库物理存储结构与物理存取方法，如数据存储的文件结构、索引、集簇及 hash 等存取方式与存取路径，内模式的物理性主要体现在操作系统及文件级上，它还未深入到设备级上（如磁盘及磁盘操作）。

模式的 3 个级别层次反映了模式的 3 个不同环境及它们的不同要求，其中，内模式处于最底层，它反映了数据在计算机物理结构中的实际存储形式，概念模式处于中间层，它反映了设计者的数据全局逻辑要求，而外模式处于最外层，它反映了用户对数据的要求。

2．数据库系统的两级映射

数据库系统的 3 级模式是对数据的 3 个抽象级别，它把数据的具体组织留给 DBMS 管理，使用户能逻辑、抽象地处理数据，而不必关心数据在计算机中的具体表示方式与存储方式；同时，它通过两级映射建立了模式间的联系与转换，使得概念模式与外模式虽然并不具备物理存在，但是也能通过映射而获得其实体。此外，两级映射也保证了数据库系统中数据的独立性，也即数据的物理组织改变与逻辑概念级改变相互独立，使得只需调整映射方式而不必改变用户模式。

（1）概念模式到内模式的映射

该映射给出了概念模式中数据的全局逻辑结构到数据的物理存储结构间的对应关系。

（2）外模式到概念模式的映射

概念模式是一个全局模式，而外模式是用户的局部模式。一个概念模式中可以定义多个外模式，而每个外模式是概念模式的一个基本视图。

4.2　数　据　模　型

人们经常以模型来刻画现实世界中的实际事物。地图、沙盘、航模都是具体的实物模型，它们会使人们联想到真实生活中的事物，人们也可以用抽象的模型来描述事物及事物运动的规律。这里讨论的数据模型就是这一类模型，它是以实际事物的数据特征的抽象来刻画事物的，描述的是事物数据的表征及其特性。

数据库是某个企业或组织所涉及的数据的提取和综合，它不仅反映数据本身，而且反映数据之间的联系，也是事物之间的联系的反映。如何在数据库系统的形式化结构中抽象表示和处理现实世界中的数据是非常重要的问题。在数据库中是用数据模型对现实世界进行抽象的，现有的数据库系统均是基于某种数据模型的。因此，了解数据模型的基本概念是学习数据库的基础。

数据库中最常见的数据模型有 5 种，分别是层次模型、网状模型、关系模型、实体—联系模型、面向对象模型。

4.2.1　层次模型

若用图来表示，层次模型是一棵倒立的树。在数据库中，满足以下两个条件的数据模型称为层次模型：

（1）有且仅有一个结点无父结点，这个结点称为根结点；

（2）其他结点有且仅有一个父结点。

在层次模型中，结点层次从根开始定义，根为第一层，根的子结点为第二层，根为其子结点的父结点，同一父结点的子结点称为兄弟结点，没有子结点的结点称为叶结点。

在如图 4-6 所示的抽象层次模型中，R_1 为根结点；R_2 和 R_3 为兄弟结点，并且是 R_1 的子结点；R_4 和 R_5 为兄弟结点，并且是 R_2 的子结点；R_3、R_4 和 R_5 为叶结点。

层次模型对具有一对多层次关系的描述非常自然、直观、容易理解，这是层次数据库的突出优点。

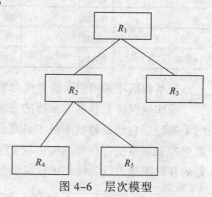

图 4-6　层次模型

4.2.2　网状模型

若用图来表示，网状模型是一个网络。在数据库中，满足以下两个条件的数据模型称为网状模型：

（1）允许一个以上的结点无父结点。

（2）一个结点可以有多于一个的父结点。

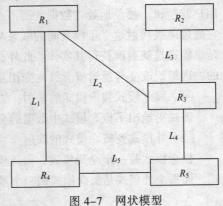

图 4-7　网状模型

在如图 4-7 所示的抽象网状模型中，R_1 与 R_4 之间的联系被命名为 L_1，R_1 与 R_3 之间的联系被命名为 L_2，R_2 与 R_3 之间的联系被命名为 L_3，R_3 与 R_5 之间的联系被命名为 L_4，R_4 与 R_5 之间的联系被命名为 L_5。R_1 为 R_3 和 R_4 的父结点，R_2 也是 R_3 的父结点。R_1 和 R_2 没有父结点。

网状模型允许一个以上的结点无父结点或某一个结点有一个以上的父结点，从而构成了比层次结构复杂的网状结构。

4.2.3　关系模型

在关系模型中，数据的逻辑结构是一张二维表。在数据库中，满足下列条件的二维表称为关系模型：

（1）每一列中的分量是类型相同的数据；

（2）列的顺序可以是任意的；

（3）行的顺序可以是任意的；

（4）表中的分量是不可再分割的最小数据项，即表中不允许有子表；

（5）表中的任意两行不能完全相同。

表 4-1 给出的 Student（学生基本情况）表便是一个关系模型。

表 4-1　Student 表

RecNo	StudID	Name	Sex	Birthday	Entrancescore
1	981101	赵文化	男	2-28-80	500
2	981102	徐逸华	男	6-7-81	630
3	981103	郭茜茜	女	11-17-82	650
4	981201	钱　途	男	5-1-80	380
5	981202	高　涵	男	11-06-80	630
6	981203	李晓鸣	女	11-17-82	400

关系数据库采用关系模型作为数据的组织方式。

层次数据库是数据库系统的先驱，而网状数据库则为数据库在概念、方法、技术上的发展奠定了基础。它们是数据库技术研究最早的两种数据库，而且也曾得到广泛的应用。但是，这两种数据库管理系统存在着结构比较复杂、用户不易掌握、数据存取操作必须按照模型结构中已定义好的存取路径进行、操作比较复杂等缺点，这就限制了这两种数据库管理系统的发展。

关系数据库以其具有严格的数学理论、使用简单灵活、数据独立性强等特点，而被公认为是最有前途的一种数据库管理系统。它的发展十分迅速，目前已成为占据主导地位的数据库管理系统。自 20 世纪 80 年代以来，作为商品推出的数据库管理系统几乎都是关系型的，例如，Oracle、Sybase、Informix、Visual FoxPro 等。

4.2.4　实体-联系模型

实体–联系模型（Entity–Relationship Model）又称为 E–R 模型。

该模型是 P.PS.Chen 于 1976 年提出的一种概念模型，用 E–R 图来描述一个系统中的数据及其之间关系。

1．E–R 模型的基本概念

（1）实体（entity）

现实世界中的事物可以抽象成为实体，实体是概念世界中的基本单位，它们是客观存在的且又能相互区别的事物。凡是由共同属性的实体组成的一个集合都称为实体集（entity）。

（2）属性（attribute）

现实世界中的事物均有一些特性，这些特性可以用属性来表示。属性刻画了实体的特征。一个实体往往可以有若干个属性。每个属性都可以有值，一个属性的取值范围称为该属性的值域（Value Domain）或值集（Value Set）

（3）码（key）

唯一标识实体的属性集称为码。

（4）域（domain）

属性的取值范围称为该属性的域。

（5）实体型（Entity Type）

具有相同属性的实体必然具有共同的特征和性质。用实体名及其属性名集合来抽象和刻画同类实体，称为实体型。

（6）实体集（Entity Set）

同型实体的集合称为实体集。

（7）联系（relationship）

在现实世界中事物间的关联称为联系。在概念世界中联系反映了实体集间的一定关系。

两个实体集间的联系实际上是实体集间的函数关系，这种函数关系可以有下面几种，如图 4-8 所示。

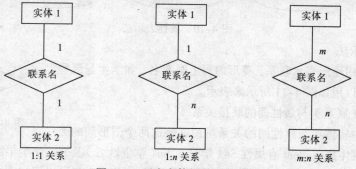

图 4-8　两个实体间的函数关系

一对一（One To One）的联系，简记为1:1；如果对于实体集A中的每一个实体，实体集B中至多有一个（也可以没有实体与之联系），反之亦然，则称实体集A与实体集B具有一对一联系，记为1:1。

一对多（One To Many）或多对一（Many To One）联系，简记为1:N（1:n）或N:1（n:1）。如果对于A中的每一个实体，实体集R中有n个实体（n≥0）与之联系，反之，对于实体集B中的每一个实体，实体集A中至多只有一个实体与之联系，则称实体集A与实体集B有一对多联系，记为1:n。反之即为多对一联系。

多对多（Many To Many）联系，简记为M:N或m:n，如果对于实体集A中的每一个实体，实体集B中有n个实体（n≥0）与之联系，反之，对于实体集B中的每一个实体，实体集A中也有m个实体（m≥0）与之联系，则称实体集A与实体集B具有多对多联系。

2．实体、联系、属性之间的联接关系

（1）实体集（联系）与属性间的联接关系

实体是概念世界中的基本单位，属性附属于实体，它本身并不构成独立单位。一个实体可以有若干个属性，实体以及它的所有属性构成了实体的一个完整描述。

属性有属性域，每个属性可取属性域内的值。

实体有型与值之别，一个实体的所有属性构成了这个实体的型，相同的实体构成了实体集。

（2）实体（集）与联系

实体（集）间可通过联系建立联接关系，一般而言，实体（集）间无法建立直接关系，它只能通过联系才能建立起联接关系。

3．E-R模型的图示法

E-R模型用E-R图来表示。

（1）实体表示法

在E-R图中用矩形表示实体集，在矩形内写上该实体集的名字。如实体集学生（student）、课程（course）可以用如图4-9所示来表示。

图4-9　实体表示法

（2）属性表示法

在E-R图中用椭圆形表示属性，在椭圆形内写上该属性的名称。如学生有属性学号（S#）、姓名（Sn）及年龄（Sa），它们可以用如图4-10所示来表示。

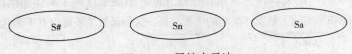

图4-10　属性表示法

（3）联系表示法

在E-R图中用菱形表示联系，菱形内写上联系名。如学生与课程间的联系SC，可以用如图4-11所示来表示。

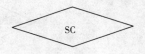

图4-11　联系表示法

（4）实体集（联系）与属性间的联接关系

在E-R图中实体集与属性间的关系可用联接这两个图形间的无向线段表示。如实体集student有属性S#（学号）、Sn（学生姓名）及Sa（学生年龄）；实体集course有属性C#（课程号）、Cn（课程名）及P#（预修课程号），此时它们可以用如图4-12所示来表示。

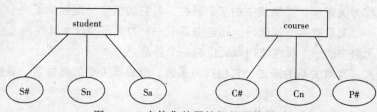

图 4-12　实体集的属性间的联接关系

（5）实体集与联系间的联接关系

在 E-R 图中实体集与联系间的联接关系可用联接这两个图形间的无向线段表示。实体集 student 与联系 SC 间有联接关系，实体集 course 与联系 SC 间也有联接关系，因此它们之间可用无向线段相联，构成一个如图 4-13 所示的图。

有时为了进一步刻画实体间的函数关系，还可在线段边上注明其对应的函数关系，如图 4-14 所示。

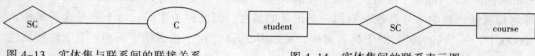

图 4-13　实体集与联系间的联接关系　　　　图 4-14　实体集间的联系表示图

4.2.5　面向对象模型

用对象、属性、方法来表示实体和实体间联系的模型叫做面向对象模型（Object Relational Model）。

1. 对象

对象是现实世界中实体的模型化。每个对象都有一个唯一的标识符，把状态和行为封装在一起。

2. 类

将属性集和方法集相同的所有对象组合在一起，构成了一个"类"。一个类可以从层次的直接或间接祖先那里继承所有的属性和方法。

4.3　关系数据库

关系数据库采用了关系模型作为数据的组织方式，这就涉及到关系模型中的一些基本概念。另外，对关系数据库进行查询时，若要找到用户关心的数据，就需要对关系进行一定的关系运算。

4.3.1　关系数据库的基本概念

在关系数据库中，经常会提到关系、属性等关系模型中的一些基本概念。为了进一步了解关系数据库，首先给出关系模型中的一些基本概念。

（1）关系：一个关系就是一张二维表，每个关系有一个关系名。在计算机中，一个关系可以存储为一个文件。在 Visual FoxPro 中，一个关系就是一个表文件。

（2）属性：二维表中垂直方向的列称为属性，有时也叫做一个字段。

（3）域：一个属性的取值范围叫做一个域。

（4）元组：二维表中水平方向的行称为元组，有时也叫做一条记录。

（5）码：又称为关键字。二维表中的某个属性，若它的值唯一地标识了一个元组，则称该属性为侯选码。若一个关系有多个侯选码，则选定其中一个为主码，这个属性称为主属性。

（6）分量：元组中的一个属性值叫做元组的一个分量。

（7）关系模式：是对关系的描述，它包括关系名、组成该关系的属性名、属性到域的映像。通常简记为：

关系名（属性名 1,属性名 2,…,属性名 n）

属性到域的映像通常直接说明为属性的类型、长度等。

（8）关系数据库：采用关系模式作为数据的组织方式的数据库叫做关系数据库。对关系数据库的描述，称为关系数据库的型，它包括若干域的定义以及在这些域上定义的若干关系模式。这些关系模式在某一时刻对应的关系的集合，称为关系数据库的值。

表 4-1 中的关系是一个学生基本情况表。表中的每一行是一条学生记录，是关系的一个元组，Studid（学号）、Name（姓名）、Sex（性别）、Birthday（出生日期）、Entrancescore（入学成绩）等均是属性。其中学号是唯一识别一条记录的属性，因此称为主码。对于学号这一属性，域是"000001"～"999999"；对于姓名属性，域是由 2～4 个汉字组成的字符串；对于性别属性，域是"男"、"女"。

学生基本情况表的关系模式可记为：

Student（Studid,Name,Sex,Birthday,Entrancescore）

一个关系模式在某一时刻的内容（称为相应模式的状态）是元组的集合，称为关系。在不至于引起混淆的情况下，往往将关系模式和关系统称为关系。

4.3.2 关系模型

1. 关系操纵

（1）数据查询

① 对一个关系内查询的基本单位是元组分量，其基本过程是先定位后操作。

② 对多个关系间的数据查询则可分为 3 步。

第一步：将多个关系合并成一个关系；

第二步：对合并后的一个关系作定位；

第三步：操作。

（2）数据的删除

数据的删除可分为一个关系内的元组选择与关系中元组删除两个基本操作。

（3）数据插入

在指定关系中插入一个或多个元组。

（4）数据修改

数据的修改是在一个关系中修改指定的元组与属性。它可以分解为删除需修改的元组与插入修改后的元组两个更基本的操作。

关系模型的基本操作如下：

① 关系的属性指定；

② 关系的元组选择；

③ 两个关系合并；

④ 一个或多个关系的查询；

⑤ 关系中元组的插入；

⑥ 关系中元组的删除。

2．关系中的数据约束

（1）实体完整性约束（Entity Integrity Constraint）

该约束要求关系的主键中属性值不能为空值，这是数据库完整性的最基本要求。

（2）参照完整性约束（Reference Integrity Constraint）

该约束是关系之间相关联的基本约束，它不允许关系引用不存在的元组，即在关系中的外键要么是所关联关系中实际存在的元组，要么是空值。

（3）用户定义的完整性约束（User Defined Integrity Constraint）

用户定义的完整性就是针对某一具体关系数据库的约束条件，它反映某一具体应用所涉及的数据必须满足的语义要求。

任何关系数据库系统都应该支持实体完整性和参照完整性。

4.3.3　关系运算

对关系数据库进行查询时，若要找到用户关心的数据，就需要对关系进行一定的关系运算。关系运算有两种：一种是传统的集合运算（并、差、交、广义笛卡儿积等）；另一种是专门的关系运算（选择、投影、连接）。

1．传统的集合运算

传统的集合运算是二目运算，包括并、交、差、广义笛卡儿积 4 种运算。设关系 R 和关系 S 具有相同的目 n（即两个关系都具有 n 个属性），且相应的属性取自同一个域，则 4 种运算定义如下。

（1）并

关系 R 与关系 S 的并由属于 R 或属于 S 的元组组成，其结果关系仍为 n 目关系。记作 $R \cup S$。

（2）交

关系 R 与关系 S 的交由既属于 R 又属于 S 的元组组成，其结果关系仍为 n 目关系。记作 $R \cap S$。

（3）差

关系 R 与关系 S 的差由属于 R 而不属于 S 的所有元组组成。其结果关系仍为 n 目关系。记作 $R-S$。

（4）广义笛卡儿积

设两个关系 R 和 S 的属性列数分别是 r 和 s，R 和 S 的广义笛卡儿集是一个（$r+s$）个属性列的元组的集合，每一个元组的前 r 个分量来自于 R 的一个元组，后 s 个分量来自于 S 的一个元组。

两个分别为 n 目和 m 目的关系 R 和 S 的广义笛卡儿积是一个（$n+m$）列的元组的集合。元组的前 n 列是关系 R 的一个元组，后 m 列是关系 S 的一个元组。若 R 有 A_1 个元组，S 有 A_2 个元组，则关系 R 和关系 S 的广义笛卡尔积有 $A_1 \times A_2$ 个元组。记作 $R \times S$。

R、S 如图 4-15 中的（a）、（b）所示，则 R∪S、R∩S、R-S、R×S 分别如图 4-15（c）～4-15（f）所示。

R

a	b	c
1	2	3
4	5	6
7	8	9

（a）

S

a	b	c
1	2	3
10	11	12
7	8	9

（b）

R∪S

a	b	c
1	2	3
4	5	6
7	8	9
10	11	12

（c）

R∩S

a	b	c
1	2	3
7	11	12

（d）

R-S

a	b	c
4	5	6

（e）

R×S

a	b	c	a	b	c
1	2	3	1	2	3
1	2	3	10	11	12
1	2	3	7	8	9
4	5	6	1	2	3
4	5	6	10	11	12
4	5	6	7	8	9
7	8	9	1	2	3
7	8	9	10	11	12
7	8	9	7	8	9

（f）

图 4-15 传统的集合运算

2. 专门的关系运算

关系运算的操作对象是关系，运算的结果仍为关系。

（1）选择

选择运算即在关系中选择满足某些条件的元组。也就是说，选择运算是在二维表中选择满足指定条件的行。例如，在 Student（学生基本情况）表中，若要找出所有女学生的元组，就可以使用选择运算来实现，条件是 Sex="女"。

（2）投影

投影运算是在关系中选择某些属性列。例如，在 Student（学生基本情况）表中，若要仅显示所有学生的 Studid（学号）、Name（姓名）和 Sex（性别），那么可以使用投影运算来实现。

（3）连接

连接运算是从两个关系的笛卡儿积中选取属性间满足一定条件的元组。

假设现有两个关系：关系 R 和关系 S，关系 R 如表 4-2 所示，关系 S 如表 4-3 所示。现在对关系 R 和关系 S 进行广义笛卡儿积运算，那么运算结果为表 4-4 所示的关系 T。

表 4-2 关系 R

StudID	Name	Sex
981102	徐逸华	男
981103	郭茜茜	女
981202	高 涵	男

表 4-3 关系 S

StudID	Subid	Score
981102	1021	100
981103	1031	98
981101	1011	88
981202	1021	90

表 4-4 关系 T

StudID	Name	Sex	StudID	Subid	Score
981102	徐逸华	男	981102	1021	100
981102	徐逸华	男	981103	1031	98
981102	徐逸华	男	981101	1011	88
981102	徐逸华	男	981202	1021	90
981103	郭茜茜	女	981102	1021	100
981103	郭茜茜	女	981103	1031	98
981103	郭茜茜	女	981101	1011	88
981103	郭茜茜	女	981202	1021	90
981202	高 涵	男	981102	1021	100
981202	高 涵	男	981103	1031	98
981202	高 涵	男	981101	1011	88
981202	高 涵	男	981202	1021	90

如果进行条件为 "R. StudID=S. StudID" 的连接运算,那么连接结果为关系 U,如表 4-5 所示。从表 4-5 中可以看出关系 U 是关系 T 的一个子集。

表 4-5 关系 U

StudID	Name	Sex	StudID	Subid	Score
981102	徐逸华	男	981102	1021	100
981103	郭茜茜	女	981103	1031	98
981202	高 涵	男	981202	1021	90

以上这些关系运算,在关系数据库管理系统中都有相应的操作命令。

4.4 数据库的设计与管理

4.4.1 数据库设计概述

1. 什么是数据库设计

数据库设计是指对于一个给定的应用环境，构建最优的数据库模式，建立数据库及其应用系统，使之能够有效地存储数据，满足各种用户的应用需求（信息要求和处理要求）。在数据库领域内，常常把使用数据库的各类系统统称为数据库应用系统。

2. 数据库是信息系统的核心和基础

（1）把信息系统中大量的数据按一定的模型组织起来提供存储、维护、检索数据的功能。

（2）使信息系统可以方便、及时、准确地从数据库中获得所需的信息。

（3）数据库是信息系统的各个部分能否紧密地结合在一起以及如何结合的关键所在。

（4）数据库设计是信息系统开发和建设的重要组成部分。

3. 数据库设计方法

数据库设计中有两种方法，一种方法是以信息需求为主，兼顾处理需求，称为面向数据的方法（Data-Oriented Approach）；另一种方法是以处理需求为主，兼顾信息需求，称为面向过程的方法（Process-Oriented Approach）。

数据库设计目前一般采用生命周期（Life Cycle）即将整个数据库应用系统的开发分解成目标独立的若干阶段，分别是需求分析阶段、概念设计阶段、逻辑设计阶段、物理设计阶段、编码阶段、测试阶段、运行阶段、进一步修改阶段，其中前4个阶段为设计阶段，如图4-16所示。

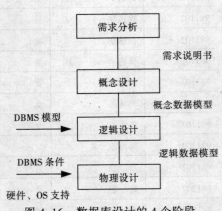

图 4-16 数据库设计的 4 个阶段

4. 数据库设计过程

（1）需求分析阶段：综合各个用户的应用需求。

（2）概念结构设计阶段：形成独立于计算机特点，独立于各个 DBMS 产品的概念模式（E-R 图）。

（3）逻辑结构设计阶段：首先将 E-R 图转换成具体的数据库产品支持的数据模型，如关系模型，形成数据库逻辑模式。然后根据用户处理的要求、安全性的考虑，在基本表的基础上再建立必要的视图，形成数据的外模式。

（4）数据库物理设计阶段根据 DBMS 特点和处理的需要，进行物理存储安排，建立索引，形成数据库内模式。

（5）数据库实施阶段：运用 DBMS 提供的数据语言、工具及宿主语言，根据逻辑设计和物理设计的结果，建立数据库、编制与调试应用程序、组织数据入库并进行调试运行。

（6）数据库运行和维护阶段：数据库应用系统经过调试运行后即可投入正式运行。

设计一个完善的数据库应用系统往往是上述 6 个阶段的不断反复。

4.4.2　数据库设计的需求分析

1. 需求分析任务

需求阶段的任务是通过详细调查现实世界要处理的对象（组织、部门、企业等），充分了解原系统（手动系统或计算机系统）工作概况，明确用户的各种需求。在此基础上确定新系统的功能。新系统必须充分考虑今后可能的扩充和改变，不能仅仅按当前应用需求来设计数据库。

（1）信息要求：指用户需要从数据库中获得信息的内容与性质，由信息要求可以导出数据要求，即在数据库中需要存储哪些数据。

（2）处理要求：指用户对处理功能的要求；对处理的响应时间的要求；对处理方式的要求（批处理/联机处理）。

（3）安全性与完整性要求：为了很好地完成调查的任务，设计人员必须不断地与用户交流，与用户达成共识，以便逐步确定用户的实际需求，然后分析和表达这些需求。

新系统的功能必须能够满足用户的信息要求、处理要求、安全性与完整性要求。

2. 需求分析步骤

进行需求分析首先是调查清楚用户的实际要求，与用户达成共识。调查用户需求的步骤如下。

（1）调查组织机构情况，包括了解组织部门的组成情况、职责等。

（2）调查各部门的业务活动情况，包括各个部门输入和使用什么数据、如何加工处理这些数据、输出什么信息、输出到什么部门、输出结果的格式是什么。

（3）在熟悉业务活动的基础上，协助用户明确对新系统的各种要求，包括信息要求、处理要求、完全性与完整性要求。

（4）对前面调查的结果进行初步分析，确定新系统的边界；确定哪些功能由计算机完成或将来准备让计算机完成，哪些活动由人工完成。由计算机完成的功能就是新系统应该实现的功能。

3. 数据字典

（1）数据字典的用途。数据字典是各类数据描述的集合，是进行详细的数据收集和数据分析所获得的主要结果。数据字典在数据库设计中占有很重要的地位。

（2）数据字典通常包括数据项、数据结构、数据流、数据存储和处理过程5个部分数。据项是数据的最小组成单位，若干个数据项可以组成一个数据结构。数据字典通过对数据项和数据结构的定义来描述数据流、数据存储的逻辑内容。

① 数据项：数据项是不可再分的数据单位。

② 数据结构：数据结构反映了数据之间的组合关系。一个数据结构可以由若干个数据项组成，也可以由若干个数据结构组成，或由若干个数据项和数据结构混合组成。

③ 数据流：数据流是数据结构在系统路径内的传输。数据流来源是说明该数据流来自哪个过程；数据流去向是说明该数据流将到哪个过程去；平均流量是指在单位时间（每天、每周、每月等）中的传输次数；高峰期流量则是指在高峰时期的数据流量。

④ 数据存储：数据存储是数据结构停留或保存的地方，也是数据流的来源和去向之一。

⑤ 处理过程：处理过程的具体处理逻辑一般用判定表或判定树来描述。数据字典中只需要描述处理过程的说明性信息。

4.4.3 数据库概念设计

1. 数据库概念设计概述

数据库概念设计的目的是分析数据间内在语义的关联，在此基础上建立一个数据的抽象模型。

（1）集中式模式设计法

指根据需求由一个统一机构或人员设计一个综合的全局模式。它强调统一与一致，适用于小型或并不复杂的单位或部门，而对大型的或语义关联复杂的单位则并不适合。

（2）视图集成设计法

指将一个单位分解成若干个部分，先对每个部分作局部模式设计，建立各个部分的视图，然后以各视图为基础进行集成。

视图集成设计法是一种由分散到集中的方法，它的设计过程复杂，但它能较好地反映需求，适合于大型与复杂的单位。

2. 数据库概念设计过程

使用 E-R 模型与视图集成法进行设计时，需要按以下步骤进行：首先选择局部应用，再进行局部视图设计，最后对局部视图进行集成得到概念模式。

（1）选择局部应用

根据系统的具体情况，在多层的数据流图中选择一个适当层次的数据流图，让这组图中的每一部分对应一个局部应用，以这一层次的数据流图为出发点，设计分 E-R 图。

通常以中层数据流图作为设计分 E-R 图的依据。原因如下：

① 高层数据流图只能反映系统的概貌；

② 中层数据流图能较好地反映系统中各局部应用的子系统组成；

③ 低层数据流图过细。

（2）视图设计

视图设计有 3 种设计次序，如下所示：

① 自顶向下；

② 由底向上；

③ 由内向外。

（3）视图集成

视图集成的实质是将所有的局部视图统一合并成一个完整的数据模式。在进行视图集成时，最重要的工作便是解决局部设计中的冲突。

4.4.4 数据库的逻辑设计

逻辑结构设计的任务：概念结构是各种数据模型的共同基础，为了能够用某一 DBMS 实现用户需求，还必须将概念结构进一步转化为相应的数据模型，这正是数据库逻辑结构设计所要完成的任务。

1. 从 E-R 图向关系模式转换

E-R 图由实体、实体的属性和实体之间的联系 3 个要素组成，关系模型的逻辑结构是一组关系模式的集合。将 E-R 图转换为关系模型：将实体、实体的属性和实体之间的联系转化为关系模式。

2．逻辑模式规范化及调整、实现

（1）规范化

在逻辑设计中还需对关系进行规范化验证。

（2）RDBMS

对逻辑模式进行调整以满足 RDBMS 的性能、存储空间等要求，同时对模式进行适应 RDBMS 限制条件的修改，包括如下内容：

① 调整性能以减少连接运算；

② 调整关系大小，使每个关系数量保持在合理的水平，从而可以提高存取效率；

③ 尽量采用快照（snapshot），因为在应用中经常仅需某固定时刻的值，此时可用快照将某时刻值固定，并定期更换，此种方式可以显著地提高查询速度。

（3）关系视图设计

关系视图设计也称外模式设计，关系视图的作用有如下几点：

① 提供数据的逻辑独立性，使应用程序不受逻辑模式变化的影响。

② 能适应用户对数据的不同需求。每个数据库有一个非常庞大的结构，而每个数据库用户则希望只知道他们自己所关心的那部分结构，此时，可用关系视图屏蔽用户不需要的模式，而仅将用户感兴趣的部分呈现出来。

③ 有一定的数据保密功能。关系视图为每个用户划定了访问数据的范围，从而在应用的各用户间起了一定的保密隔离作用。

4.4.5　数据库的物理设计

1．数据库物理设计的内容

数据库在物理设备上的存储结构与存取方法称为数据库的物理结构，它依赖于给定的计算机系统。为一个给定的逻辑数据模型选取一个最适合应用环境的物理结构的过程，就是数据库的物理设计。

2．数据库物理设计的步骤

（1）确定数据库的物理结构，确定数据的存放位置和存储结构，包括关系、索引、集簇、日志、备份等的存储安排和存储结构；确定存储配置等。

（2）对物理结构进行评价，评价的重点是时间和空间效率。对数据库物理设计过程中产生的多种方案进行细致的评价，从中选择一个较优的方案作为数据库的物理结构。

4.4.6　数据库管理

数据库是一种共享资源，它需要维护与管理。这种工作称为数据库管理（DataBase Administration），实施管理的人称为数据库管理员（DataBase Administrator，DBA）。数据库管理一般包括数据库的建立、数据库的调整、数据库的重组、数据库的安全性控制与完整性控制、数据库的故障恢复和数据库的监控。

1．数据库的建立

数据库的建立包括数据库模式的建立和数据加载。

（1）数据模式建立

数据模式由 DBA 负责建立，DBA 利用 RDBMS 中的 DDI 语言定义数据库名，定义表及相应的属性，定义主关键字、索引、集簇、完整性约束、用户访问权限，申请空间资源，定义分区等，此外还要定义视图。

（2）数据加载

在数据模式定义后即可加载数据，DBA 可以编制加载程序将外界数据加载至数据模式内，从而完成数据库的建立。

2．数据库的调整

数据库的调整一般由 DBA 完成，包括如下内容：

（1）调整关系模式与视图，使之更能适应用户的需求；

（2）调整索引与集簇，使数据库性能与效率更佳；

（3）调整分区、数据库缓冲区大小以及并发度，使数据库物理性能更好。

3．数据库的重组

数据库在经过运行一定的时间后，其性能会逐渐下降，下降的原因主要是由于不断地修改、删除与插入所造成的。由于不断地删除而造成盘区内废块的增多而影响 I/O 速度，由于不断地删除与插入而造成集簇的性能下降，同时也造成存储空间分配的零散化，使得一个完整表的空间分散，从而造成存取效率下降。

对数据库进行重新整理，重新调整存储空间，此种工作叫做数据库重组。

4．数据库的安全性控制与完整性控制

（1）数据库的安全性

数据库的一大特点是数据可以共享，但数据共享必然带来数据库的安全性问题。数据库系统中的数据共享不能是无条件的共享。数据库中数据的共享是在 DBMS 统一的严格控制之下的共享，即只允许有合法使用权限的用户访问允许他存取的数据。

数据库系统的安全保护措施是否有效是数据库系统主要的性能指标之一。

数据库的安全性是指保护数据库，防止因用户非法使用数据库造成数据泄露、更改或破坏。

非法使用数据库的情况如下：

① 用户编写一段合法的程序绕过 DBMS 及其授权机制，通过操作系统直接存取、修改或备份数据库中的数据；

② 直接或编写应用程序执行非授权操作；

③ 通过多次合法查询数据库从中推导出一些保密数据。

数据库安全性控制的常用方法如下：

① 用户标识和鉴别：用户标识和鉴别是系统提供的最外层安全保护措施。其方法是：系统提供一定的方式让用户标识自己的名字或身份；系统内部记录着所有合法用户的标识，每次用户要求进入系统时，由系统核对用户提供的身份标识，通过鉴定后才提供机器使用权。用户标识和鉴定可以重复多次。

② 存取控制：在数据库系统中，为了保证用户只能访问他有权存取的数据，必须预先对每

个用户定义存取权限。对于通过鉴定获得上机权的用户（即合法用户），系统根据他的存取权限定义对他的各种操作请求进行控制，确保他只执行合法操作。

③ 视图：视图机制把要保密的数据对无权存取这些数据的用户隐藏起来。视图机制更主要的功能在于提供数据独立性，其安全保护功能太不精细，往往远不能达到应用系统的要求。

④ 审计：启用一个专用的审计日志（Audit Log），将用户对数据库的所有操作记录在上面，DBA 可以利用审计日志中的追踪信息，找出非法存取数据的用户。

⑤ 数据加密。根据一定的算法将原始数据（术语为明文，Plain Text）变换为不可直接识别的格式（术语为密文，Cipher Text）。

（2）数据库的完整性

数据库的完整性是指数据库的正确性和相容性。

完整性约束条件作用的对象如下：

① 列：对属性的取值类型、范围、精度等的约束条件；

② 元组：对元组中各个属性列间的联系的约束；

③ 关系：对若干元组间、关系集合以及关系之间的联系的约束。

DBMS 的完整性控制机制包括如下 3 方面：

① 定义功能，提供定义完整性约束；

② 检查功能，检查用户发出的操作请求是否违背了完整性约束的条件；

③ 如果发现用户的操作请求使数据违背了完整性约束条件，则采取一定的动作来保证数据的完整性。

5. 数据库的故障修复

计算机系统中硬件的故障、软件的错误、操作员的失误以及恶意的破坏是不可避免的，这些故障轻则造成运行事务非正常中断，影响数据库中数据的正确性，重则破坏数据库，使数据库中的数据全部或部分丢失。数据库管理系统具有把数据库从错误状态恢复到某一已知的正确状态的功能，这就是数据库的恢复。

6. 数据库监控

DBA 需随时观察数据库的动态变化，并在发生错误、故障或产生不适应情况时随时采取措施，如数据库死锁、对数据库的误操作等；同时还需监视数据库的性能变化，在必要时对数据库作调整。

4.5　本章小结

学习完本章之后要掌握以下内容：

（1）数据库的基本概念：数据库、数据库管理系统、数据库系统。

（2）数据模型，实体联系模型及 E-R 图，从 E-R 图导出关系数据模型。

（3）关系代数运算，包括集合运算及选择、投影、连接运算，数据库规范化理论。

（4）数据库设计方法和步骤：需求分析、概念设计、逻辑设计和物理设计的相关策略。

习　题　4

一、选择题

1. 数据处理的最小单位是（　　）。
   A. 数据　　　　　　　　B. 数据元素　　　　　C. 数据项　　　　　D. 数据结构

2. DB、DBS 和 DBMS 三者之间的关系是（　　）。
   A. DBS 包括 DB 和 DBMS　　　　　　　B. DBMS 包括 DB 和 DBS
   C. DB 包括 DBS 和 DBMS　　　　　　　D. DBS 就是 DB，也就是 DBMS

3. 层次型、网状型和关系型数据库的划分原则是（　　）。
   A. 记录长度　　　　　　　　　　　　　B. 文件的大小
   C. 联系的复杂程度　　　　　　　　　　D. 数据之间的联系

4. "年龄在 18～25 岁之间"这种约束属于数据库中的（　　）。
   A. 原子性措施　　　　B. 一致性措施　　　　C. 完整性措施　　　D. 安全性措施

5. 数据库设计包括两个方面的设计内容，它们是（　　）。
   A. 概念设计和逻辑设计　　　　　　　　B. 模式设计和内模式设计
   C. 内模式设计和物理设计　　　　　　　D. 结构特性设计和行为特性设计

6. 下列说法中，不属于数据模型所描述的内容的是（　　）。
   A. 数据结构　　　　　　　　　　　　　B. 数据操作
   C. 数据查询　　　　　　　　　　　　　D. 数据约束

7. 从一个 DB 文件中取出满足某个条件的所有记录，形成一个新的 DB 文件的操作是（　　）。
   A. 投影　　　　　　　　B. 选择　　　　　　　C. 连接　　　　　D. 复制

8. 下述特征不是数据库的基本特点的是（　　）。
   A. 数据非结构化　　　　　　　　　　　B. 数据独立性
   C. 数据冗余小，易扩充　　　　　　　　D. 统一管理和控制

9. DBS 具有较高的程序与数据（　　）。
   A. 可靠性　　　　　　　B. 完整性　　　　　　C. 一致性　　　　　D. 独立性

10. DBMS 与 OS、应用软件的层次关系从核心到外围是（　　）。
    A. DBMS，OS，应用软件　　　　　　　B. OS，DBMS，应用软件
    C. DBMS，应用软件，OS　　　　　　　D. OS，应用软件，DBMS

二、填空题

1. 数据管理经历了_____、_____和_____3 个阶段。

2. 由计算机、OS、DBMS、DB、应用程序及用户等组成的一个整体叫做_____。

3. 在关系代数运算中，专门的关系运算有_____、_____和_____。

4. 实体是信息世界中的术语，与之对应的数据库术语是_____。

5. E－R 图中的主要元素是实体型、_____和属性。

Visual FoxPro 程序设计部分

（下篇）

第5章

Visual FoxPro 6.0 基础

Visual FoxPro 6.0 关系数据库系统是新一代小型数据库管理系统的杰出代表，它以强大的性能、完整而又丰富的工具、极高的处理速度、友好的界面以及完备的兼容性等特点，备受广大用户的欢迎。本章主要介绍 Visual FoxPro 6.0 系统的环境、设置、文件的类型及其项目管理器。

5.1　启动和退出 Visual FoxPro 6.0

5.1.1　启动 Visual FoxPro 6.0

利用"开始"菜单启动 Visual FoxPro 6.0，具体操作步骤如下：

（1）单击"开始"按钮，系统弹出"开始"菜单。

（2）选择"程序"→"Microsoft Visual FoxPro 6.0"→"Microsoft Visual FoxPro 6.0"命令，系统即启动 Visual FoxPro 6.0，如图 5-1 所示。

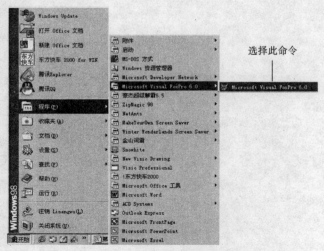

图 5-1　Visual FoxPro 6.0 启动

5.1.2　Visual FoxPro 6.0 工作环境

Visual FoxPro 6.0 的工作环境主要由菜单栏、工具栏、"命令"窗口、结果显示区以及状态栏构成，如图 5-2 所示。

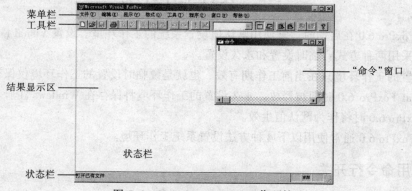

图 5-2　Visual FoxPro 6.0 工作环境

1．菜单栏

Visual FoxPro 6.0 的菜单栏为用户使用 Visual FoxPro 6.0 命令提供了便捷的途径。当使用鼠标单击菜单栏的某个菜单时，Visual FoxPro 6.0 将显示一个下拉菜单。

2．工具栏

工具栏是专为使用鼠标设置的，用于快速选择执行常用的命令。工具栏中的每一个按钮对应一条命令，若要执行某条命令，只需单击相应的命令按钮即可。

3．"命令"窗口

（1）在"命令"窗口中输入的每一条命令在按回车键以后将被立即执行。

（2）"命令"窗口可以保存已执行过的命令，并且这些命令可以再执行。

（3）可以随时调整"命令"窗口的大小。

（4）移动"命令"窗口。

（5）关闭"命令"窗口。

（6）若要重新显示"命令"窗口，应从"窗口"菜单中选择"命令窗口"命令。

4．结果显示区

结果显示区通常用于显示操作的结果。

5．状态栏

状态栏位于 Visual FoxPro 6.0 工作窗口的最下方，用于显示当前的工作状态。

5.1.3　退出 Visual FoxPro 6.0

退出 Visual FoxPro 6.0 通常可以采用以下 4 种方式。

（1）从"文件"菜单中选择"退出"命令。

（2）单击工作窗口右上角的"关闭"按钮。

（3）在命令窗口中输入"Quit"命令。

（4）双击工作窗口左上角的控制菜单图标。

5.2　设置工作环境

Visual FoxPro 6.0 在启动时通常使用默认值设置系统的工作环境。设置 Visual FoxPro 6.0 的工作环境可以采用两种方式：临时设置和永久设置。

临时设置的工作环境只在当前工作期有效，也就是说临时设置的工作环境仅保存在内存中，在退出 Visual FoxPro 6.0 时即被释放。永久设置的工作环境将保存在 Windows 注册表中，下次启动 Visual FoxPro 6.0 时将作为默认值生效。

Visual FoxPro 6.0 通常使用以下 4 种方法设置系统工作环境。

5.2.1　使用命令行开关

常用的开关参数如下。

（1）– A

忽略默认的配置文件和在 Windows 注册表中的设置，使用 Visual FoxPro 6.0 第一次安装并启动时的默认配置。

（2）– BFileName

– B 开关参数用于在 Visual FoxPro 6.0 启动时显示指定的位图文件。FileName 为位图文件名。– B 开关参数和 FileName 位图文件名之间不能放置任何空格。

（3）– C FileName

– C 开关参数用于在 Visual FoxPro 6.0 启动时使用指定的配置文件，而不再使用默认的配置文件（Config.fpw）。

（4）– T

– T 开关参数用于在 Visual FoxPro 6.0 启动时禁止显示 Visual FoxPro 6.0 的版权界面。

5.2.2　使用"选项"命令

使用"选项"命令可以临时设置或永久设置系统的工作环境。若要使用"选项"命令设置系统工作环境，应按下列步骤操作。

（1）从"工具"菜单中选择"选项"命令，系统弹出"选项"对话框。

（2）在"选项"对话框中选择适当的选项卡。

（3）在指定的选项卡中选择需要设置的选项。

（4）若要永久设置系统的工作环境，应单击"设置为默认值"按钮。

（5）最后单击"确定"按钮。

5.2.3　使用 SET 命令

在 Visual FoxPro 6.0 中，可以使用 SET 命令设置临时系统工作环境。SET 命令通常在程序中使用，也可以在命令窗口中执行，如表 5-1 所示。

表 5-1　常用的 SET 命令

SET 命令	命 令 功 能
SET STATUS BAR ON|OFF	是否显示状态栏
SET TALK ON|OFF	是否显示命令执行的结果
SET CLOCK ON|OFF	是否显示时钟
SET BELL ON|OFF	是否发出警告声音
SET ESCAPE ON|OFF	用户按【Esc】键时是否取消程序运行
SET SAFETY ON|OFF	是否打开系统的安全性检查
SET EXCLUSIVE ON|OFF	数据库是否以独占方式打开
SET DELETED ON|OFF	是否忽略已作删除标记的记录
SET EXACT ON|OFF	是否精确地对两个字符串进行比较
SET LOCK ON|OFF	是否自动对文件进行加锁
SET MULTILOCKS ON|OFF	是否一次可对多条记录加锁
SET DEFAULT TO [cPath]	设置默认的工作目录
SET PATH TO [cPath]	设置搜索路径
SET HELP TO [FileName]	设置帮助文件以替代系统帮助
SET DATE TO	设置日期格式
SET CENTURY ON|OFF	显示日期时，年号是否以 4 位数显示
SET HOURS TO [12|24]	设置时间以 12 或 24 小时的格式显示
SET SECONDS ON|OFF	显示时间时，确定是否显示秒
SET MARK TO [cDelimiter]	设置日期分隔符
SET DECIMALS TO [nDecimalPlaces]	设置数值显示时的小数位数

5.2.4　使用配置文件

可以使用配置文件设置系统的工作环境。Visual FoxPro 6.0 的配置文件是一个文本文件，可以在其中设置 SET 命令、为系统变量赋值、执行指定的命令或调用函数。

Visual FoxPro 6.0 在启动时读取配置文件，设置系统工作环境以及执行配置文件中的命令。配置文件中的系统工作环境设置将使"选项"对话框（存储在 Windows 注册表）中的默认设置无效。

使用配置文件具有如下优点：

（1）忽略"选项"对话框所做的默认设置；

（2）可以同时维护几个具有不同设置的配置文件。Visual FoxPro 6.0 可以根据特定用户或项目加载不同的配置文件；

（3）与在程序初始化部分使用 SET 命令设置系统工作环境相比，配置文件更易于修改；

（4）在启动 Visual FoxPro 6.0 时，配置文件可以自动执行指定的程序或调用函数。

1．创建配置文件

默认配置文件名为 Config.fpw，也可以使用其他文件名。通常配置文件采用.fpw 作为扩展名。

在配置文件中可以使用 SET 命令设置系统工作环境、为系统变量赋值、执行指定的命令或调用函数。

在配置文件中使用的 SET 命令，不能带 SET 关键字，而是使用等号。

例如，要向状态栏添加时钟，命令格式为：

`CLOCK = ON`

在配置文件中为系统变量赋值的方法是：输入 COMMAND、等号（ = ）、系统变量名称、等号（ = ）以及该系统变量的值。

例如，设置 Visual FoxPro 6.0 工作窗口标题的命令格式为：

`COMMAND = _SCREEN.Caption="学籍管理系统"`

在配置文件中执行指定的命令或调用函数的方法是输入 COMMAND、等号（ = ）以及要执行的命令或要调用的函数。

例如，若要在 Visual FoxPro 6.0 工作窗口的标题栏中显示 Visual FoxPro 6.0 的版本号，那么命令格式为：

`COMMAND = _SCREEN.Caption= "Visual FoxPro" + SUBSTR(VERS(),16,3)`

在配置文件中执行应用程序的方法是输入 COMMAND、等号（ = ）、DO 以及要执行的应用程序名称。

例如，若要在启动 Visual FoxPro 6.0 时系统能够自动执行应用程序 MYAPP.app，那么命令格式为：

`COMMAND = DO MYAPP.app`

需要注意的是，在编辑配置文件时，每个命令应单独占用一行。

2．使用配置文件

当 Visual FoxPro 6.0 启动时，可以指定一个配置文件，或忽略所有的配置文件，而允许 Visual FoxPro 6.0 使用它的默认设置。Visual FoxPro 6.0 加载一个配置文件以后，配置文件中的设置优先于"选项"对话框中所做的对应的默认设置。

使用配置文件的方法是，在启动 Visual FoxPro 6.0 的命令行中指定 – C 开关参数以及希望使用的配置文件名称（必要时包含路径）。不要在开关参数和文件名称之间添加空格。

如果不希望使用任何配置文件，包括默认的配置文件 Config.fpw，那么，应在 Visual FoxPro 6.0 的命令行中添加 – C 开关参数，且其后不带任何参数。

【例 5.1】若要在 E:\MYVFP 中建立配置文件 MYVFP.fpw，并在启动 Visual FoxPro 6.0 时使用该配置文件，那么应如何设置？要求该配置文件能够将 Visual FoxPro 6.0 工作窗口的标题命名为"学籍管理系统"，默认路径为 E:\MYVFP，打开时钟显示。

首先建立配置文件 MYVFP.FPW，其中的命令包括：

`COMMAND = _SCREEN.Caption="学籍管理系统"`
`DEFAULT= E:\MYVFP`
`CLOCK=ON`

然后在 Visual FoxPro 6.0 的命令行中指定该配置文件。

`D: \VFP98\VFP6.EXE  – CE:\MYVFP\MYVFP.fpw`

5.3　Visual FoxPro 6.0 的工作方式

Visual FoxPro 6.0 提供了如下 3 种工作方式。

1. 可视化操作方式

在 Visual FoxPro 6.0 中，使用菜单或工具栏中的按钮来完成任务对于数据库最终用户来说是最常用的一种工作方式。Visual FoxPro 6.0 提供的菜单栏和工具栏允许用户通过直观的操作完成指定的任务。

2. 命令方式

Visual FoxPro 6.0 提供命令方式主要有两种目的，一是对数据库的操作使用命令比使用菜单或工具栏要快捷而灵活；另一方面，熟悉命令操作是程序开发的基础。

（1）Visual FoxPro 6.0 提供了命令窗口用于输入执行命令。

（2）Visual FoxPro 6.0 中的命令采用近似于自然语言的结构。

（3）Visual FoxPro 6.0 中的命令不区分大小写，即命令可以用大写字母，也可以用小写字母书写。另外，对于较长的命令可以只输入命令的前 4 个字母。

3. 程序方式

Visual FoxPro 6.0 提供了一个程序编辑器，可以使用 MODIFY COMMAND 命令打开程序编辑器，或者从"文件"菜单中选择"新建"命令，在弹出的"新建"对话框中选中"程序"单选按钮，最后单击"新建文件"按钮即可打开程序编辑器。

5.4　Visual FoxPro 6.0 的文件类型

5.4.1　数据库文件

数据库文件是用来存储数据库数据的文件。主要有数据库容器文件、表文件、索引文件等。

1. 数据库容器文件

数据库容器文件的扩展名为.dbc、.dct 和.dcx，其中，.dbc 为数据库容器的主文件扩展名，.dct 为数据库容器的备注文件扩展名，.dcx 为数据库容器的索引文件扩展名。

2. 表文件

表是关系数据库中用来存储数据的主体，表文件的扩展名为.dbf 和.fpt。其中，.dbf 为表的主文件扩展名，主文件用于存储固定长度的数据；.fpt 为表的备注文件扩展名，备注文件用于存放可变长度的数据。

3. 索引文件

索引的主要作用是加快检索数据的速度。Visual FoxPro 6.0 中主要有两种与表有关的索引：复合索引和单一索引。复合索引文件的扩展名为.cdx；单一索引文件的扩展名为.idx。

5.4.2　文档文件

文档文件主要包括表单文件、报表文件、菜单文件以及项目文件等。

1．表单文件

表单是用于数据输入与输出的图形界面，一个表单对应一个窗口，可以采用 Visual FoxPro 6.0 提供的表单设计器来创建。表单文件的扩展名为.scx 和.sct，其中，.scx 为表单的主文件，.sct 为表单的备注文件。

2．报表文件

报表文件为用户打印数据库数据提供了方便灵活的途径，可以采用 Visual FoxPro 6.0 提供的报表设计器来创建。报表文件的扩展名为.frx 和.frt。

3．菜单文件

菜单文件用于保存用户使用 Visual FoxPro 6.0 的菜单设计器创建菜单程序时所产生的设计数据。菜单文件的扩展名为.mnx 和.mnt。

4．项目文件

.pjx 为项目主文件，.pjt 为项目备注文件。

5.4.3　程序文件

程序是由命令所构成的语句序列。

1．源程序文件

Visual FoxPro 6.0 中默认的源程序文件扩展名为.prg，但 Visual FoxPro 6.0 为了使众多的程序文件相区别，又增加了以.mpr 和.qpr 为扩展名的源程序文件。

.mpr 是菜单程序的扩展名，菜单程序可由菜单设计器生成。

.qpr 是查询程序的扩展名，查询程序可由查询设计器生成。

如果要使用以.mpr 和.qpr 为扩展名的程序文件，则在执行程序时必须加上扩展名，否则会出现找不到文件的错误。

2．编译后的程序文件

编译前后的文件扩展名如表 5-2 所示。

表 5-2　源程序文件与编译后的程序文件扩展名

源程序文件扩展名	编译后的程序文件扩展名
.prg	.fxp
.mpr	.mpx
.qpr	.qpx

3．应用程序文件

开发一个数据库管理系统可能涉及到几十个甚至数百个数据文件、文档文件和程序文件。为了便于管理和发布，Visual FoxPro 6.0 提供了项目管理器。利用项目管理器可以将数据文件、文档文件和程序文件打包到一个应用程序文件中，生成扩展名为.app 或.exe 的应用程序文件。如果生成的是.app 应用程序文件，则需要在 Visual FoxPro 6.0 环境下才能运行；如果生成的是.exe 应用程序文件，则可以在操作系统环境下直接运行。

5.5　项目管理器

在 Visual FoxPro 中，一个应用程序包含许多文件，例如数据库文件、查询文件、表单文件、报表文件和命令文件等。这些文件彼此独立，可以存放在不同的文件夹中，既难于管理又不便于维护。为了解决这个问题，Visual FoxPro 提供了项目管理器。项目管理器可以将应用程序的所有文件集合成一个有机的整体，形成一个项目文件。项目文件的扩展名为.PJX。

项目管理器是组织数据和对象的可视化操作工具。项目管理器将文件根据其文件类型放置在不同的选项卡中，并采用图示和树形结构的方式组织和显示这些文件，针对不同类型的文件提供不同的操作。项目管理器提供便捷、可视化的操作方式组织管理 Visual FoxPro 的各类文件、数据、文档和对象。可以使用项目管理器通过直观的操作来建立数据库、表、查询、表单、报表等文件。利用项目管理器可以在项目中添加或移去文件、创建新文件或修改已有的文件。

5.5.1　创建项目

1. 菜单方式

选择 VFP 系统菜单"文件"中的"新建"命令进行创建，并且可以使用创建项目管理器的向导，如图 5-3 所示。

项目管理器包含"全部"、"数据"、"文档"、"类"、"代码"和"其他" 6 个选项卡。各选项卡的具体含义如下。

（1）"全部"选项卡：用于显示和管理项目管理器能够显示和管理的所有类型的文件，其中包括数据、文档、类库、代码和其他。

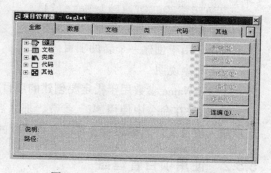

图 5-3　"项目管理器"对话框

（2）"数据"选项卡：用于显示和管理数据库、自由表和查询 3 种类型文件。

（3）"文档"选项卡：用于显示和管理表单、报表和标签 3 种类型文件。

（4）"类"选项卡：用于显示和管理所有的类库文件。

（5）"代码"选项卡：用于显示和管理程序、API 库和应用程序 3 种类型文件。

（6）"其他"选项卡：用于显示和管理菜单、文本文件和其他文件 3 种类型文件。

在项目管理器的右侧排列有若干个按钮，这些按钮的具体功能如下。

（1）"新建"按钮：创建一个新文件或对象。新文件或对象的类型与当前所选中的选项的类型相同。新建的文件或对象将自动包含在项目中。

（2）"添加"按钮：添加一个已存在的文件到项目中。

（3）"修改"按钮：在对应的设计器中打开所选择的文件以进行修改。例如，在报表设计器中打开一个报表以进行修改。

（4）"浏览"按钮：在浏览窗口中打开指定的表。只有选中了一个表时才能使用该按钮。

（5）"关闭"按钮：关闭一个打开了的数据库。如果被选中的数据库已经关闭，则该按钮的标题改变为"打开"，只有选定的类型为数据库时该按钮才可用。

（6）"打开"按钮：打开一个数据库。如果被选中的数据库已经打开，则该按钮的标题改变为"关闭"。

（7）"移去"按钮：从项目中移去指定的文件或对象。Visual FoxPro 将会询问是仅从项目中移去文件还是在移去文件的同时从磁盘上删除该文件。

（8）"连编"按钮：连编一个项目文件或建立应用程序。在 Visual FoxPro 专业版中，还可以建立可执行文件。

（9）"预览"按钮：在打印预览方式下显示选定的报表或标签。只有选中报表或标签时才能使用"预览"按钮。

（10）"运行"按钮：执行指定的查询、表单或程序。只有选定项目管理器中的一个查询、表单或程序时才能使用"运行"按钮。

需要注意的是，"关闭"、"打开"、"运行"和"预览"按钮实际上是共用一个按钮，根据所选择的文件类型的不同，按钮所显示的标题也不同。

2．命令方式

（1）命令格式

CREATE PROJECT [FileName|?]

（2）命令功能

该命令用于创建一个新的项目。

（3）命令说明

① FileName 参数用于指定要创建的项目文件名称。

② 如果在命令中使用"?"参数，那么当执行该命令时，系统将弹出"创建"对话框，要求用户输入项目文件名称以及选择保存该项目的文件夹。

5.5.2　使用项目管理器

项目管理器提供了便捷、可视化的操作方式以组织和管理 Visual FoxPro 的文件、数据、文档和对象。用户可以通过直观的操作在项目中创建、添加、修改、移去和运行指定的文件，还可以进行其他操作：

（1）创建文件；

（2）添加文件；

（3）修改文件；

（4）移去文件；

（5）设置主文件。一般来说，每一个项目必须指定一个主文件。主文件是应用程序的执行起始点。菜单、表单、查询或源程序等文件均可设置为应用程序的主文件。每一个项目必须有一个主文件，也只能有一个主文件。

（6）运行程序。

（7）连编应用程序。项目管理器的"连编"按钮主要有两个功能：一是把项目编译成应用程序文件（.app）或可执行文件（.exe），二是检查项目的完整性。

（8）文件的包含与排除。文件在项目管理器中以两种状态存在：包含和排除。所谓"包含"文件，就是连编项目后，其文件不能再被用户修改。项目中所有设置为"包含"的文件都以只读方式被编译进应用程序文件（.app）或可执行文件（.exe）中。所谓"排除"文件，就是连编项目后，其文件仍允许用户修改。与"包含"文件不同的是，"排除"文件并不编译进应用程序中。

5.5.3　定制项目管理器

定制项目管理器可以改变项目管理器窗口的外观。其主要包括以下几方面：

（1）改变项目管理器窗口的大小和位置；

（2）折叠项目管理器窗口；

（3）拆分项目管理器；

（4）设置选项卡的顶层显示。

5.6　本章小结

本章主要介绍了 Visual FoxPro 6.0 的应用开发环境，以及如何设置工作环境、工作方式和文件类型，重点介绍了项目管理器的使用。项目管理器是所有文件、数据、文档及对象的控制中心，可以方便地帮助用户进行程序的开发和管理。

习　题　5

一、选择题

1. 退出 Visual FoxPro 的操作方法是（　　　）。

　A. 从"文件"菜单中选择"退出"命令

　B. 单击关闭窗口按钮

　C. 在命令窗口中直接输入"QUIT"命令，然后按回车键

　D. 以上方法都可以

2. Visual FoxPro 6.0 的工作方式有（　　　）。

　A. 利用菜单系统实现人机对话

　B. 利用各种生成器自动产生程序，或者编写 Visual FoxPro 程序，然后执行程序

　C. 在命令窗口中直接输入命令进行交互操作

　D. 以上说法都正确

3. 下面关于工具栏的叙述，错误的是（　　　）。

　A. 可以创建自己的工具栏　　　　　　　B. 可以修改系统提供的工具栏

　C. 可以删除用户创建的工具栏　　　　　D. 可以删除系统提供的工具栏

4. "项目管理器"的"数据"选项卡用于显示和管理（　　　）。

　A. 数据库、自由表和查询　　　　　　　B. 数据库、视图和查询

　C. 数据库、自由表、查询和视图　　　　D. 数据库、表单和查询

5．在"选项"对话框的"文件位置"选项卡中可以设置（　　　）。

A．默认目录

B．日期和时间的显示格式

C．表单的默认大小

D．程序代码的颜色

6．如果说某个项目包含某个文件，则是指（　　　）。

A．该项目和该文件之间建立了一种联系

B．该文件是该项目的一部分

C．该文件不可以包含在其他项目中

D．单独修改该文件不影响该目录

7．"项目管理器"的功能是组织和管理与项目有关的各种类型的（　　　）。

A．文件

B．程序

C．字段

D．数据表

8．在"项目管理器"中建立的项目文件的默认扩展名是（　　　）。

A．.prg

B．.pjx

C．.mpr

D．.mnr

9．双击"项目管理器"的标题栏，可以将"项目管理器"设置成工具栏。如果要还原"项目管理器"，可以将"项目管理器"的工具栏拖动到 Visual FoxPro 6.0 的窗口中，还可以（　　　）。

A．双击"项目管理器"的标题栏

B．选择"窗口"菜单中的"项目管理器"命令

C．选择"显示"菜单中的"工具栏"命令

D．双击"项目管理器"工具栏的边框

10．文档文件不包括以下（　　　）文件。

A．表单文件

B．报表文件

C．索引文件

D．项目文件

二、填空题

1．安装完 Visual FoxPro 6.0 之后，系统会自动用一些默认值来设置环境，要定制自己的系统环境，应选择"＿＿＿＿＿＿＿＿"菜单下的"＿＿＿＿＿＿＿＿"命令。

2．在 Visual FoxPro 中，项目文件的扩展名为＿＿＿＿＿＿＿＿。

3．扩展名为.dbf 代表＿＿＿＿＿＿＿＿文件。

4．设置 Visual FoxPro 6.0 的工作环境可以采用两种方式：＿＿＿＿＿＿＿＿和＿＿＿＿＿＿＿＿。

5．打开"选项"对话框之后，要设置日期和时间的显示格式，应当选择"选项"对话框中的"＿＿＿＿＿＿＿＿"选项卡。

三、实验题

1．用不同的方式设置 Visual FoxPro 6.0 的工作环境。

2．打开项目管理器，熟悉各个选项卡。

第 6 章

Visual FoxPro 基本数据元素

Visual FoxPro 数据库管理系统提供了多种数据类型，并可以将其存放在各种类型的数据容器中。本章主要介绍 Visual FoxPro 的数据类型、数据存储方式、函数及表达式。

6.1 常量、变量和数据类型

6.1.1 常量

常量是指一个不变的数值或字符串。常量表达式中包括常量和操作符，但不包含变量，而且计算结果总是常值。Visual FoxPro 支持多种类型的常量，如数值常量、字符常量、日期常量、逻辑常量、货币常量、日期时间常量等。

6.1.2 变量

变量是值可以改变的量，指代计算机内存中的某一位置，其中可存放数据。变量分为字段变量和内存变量。

1. 内存变量

内存变量是独立于数据库文件的临时存储单元，可以用来存放表操作过程中或程序运行过程中要临时保存的数据。

2. 字段变量

表中的每一个字段就是一个字段变量，字段名就是字段变量的变量名。字段变量的当前值等于表中当前记录该字段所对应的内容。

6.1.3 内存变量的基本操作

1. 对内存变量的赋值操作

内存变量的赋值操作和其他高级语言一样，必须先定义后使用。

格式 1: STORE 〈表达式〉TO〈变量名表〉

【例 6.1】

```
STORE 0 TO AA,BB,CC     将数值 0 赋给变量 AA、BB、CC
STORE "李磊" TO NAME     将字符串"李磊"赋给 NAME
```

格式 2: 〈内存变量名〉=〈表达式〉

【例 6.2】A=.T.将逻辑真值赋给变量 A。

功能: 计算表达式并将表达式赋给一个或多个内存变量, 格式 2 只能给一个变量赋值。

2. 显示内存变量

格式 1: LIST MEMORY [LIKE<内存变量名框架>] [TO PRINTER[PROMPT]/TO FILE<文件名>] [NOCONSOLE]

格式 2: DISPLAY MEMORY [LIKE <内存变量框架名>] [TO PRINTER[PROMPT]/TO FILE<文件名>] [NOCONSOLE]

功能: 显示当前在内存中定义的自定义内存变量和系统内存变量, 以及自定义菜单和自定义窗口的有关信息。

LIST MEMORY 与 DISPLAY MEMORY 的区别: LIST MEMORY 显示内存变量时不暂停, 在屏幕上只保留最后一屏内存变量。DISPLAY MEMORY 在显示内存变量时, 若内存变量数超过一屏, 则在每显示一屏后暂停, 按任意键后继续显示。

【例 6.3】在"命令"窗口中执行下条命令: LIST MEMORY。

屏幕显示如图 6-1 所示。

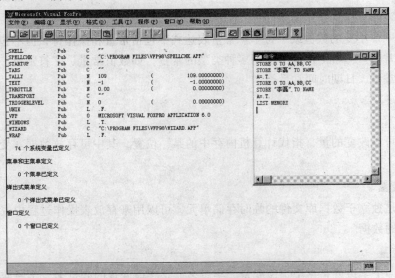

图 6-1　运行 LIST MEMORY

因为 LIST MEMORY 命令在不带任何参数时将显示所有的内存变量(包括系统内存变量), 本例需要多屏显示, 因而在屏幕上只保留最后一屏的内容。

【例 6.4】在"命令"窗口中执行下条命令: DISPLAY MEMORY。

如图 6-2 所示, 屏幕显示第一屏的内容。

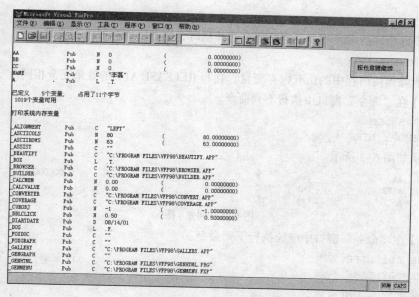

图 6-2　运行 DISPLAY MEMORY

因为 DISPLAY MEMORY 命令在不带任何参数时将分屏显示所有的内存变量（包括系统内存变量）。此例中需要多屏显示，因而在屏幕中会一屏一屏地显示内存变量。

3．保存内存变量

格式：SAVE TO <内存变量文件名>/ <MEMO 备注字段名>[ALL LIKE/ EXCEPT <内存变量名框架>]

功能：它将内存中的部分或全部内存变量以文件的形式存入磁盘，文件名由<内存变量文件名>指定，文件扩展名的默认值为.mem。

参数描述如下。

（1）SAVE：命令动词，表示保存内存变量。

（2）<内存变量文件名>：指定保存内存变量和数组的内存变量文件。

（3）<MEMO 备注字段名>：指定保存内存变量和数组的备注字段。

（4）ALL LIKE<内存变量名框架>]：将符合<内存变量名框架>的那些变量存入指定的文件。

（5）ALL EXCEPT <内存变量名框架>]：将不符合<内存变量名框架>的那些变量存入指定的文件。

【例 6.5】SAVE TO VAR2 ALL LIKE ?A*。

将第一个字符是任意字符、第二个字符是 A 的所有内存变量保存到 VAR2.mem 文件中，即 AA、NAME 。

选用 LIKE 短语只显示与通配符相同匹配的内存变量。通配符包括*和?，*表示任意多个字符，? 表示任意一个字符。

4．删除内存变量

格式 1：RELEASE <内存变量名表>

功能：删除指定的内存变量。当<内存变量名表>为多个变量时，变量名之间用"，"隔开。

格式2：RELEASE ALL [LIKE/EXCEPT <内存变量名框架>]

功能：删除指定的内存变量。省略所有选择项时，则删除所有的内存变量。

格式3：CLEAR MEMORY

功能：删除当前内存中的所有内存变量。它和 RELEASE ALL 的效果完全相同。

【例6.6】在"命令"窗口中执行下列命令。

```
RELEASE BB,CC
LIST MEMORY LIKE *
```

屏幕显示如图6-3所示。

```
AA            Pub    N   0                    (        0.00000000)
NAME          Pub    C   "李磊"
A             Pub    L   .T.
```
图 6-3　例 6.6 图

【例6.7】在"命令"窗口中继续执行下列命令。

```
RELEASE ALL LIKE ?A*
LIST MEMORY LIKE *
```

屏幕显示如图6-4所示。

```
A                 Pub      L    .T.
```
图 6-4　例 6.7 图

【例6.8】在"命令"窗口中继续执行下列命令。

```
RELEASE ALL
LIST MEMORY LIKE *
```

屏幕显示（空）。

5．恢复内存变量

如果需要使用已保存的内存变量，可用下述命令恢复。

格式：RESTORE FROM <内存变量文件名> [ADDITIVE]

功能：它将<内存变量文件名>指定的内存变量文件中所保存的内存变量从磁盘读回内存重新使用。参数描述如下。

（1）RESTORE：命令动词，表示执行恢复操作。

（2）FROM <内存变量文件名>：指定恢复内存变量的来源。

（3）[ADDITIVE]：保留当前内存中的内存变量，将指定文件中的内存变量添加到当前内存变量之后。若省略 ADDITIVE 选择项，则内存中已有的内存变量全部释放，将指定文件中的内存变量调入内存。

【例6.9】在"命令"窗口中继续执行下列命令。

```
RESTORE FROM VAR1
LIST MEMORY LIKE *
```

屏幕显示如图6-5所示。

```
NAME          Pub      C    "李磊"
AA            Pub      N    0          (        0.00000000)
BB            Pub      N    0          (        0.00000000)
CC            Pub      N    0          (        0.00000000)
A             Pub      L    .T.
```
图 6-5　例 6.9 图

【例 6.10】在"命令"窗口中继续执行下列命令。

```
RESTORE FROM VAR2
LIST MEMORY LIKE *
```

屏幕显示如图 6-6 所示。

```
NAME          Pub      C    "李磊"
AA            Pub      N    0              (           0.00000000)
```

图 6-6　例 6.10 图

【例 6.11】在"命令"窗口中继续执行下列命令。

```
RESTORE FROM VAR3 ADDITIVE
LIST MEMORY LIKE *
```

屏幕显示如图 6-7 所示。

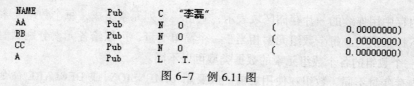

```
NAME          Pub      C    "李磊"
AA            Pub      N    0              (           0.00000000)
BB            Pub      N    0              (           0.00000000)
CC            Pub      N    0              (           0.00000000)
A             Pub      L    .T.
```

图 6-7　例 6.11 图

6.1.4　数据类型

1. 字符型数据

用 C 表示类型。由中文字符、英文字符、数值字符、空格和其他专业符号组成。用定界符括起来的字符串，定界符有""和''。

注意：这些定界符必须配对使用，如果一个定界符已经作为常量，则应选择另一种定界符。

2. 数值型数据

用 N 表示类型。它只能由数字、小数点和正负号组成。数值精度达 16 位，小数最多 15 位，数据还可分为整数、实数和浮点数。如 0、–15 为整数，3.141 59、99.9 为实数，浮点数在存储形式上采取浮点格式。

3. 逻辑型数据

用 L 表示类型。它表示逻辑判断结果的值，只能取真（.T.和.Y.）或假（.F.和.N.）。逻辑数据的长度固定为 1 个字节。

4. 日期型数据

用 D 表示类型。日期型数据的定界符是一对花括号。花括号内有年、月、日 3 部分内容，各部分内容之间用分隔符分隔。分隔符可以是斜杠（/）、连字符（–）、句点（.）和空格，其中斜杠是系统显示日期型数据的默认分隔符。日期型数据的长度固定为 8 个字节，取值范围是{^0001–01–01}～{^9999–12–31}。日期型数据有固定的格式：传统的日期格式 、严格的日期格式 。

5. 日期时间型数据

用 T 表示类型。包括日期和时间两部分内容：{<日期>，<时间>}，日期部分和日期型数据相似，也有传统和严格两种格式。

6. 货币型数据

这是专门为货币数据设计的数据类型，表示方法是在数据前加一个$符号。货币型数据最多只能保留到小数点后4位，超过4位则会自动四舍五入，少于4位则会自动补零。

7. 备注型数据

用 M 表示类型。它是数据库文件中特有的数据类型。备注型数据一般不限制长度，但在字段中用4位表示。

8. 通用型数据

用 G 表示类型。通用型数据一般是图像信息或对象信息。

6.1.5 数组

数组在内存中用连续的一片存储区域表示，它由一系列元素组成，每个数组元素可通过数组名及相应的下标来访问。每个数组元素相当于一个简单变量，可以给各元素分别赋值。在 Visual FoxPro 中，一个数组的各个数组元素的数据类型可以不同。

与简单内存变量不同，数组在使用之前一般要用 DIMENSION 或 DECLARE 命令显示创建，规定数组是一维数组还是二维数组，并规定数组名和数组大小。数组大小由下标值的上、下限决定，下限规定为1。

创建数组的命令格式为：

DIMENSION〈数组名〉(〈下标上限1〉[,〈下标上限2〉])　[, …]
DECLARE〈数组名〉(〈下标上限1〉[,〈下标上限2〉])　[, …]

以上两种格式的功能完全相同。数组创建后，系统自动给每一个数组元素赋逻辑假.F.。

整个数组的数据类型为 A（Array），而各个数组元素可以分别存放不同类型的数据。在使用数组和数组元素时，应注意如下问题。

（1）在一切使用简单内存变量的地方，均可以使用数组元素。

（2）在赋值和输入语句使用数组名时，表示将同一个值同时赋给该数组的全部元素。

（3）在同一个运行环境下，数组名不能与简单变量名重复。

（4）在赋值语句中的表达式位置不能出现数组名。

（5）可以用一维数组的形式访问二维数组。例如，数组 y 中的各元素用一维数组形式可依次表示为 $y(1)$、$y(2)$、$y(3)$、$y(4)$、$y(5)$、$y(6)$，其中 $y(4)$ 与 $y(2,1)$ 是同一个变量。

6.2　表达式与运算符

6.2.1　基本概念

1. 表达式

表达式是由运算符和括号将常量、变量和函数连接起来的有意义的式子。单个的常量、变量和函数都可以看作是最简单的表达式。表达式按照运算结果的类型可以分为4类：字符型表达式（C）、数值型表达式（N）、逻辑型表达式（L）、日期型表达式（D）。

2．表达式显示命令

格式 1：? <表达式列表>

格式 2：?? <表达式列表>

功能：计算表达式的值，并将其显示到屏幕上。

区别：? 换行显示，?? 不换行显示。

3．运算符

运算符是对数据对象（操作数）进行操作运算的符号。运算符以其结果的类型分为如下 5 类：算术运算符、关系运算符、逻辑运算符、字符串运算符、日期运算符。

6.2.2　数值、字符与日期时间表达式

1．数值表达式

数值表达式是由算术运算符将数值型数据连接起来形成的，其运算结果仍然是数值型，数值型数据可以是数值型常量和变量。

（1）加、减、乘、除、乘方运算

　　加、减、乘、除、乘方运算同数学的运算规则相似。

（2）求余运算

求余运算 % 和取余函数 MOD( ) 的作用相同。余数的正负号与除数一致。当表达式出现乘、除和求余运算时，它们具有相同的优先级。

【例 6.12】求余运算举例。

```
? 15%4,15%-4
显示：
3          -1
STORE  122  TO  X,Y
Z=73
?X%Z,MOD(X,Z),X%(Y-200)
显示：
49          49          -34
```

（3）算术运算优先级

数值表达式中的算术运算符有些与日常使用的运算符有区别，如表 6-1 所示。

表 6-1　算术运算符及其优先级

	运　算　符	说　　明
1	（ ）	形成表达式内的子表达式
2	**或^	乘方运算
3	*、/、%	乘、除和求余运算
4	+ -	加减运算

2．字符表达式

字符表达式由字符串运算符将字符型数据连接起来形成，其运算结果仍然是字符型数据。字符串运算符有以下两个，它们的优先级相同。

（1）+：前后两个字符串首尾连接形成一个新的字符串。

（2）–：连接前后两个字符串，并将前字符串的尾部空格移到合并后的新字符串尾部。

【例 6.13】 字符串运算示例。

```
a="Good  "
b="morning! "
?a+b,a-b
```
显示：Good morning!   Goodmorning!

3. 日期时间表达式

日期时间表达式中可以使用的运算符也有 + 和 – 两个。

日期时间表达式有一定的限制，不能任意组合。合法的日期时间表达式格式如表 6-2 所示，其中<天数>和<秒数>都是数值表达式。

表 6-2　时期时间表达式运算

格　　式	结果及类型
<天数> + <日期>	日期型，指定日期若干天后的日期
<日期> – <天数>	日期型，指定日期若干天前的日期
<日期> + <日期>	数值型，两个指定日期相差的天数
<日期时间> + <秒数>	日期时间型，指定日期若干秒后的日期时间
<秒数> + <日期时间>	日期时间型，指定日期若干秒后的日期时间
<日期时间> – <秒数>	日期时间型，指定日期若干秒前的日期时间
<日期时间> – <日期时间>	数值型，两个指定日期时间相差的秒数

6.2.3　关系表达式

关系表达式是由字符表达式或数值表达式与关系运算符组成的表达式，关系运算符及其说明如表 6-3 所示。

表 6-3　关系运算符

关系运算符	说　　明	关系运算符	说　　明
<	小于	< =	小于等于
>	大于	> =	大于等于
=	等于	<>、! =、#	不等于
= =	字符串精确比较	$	子串包含测试

运算符"= ="和"$"仅适用于字符型数据。关系运算符两边可以是字符表达式也可以是数值表达式，但两边的数据类型必须一致，因为只有相同类型的数据才能比较。字符的比较是按 ASCII 码的大小进行的，汉字按机内码比较大小。对于表达式是先计算表达式的值，然后利用值比较大小。

1. 数值型和货币型数据比较

按数值的大小比较，包括负号。例如，0>–1、$150>$105。

2. 日期型和日期时间型数据比较

越早的日期或时间越小，越晚的日期或时间越大。例如，{^2002–09–23}>{^2000–09–04}。

3. 逻辑型数据比较

.T.大于.F.。

4. 子串包含测试

关系表达式<前字符型表达式>$<后字符型表达式>为子串包含测试，如果前者是后者的一个子字符串，则结果为逻辑真（.T.），否则为逻辑假（.F.）。

6.2.4 逻辑表达式

逻辑表达式是指由逻辑常量、变量、函数和逻辑运算符组成的表达式。逻辑表达式运算结果为真或假。运算符包括如下几种。

（1）!、NOT：表示逻辑非运算。

（2）OR：表示逻辑或运算。

（3）AND：表示逻辑与运算。

逻辑运算符的运算优先次序由高到低如下。

NOT→AND→OR。

逻辑运算符的运算规则如表 6-4 所示。

表 6-4 逻辑运算的运算规则

A	B	A.AND.B	A.OR.B	.NOT.A
.T.	.T.	.T.	.T.	.F.
.T.	.F.	.F.	.T.	.F.
.F.	.T.	.F.	.T.	.T.
.F.	.F.	.F.	.F.	.T.

【例 6.14】逻辑运算举例。

? .NOT. "工程师"

显示：

.T.

? "年龄 4 岁" .AND. "是儿童"

显示：

.T.

? 1 .AND. 0，1 .OR . 0

显示：

.F.，.T.

6.2.5 各种运算的优先级

在每一类运算中，各个运算符有一定的运算优先级。而不同的运算符可能出现在同一表达式中，这时它们的运算优先级由高到低如下。

（ ）→算术运算符、字符运算符和日期时间运算符→关系运算符→逻辑运算符。

【例 6.15】不同运算符组成的表达式示例。

? 12>2 .AND. "人" >"人民" .OR. .T.<.F.

显示：

.T.

?((10%3=1) .AND. (15%2=0) .OR. "电脑" != "计算机"

显示：

.T.

6.3 常 用 函 数

6.3.1 数值运算函数

数值运算函数除特别说明的以外，其操作数为数值型，返回值的数据类型也为数值型。

1．求绝对值函数

格式：ABS(<nExpression>)

功能：求<nExpression>的绝对值。

参数描述：<nExpression>指定需由 ABS( )函数返回绝对值的数值表达式。

2．正负号函数

格式：SIGN(<nExpression>)

功能：根据表达式的值大于、等于或小于零，函数值分别为 1、0、–1。

参数描述：<nExpression>指定 SIGN( )函数进行求值的数值表达式。如果求出的值是正数，则 SIGN( )函数返回 1；如果求出的值是负数，则返回–1；如果求出的值是 0，则返回 0。

3．取整函数

格式：INT(<nExpression>)

功能：将数值型表达式的值只取整数部分，舍掉小数部分。

参数描述：<nExpression>指定 INT( )函数计算的数值表达式。

4．平方根函数

格式：SQRT(<nExpression>)

功能：求数值型表达式值的平方根。函数的小数位与系统的小数位相同，或与数值型表达式中的小数位相同。

参数描述：<nExpression>指定由 SQRT( )函数计算的数值表达式，其值不能为负数。

5．指数函数

格式：EXP(<nExpression>)

功能：求以 e 为底，数值型表达式的值为指数的值。

参数描述：<nExpression>指定指数表达式中 e^x 的指数 x。

6．自然对数函数

格式：LOG(<nExpression>)

功能：求数值型表达式值的自然对数。它是 EXP( )函数的逆运算。

参数描述：<nExpression>指定数值表达式。LOG( )函数返回 e^x=<nExpression>中 x 的值，<nExpression>必须大于 0。

7．常用对数函数

格式：LOG10(<nExpression>)

功能：求以 10 为底的数值型表达式的值。数值型表达式必须为正数。

参数描述：<nExpression>指定数值表达式。LOG10( )函数返回 10^x=<nExpression>中 x 的值，<nExpression>必须大于 0。

8．最小整数函数

格式：CEILING(<nExpression>)

功能：求大于或等于指定表达式的最小整数。

参数描述：<nExpression>指定 CEILING( )函数返回其后续整数的数值。

9．最大整数函数

格式：FLOOR(<nExpression>)

功能：求小于或等于指定表达式值的最大整数。

参数描述：<nExpression>指定数值表达式。FLOOR( )函数返回小于或等于此表达式值的最大整数。

10．最大值函数

格式：MAX(<eExpression1>, <eExpression2>[,<eExpression3>…])

功能：先计算表达式的值，然后取其中最大的值作为函数值。

参数描述：<eExpression1>, <eExpression2>[, <eExpression3>…]指定若干个表达式。MIN()函数函数返回其中具有最大值的表达式，所有表达式必须为同一种数据类型。

返回值类型：表达式的数据类型。

11．最小值函数

格式：MIN(<eExpression1>,<eExpression2>[,<eExpression3>…])

功能：先计算表达式的值，然后取其中最小的作为函数值。

参数描述：<eExpression1>, <eExpression2>[, <eExpression3>…]指定若干个表达式。MIN()返回其中具有最小值的表达式，所有表达式必须为同一种数据类型。

返值类型：表达式的数据类型。

12．舍入函数

格式：ROUND(<nExpression1>,<nExpression2>)

功能：四舍五入运算

参数描述：<nExpression1>要舍入的数值表达式。<nExpression2>指定舍入到的小数位数。如果<nExpression2>的值是一个负数，则 ROUND( )函数返回的结果在小数点左端包含<nExpression2>个零。例如，它的值为–2，则函数值舍入成整百的数，即小数点左端的第一个和第二个数字（个位和十位）均为 0。

13．随机函数

格式：RAND([<nExpression>])

功能：产生一个在(0,1)范围内取值的随机数。

参数描述：<nExpression>为指定的种子数，它指定 RAND( )函数返回的数值序列。

14. 求 π 值函数

格式：PI()

功能：返回 π 的常数数值。

15. 求模函数

格式：MOD(<nExpression1>,<nExpression2>)

功能：求<nExpression1>除以<nExpression2>的余数。

参数描述：<nExpression1>指定被除数，它的小数位决定了返回值中的小数位。<nExpression2>指定除数。

说明：函数的值可以为正值也可以为负值，为了确保函数值的唯一性，函数值必须满足下列条件。

（1）函数值与<nExpression2>的值同为正数或同为负数。

（2）函数值的绝对值必须小于<nExpression2>的绝对值。

（3）取余函数 MOD()和算子%返回同样的结果。

（4）当<nExpression1>与<nExpression2>异号时，可将<nExpression1>绝对值除以<nExpression2>绝对值后的余数再带上<nExpression1>的符号，然后与<nExpression2>求和，即得其模。

【例 6.16】求模函数示例。

```
? MOD(132,11)              0
? MOD(132.45,11.56)        5.29
? MOD(-132.45,11.56)       6.27
? MOD(132.45,-11.56)      -6.27
? MOD(-132.45,-11.56)     -5.29
```

6.3.2 字符处理函数

1. 宏代换函数

格式 1：&<VarName>[.< cExpression>]

功能：以内存变量的值代替变量名。说明如下：

（1）使用&函数时，&与<VarName>间不能有空格；

（2）它是众多函数中唯一参数不带括号的函数；

（3）宏代换函数的作用范围是从符号&起，直到遇到一个"."或空格字符为止。如果宏代换后的值要与其后面的字符串一起使用，则应在&<VarName>与其后的字符串之间插入一个圆点"."。

【例 6.17】宏代换函数示例。

```
abcd=[Visual]
VisualFoxPro=[小型关系数据库]
Visual=123456789
? "&abcd.FoxPro"
显示：
VisualFoxPro
? &abcd.FoxPro
显示：
小型关系数据库
```

格式 2：(<VarName>)

功能：当要代换的内容是表名或是索引文件名时，可用( )函数代换&函数。

参数描述：<VarName>中所含的值为表名或为数据库文件名等名称。

【例 6.18】宏代换函数示例。

```
tableName=[Student]
use(tablename)              &&将打开默认目录下的 Student 表
```

格式 3：EVALUATE(<cExpression>)

功能：计算字符表达式的值并返回结果。

参数描述：<cExpression>指定要计算的字符表达式。

<cExpression>可以是原义字符串，也可以是引号括起的各种数据类型的有效表达式、内存变量、数组元素或字段。<cExpression>中的字符不能超过 255 个。只要可能，就应使用 EVALUATE( )函数和名称表达式来代替&的宏代换，因为 EVALUATE( )函数或名称表达式比宏代换的执行速度快。

2．子字符串检索函数

格式 1：AT(<cSearchExpression>,<cExpressionSearched> [,<nOccurrence>])

功能：返回一个字符表达式或备注字段在另一个字符表达式或备注字段中第 n 次出现的位置，从最左边开始计数。

参数描述：<cSearchExpression>指定要搜索的字符或备注表达式，AT( )函数将在<cExpressionSearched>中搜索此字符表达式或备注字段值。<nOccurrence>指定搜索<cSearchExpression>在<cExpressionSearched>中第<nExpression>次出现。

说明：

（1）如果未指定<nOccurrence>，则返回第一次出现<cSearchExpression>的起始位置。

（2）如果<cExpressionSearched>不包含<cSearchExpression>，或出现次数少于<nOccurrence>的值，则函数返回值为 0。

（3）AT( )函数区分搜索字符的大小写，如果不区分搜索字符的大小写，应采用格式 2 的函数。

格式 2：ATC(<cSearchExpression>,<cExpressionSearched> [,<nOccurrence>])

3．反向子串检索函数

格式：RAT(<cSearchExpression>,<cExpressionSearched> [,<nOccurrence>])

功能：与 AT( )函数的功能类似，它从字符串最右边开始检索子字符串，返回<cSearchExpression>在<cExpressionSearched>内第<nOccurrence>次出现的位置，从最右边的位置算起。

说明：<nOccurrence>指定 RAT( )函数在<cExpressionSearched>中从右向左搜索<cSearchExpression>的第<nOccurrence>次出现时的位置。默认<nExpression>=1。如果在<cExpressionSearched>中没有找到<cSearchExpression>，那么 RAT( )函数返回 0。

4．字符串截取函数

格式：SUBSTR(<cExpression>,<nStartPosition> [, <nCharactersReturned>])

功能：返回从<cExpression>中截取从第<nStartPosition>个字符开始的连续<nCharactersReturned>个字符所形成的一个新子字符串。

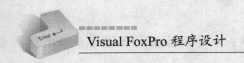

若省略<nCharactersReturned>，则截取的子字符串终止于字符串的最后一个字符。若<nCharactersReturned>大于起始位置到字符串的结束位置之间的字符个数时，则终止于字符串的最后一个字符。

5. 左子串截取函数

格式：LEFT(<cExpression>,<nExpression>)

功能：从<cExpression>中最左边第一个字符开始截取<nExpression>个字符，形成一个新的字符串。

参数描述：<cExpression>指定用于截取的字符表达式，LEFT()函数从中返回一个字符串。<nExpression>指定从<cExpression>中返回的字符个数。如果<nExpression>的值大于或等于<cExpression>的长度，则函数的值为整个字符串；如果<nExpression>的值小于或等于零，则函数的值为一个空串。LEFT( )函数与起始位置为 1 的 SUBSTR( )函数是等价的。

6. 右子串截取函数

格式：RIGHT(<cExpression>,<nExpression>)

功能：从<cExpression>中最右边第一个字符开始截取<nExpression>个字符形成一个新的字符串。

参数描述：<cExpression>指定用于截取的字符表达式，RIGHT()函数从中返回一个字符串。<nExpression>指定从<cExpression>中返回的字符个数。如果<nExpression>的值大于或等于<cExpression>的长度，则函数的值为整个字符串；如果<nExpression>的值小于或等于零，则函数的值为一个空串。

7. 删除字符串尾部空格函数

格式：TRIM(<cExpression>)

功能：返回删除全部后缀空格后的字符表达式。

参数描述：<cExpression>指定需要删除后缀空格的字符表达式。

说明：TRIM( )函数等同于 RTRIM( )函数。

8. 删除字符串右边空格函数

格式：RTRIM(<cExpression>)

功能：删除字符串右边空格。RTRIM( )函数等同于 TRIM( )函数。

9. 删除字符串先导和尾部空格函数

格式：ALLTRIM(<cExpression>)

功能：删除<cExpression>值的先导和尾部空格。它等价于 LTRIM (RTRIM(< cExpression>))。

说明：使用 ALLTRIM( )函数能确保删除用户输入的数据首尾的空格字符。

10. 长度函数

格式：LEN(<cExpression>)

功能：求字符型表达式<cExpression>的长度，返回字符表达式中字符的数目。

11. 空格生成函数

格式：SPACE(<nExpression>)

功能：生成指定数目空格的字符串，其空格个数由<nExpression>的值确定。

12．字符重复函数

格式：REPLICATE(<cExpression>,<nExpression>)

功能：它把<cExpression>的值重复<nExpression>次构成新的字符串。

6.3.3　日期时间函数

1．时间函数

格式：TIME([<nExpression>])

功能：以 24 小时制、8 位字符串（时：分：秒）格式取得当前的系统时间。

参数描述：如果含有<nExpression>变量，则可以返回包括 1/100 s 的时间。<nExpression>可以是任何值，然而，实际的最大精度是 1/18s。使用 SECONDS( )函数可以获得更高的精度。

2．日期函数

格式：DATE()

功能：返回由操作系统控制的当前系统日期。

3．日月年函数

格式：DMY(<dExpression | tExpression>)

功能：返回一个"日.月.年"格式的字符表达式。其中日为两位，月为英文月份名称，年通常为两位。

参数描述：<dExpression>为日期型表达式；<tExpression>为日期时间表达式。

4．月日年函数

格式：MDY(<dExpression | tExpression>)

功能：以"月.日.年"格式返回指定日期或日期时间表达式，其中月份名不缩写，如 October 05 2000。

5．年函数

格式：YEAR(<dExpression>)

功能：从日期型表达式<dExpression>中求出年的数值。

说明：该函数总是返回带世纪的年份，CENTURY 的设置对该函数没有影响。

6．月份函数

格式：MONTH(<dExpression>)

功能：从日期型表达式<dExpression>中求出月的数值。

7．日函数

格式：DAY(<dExpression>)

功能：以数值型返回给定的日期表达式<dExpression>是某月中的第几天。

说明：DAY( )函数返回 1～31 之间的一个数。

6.3.4 数据类型转换函数

1．小写转换成大写函数

格式：UPPER(<cExpression>)

功能：用大写字母返回<cExpression>字符串表达式。

2．大写转换成小写函数

格式：LOWER(<cExpression>)

功能：将<cExpression>中的大写字母转换成小写字母。

3．字符串的第一个字母转换成大写函数

格式：PROPER(<cExpression>)

功能：从<cExpression>中返回一个字符串，字符串的每个首字母大写，其他字母转换为小写字母。

4．字符型转换为日期型函数

格式：CTOD(<cExpression>)

功能：将具有正确日期格式的字符型表达式<cExpression>转换成日期型表达式。

5．日期型转换为字符型函数

格式：DTOC(<dExpression | tExpression> [,1])

功能：由日期型表达式数据转换成字符型日期数据。

参数描述：<dExpression | tExpression>参数指定要转换成字符型日期数据的日期。[,1]表示以适合作为索引的格式返回日期。

6．数值型转换成字符型函数

格式：STR(<nExpression>[,<nLength>[,<nDecimalPlaces>]])

功能：返回与数值型表达式相对应的字符串型。

参数描述：<nExpression>指定用于转换的数值型表达式。

<nLength>指定要返回的字符串的长度，包括小数点和小数位在内。如果指定长度大于小数点左边数字位数与<nDecimalPlaces>之和，则该函数用前导空格填充返回的字符串；如果指定的长度小于小数点左边的数字位数，则该函数返回一串星号(*)，"*"的长度等于给出的长度，表示数据溢出。<nDecimalPlaces>指定该函数返回的字符串中的小数位，若要指定小数位，则必须同时包含<nLength>。如果指定的小数位数小于<nExpression>中的小数位数，则返回四舍五入值。

7．字符型转换成数值型函数

格式：VAL(<cExpression>)

功能：将数字组成的字符型表达式<cExpression>转换成为数值型值。

8．字符转换成 ASCII 码值函数

格式：ASC(<cExpression>)

功能：求出<cExpression>最左边一个字符的 ASCII 码的十进制码值。

9．ASCII 码值转换成字符串函数

格式：CHR(<nExpression>)

功能：将<nExpression>的值转换成一个 ASCII 码。数值型表达式的值必须是一个 1～255 之间的整数。

通常，可以借助数值 7 来响铃以引起注意。如输入下列命令。

? CHR(7)+"小心"　&&输出时先响铃，然后在屏幕上显示"小心"

6.3.5　测试函数

1．数据库函数

格式：DBC()

功能：返回当前数据库的名称和路径。

2．表文件函数

格式：DBF([<cTableAlias | nWorkArea>])

功能：求出指定工作区中打开的表文件名。

参数描述：<cTableAlias>参数指定表的别名。<nWorkArea>参数指定工作区的编号。

3．表文件修改测试函数

格式：LUPDATE([<cTableAlias> | <nWorkArea>])

功能：返回指定工作区中表文件的最后修改日期。

4．文件修改测试函数

格式：FDATE(<cFileName> [, <nType>])

功能：返回文件最近一次被修改的日期。

参数描述：<cFileName>指定要检测的文件名。<nType>的值为 0 或 1，如果选择 0 或省略则返回日期型；否则返回日期时间型。

5．字段数测试函数

格式：FCOUNT([<nWorkArea>|<cTableAlias>])

功能：返回指定工作区中表的字段数目。

参数描述：可选项指定要测试的表所在的工作区或表的别名。

说明：如果指定的工作区中没有打开的表，则该函数返回 0；如果指定的别名不存在，则将产生错误信息。若省略选择项，则约定为当前工作区，该函数将返回当前工作区中表的字段数目。

6．字段名函数

格式：FIELD(<nExpression>[,<nWorkArea>|<cTableAlias>])

功能：根据字段编号，返回指定表或指定工作区中表的字段名。

参数描述：<nExpression>指定字段的编号。编号按建立表结构的顺序编号。如果该参数大于字段的数目则返回空字符串。返回的字段名为大写字母。

<nWorkArea>|<cTableAlias>指定表所在的工作区或表的别名。

说明：如果指定的工作区中没有打开的表，则该函数将返回一个空串；如果指定的别名不存在，则将产生错误信息。若省略选择项，则约定为当前工作区。

7. 字段宽度函数

格式：FSIZE(<cFieldName>[,<nWorkArea>|<cTableAlias>])

功能：以字节为单位返回指定工作区中指定字段的宽度。

参数描述：<cFieldName>参数指定要求其宽度的字段名。<nWorkArea>|<cTableAlias>表打开时所在的工作区或所取的别名。

8. 记录数测试函数

格式：RECCOUNT([<nWorkArea>|<cTableAlias>])

功能：返回当前或指定工作区中表的记录数。

参数描述：<nWorkArea>|<cTableAlias>指定要测试记录的表打开时所在的工作区或所取的别名。如果指定的工作区中没有打开的表，则该函数的返回值为 0；如果指定的别名不存在，则将返回错误信息。

9. 记录长度测试函数

格式：RECSIZE([<nWorkArea>|<cTableAlias>])

功能：求指定工作区中表的记录长度。

参数描述：<nWorkArea>|<cTableAlias>指定要测试记录长度的表所在的工作区。

10. 当前记录号测试函数

格式：RECNO([<nWorkArea>|<cTableAlias>])

功能：返回当前表或指定工作区中表的当前记录的记录号。

参数描述：<nWorkArea>|<cTableAlias>指定要测试的表打开时所在的工作区。

11. 文件起始测试函数

格式：BOF([<nWorkArea>|<cTableAlias>])

功能：测试指定工作区中的表的当前记录指针是否指向文件的起始位置（表头）。

参数描述：<nWorkArea>|<cTableAlias>指定在非当前工作区中打开的表的工作区号或指定非当前工作区中打开的表的别名。

12. 文件结束测试函数

格式：EOF([<nWorkArea>|<cTableAlias>])

功能：测试指定工作区中的表的记录指针是否指向文件的结束位置（表尾）。

参数描述：<nWorkArea>|<cTableAlias>指定在非当前工作区中打开的表的工作区号或指定非当前工作区中打开的表的别名。

13. 记录删除测试函数

格式：DELETED([<nWorkArea>|<cTableAlias>])

功能：检测指定工作区中当前记录是否带有删除标记。若有，则函数值为.T.，否则为.F.。

参数描述：<nWorkArea>|<cTableAlias>参数指定工作区或别名。如果指定的工作区中没有打开的表，则 DELETED( )函数返回.F.。

14. 查找测试函数

格式：FOUND([<nWorkArea>|<cTableAlias>])

功能：检测指定工作区中最后一个 LOCATE、CONTINUE、FIND、SEEK 命令是否查找成功。若成功，则函数值为.T.，否则为.F.。

参数描述：<nWorkArea>|<cTableAlias>指定表所在的工作区或别名。

15. 别名测试函数

格式：ALIAS([<nWorkArea>|<cTableAlias>])

功能：求指定工作区中打开的表的别名。

参数描述：<nWorkArea>|<cTableAlias>指定非当前工作区的区号或指定非当前工作区中打开的表的别名。

16. 工作区测试函数

格式：SELECT([0/1])

功能：返回当前工作区的编号或未使用的工作区的最大编号。

参数描述：0 指定该函数返回指定工作区的编号；1 指定该函数返回未使用的工作区的最大编号。

17. 数据类型测试函数

格式 1：TYPE(<cExpression>)

功能：检测一个表达式的类型及有效性，并产生一个大写字母 C（字符型）、N（数字型、浮点型、双精度型、整型）、L（逻辑型）、D（日期型）、M（明细型）、Y（货币型）、T（日期时间型）、O（对象型）、G（通用型）、S（屏幕型）、U（未定义型）。

格式 2：VARTYPE(eExpression [, lNullDataType])

功能：返回一个表达式的数据类型。大写字母 C（字符型或备注）、N、L、D、Y、T、O、G、X（Null 型）、U。

TYPE()和 VARTYPE()的区别：TYPE()函数在检测一个表达式的数据类型时，表达式必须作为字符串传递。VARTYPE()函数类似于 TYPE()函数，但是 VARTYPE()函数更快，而且其参数可以是任意类型的表达式，即表达式的外面不需要引号。

18. 空串测试函数

格式：EMPTY(<eExpression>)

功能：确定表达式是否为空。

参数描述：<eExpression>指定用于测试的表达式。可以包含字符、数值、日期或逻辑表达式，也可以是已打开表的字段名称。如果表达式取值为空，则该函数返回.T.；否则，该函数返回.F.。

19．空值测试函数

格式：`ISNULL(<eExpression>)`

功能：如果一个表达式的计算结果为 Null 值，则返回逻辑.T.；否则为.F.。

参数描述：<eExpression>参数指定要计算的表达式。

20．表达式空值测试函数

格式：`ISBLANK(<eExpression>)`

功能：判断表达式是否为空值。

参数描述：<eExpression>指定该函数要判断的表达式。该函数可以是一个字段、内存变量、数组元素，也可以是一个表达式。

21．字符串包含次数函数

格式：`OCCURS(<cSearchExpression>,<cExpressionSearched >)`

功能：返回字符表达式<cSearchExpression>在另一个字符表达式<cExpressionSearched >中出现的次数。

说明：如果在<cExpressionSearched>中没有找到<cSearchExpression>，则该函数返回 0。

22．文件测试函数

格式：`FILE(<cFileName>)`

功能：检测指定的文件是否存在。若存在，则函数值为.T.；否则为.F.。

参数描述：<cFileName>参数指定要查找的文件的名称，必须包含文件的扩展名。

说明：文件名必须用定界符括起来。若此文件名不在约定的驱动器或目录上，还需要附加此文件所在的驱动器或目录路径。

23．字母测试函数

格式：`ISALPHA(<cExpression>)`

功能：检测字符型表达式<cExpression>的值是否以字母开头，若是，则函数值为.T.否则为.F.。

24．小写字母测试函数

格式：`ISLOWER(<cExpression>)`

功能：检测<cExpression>的值是否以小写字母开头，若是，则函数值为.T.；否则为.F.。

25．大写字母测试函数

格式：`ISUPPER(<cExpression>)`

功能：检测<cExpression>的值是否以大写字母开头，若是，则函数值为.T.；否则为.F.。

26．数字测试函数

格式：`ISDIGIT(<cExpression>).`

功能：如果<cExpression>的值是以数字（0～9）开头，则函数值为.T.；否则为.F.。

27．条件函数

格式：`IIF(<lExpression>,<eExpression1>,<eExpression2>)`

功能：根据<lExpression>的值，返回两个值中的某一个。

说明：如果<lExpression>为.T.，则函数值为<eExpression1>的值；否则，函数值为<eExpression2>的值。

28．值测试函数

格式：BETWEEN(<eTestValue>,<eLowValue>,<eHighValue>)

功能：判断表达式的值是否介于相同数据类型的两个表达式值之间。

说明：当<eTestValue>的值大于或等于<eLowValue>而小于或等于<eHighValue>时，该函数返回逻辑.T.；否则返回逻辑.F.。如果<eLowValue>或<eHighValue>为 Null 值，则返回 Null 值。

6.3.6　其他函数

1．判断指定工作区是否有表打开函数

格式：USED(<nWorkArea>|<cTableAlias>)

功能：确定是否在使用一个别名，或者是否在指定的工作区中打开了一个表。

参数描述：<nWorkArea>/<cTableAlias>指定表的工作区，如果不选择参数，则检查当前选定的工作区中是否有一个打开的表。如果包含一个表，那么当该别名指定的表已在一个工作区中打开时，该函数返回.T.。

2．创建对象函数

格式：CREATEOBJECT(<ClassName>[,<eParameter1>,<ePara meter2>…])

功能：从类定义或可用 OLE 应用程序中创建对象。

参数描述：<ClassName>指定用于创建新对象的类或 OLE 对象。

3．执行父类的同名事件或方法程序函数

格式：DODEFAULT(<eParameter1>[,<eParameter2>]…)

功能：在子类中执行父类的同名事件或方法程序。

参数描述：<eParameter1>[,<eParameter2>]…传递给父类方法程序或事件的参数。

4．错误消息函数

格式：MESSAGE([1])

功能：以字符串形式返回当前错误的消息，或者返回导致这个错误的程序行内容。

5．对话框函数

格式：MESSAGEBOX(<cMessageText>[,<nDialogBoxType> [,<cTitle-BarText >]])

功能：显示一个用户自定义对话框，并返回用户的选择结果。

6.4　本　章　小　结

本章主要对 Visual FoxPro 的基本数据元素进行了详细介绍。其中包括变量、常量和数据类型、数组等相关的基本操作，各类表达式和各种运算符的应用，常用函数的功能、使用格式和相关的注意事项，以提高对后面的 Visual FoxPro 数据库操作和程序设计的准确性。

习 题 6

一、选择题

1. Visual FoxPro 数据库文件中的字段有字符型（C）、数值型（N）、日期型（D）、逻辑型（L）、（   ）（M）等。

   A. 浮点型 　　　　　　 B. 备注型 　　　　　　 C. 屏幕型 　　　　　　 D. 时间型

2. 下列不正确的字符型常量有（   ）。

   A. [计算机] 　　　　　 B. '计算机' 　　　　　 C. "计算机" 　　　　　 D. (计算机)

3. 若内存变量名与当前打开的数据表中的一个字段名均为 NAME，则执行?NAME 命令后显示的是（   ）。

   A. 内存变量的值 　　　 B. 字段变量的值 　　　 C. 随机 　　　　　　 D. 错误信息

4. 若内存变量 DA 的类型是日期型的，则下面正确的赋值是（   ）。

   A. DA=07/07/07 　　　　　　　　　　　　 B. DA="07/07/07"

   C. DA=CTOD("07/07/07") 　　　　　　　　 D. DA=CTOD(07/07/07)

5. 若 DATE='99/12/20'，表达式&DATE 的结果的数据类型是（   ）。

   A. 字符型 　　　　　　 B. 数值型 　　　　　　 C. 日期型 　　　　　　 D. 不确定

6. 顺序执行以下赋值命令之后，下列表达式中错误的是（   ）。

   A="123" B=3*5 C="XYZ"

   A. &A+B 　　　　　　 B. &B+C 　　　　　　 C. VAL(A)+B 　　　　　 D. STR(B)+C

7. 执行以下命令后显示的结果是（   ）。

   STORE 2+3<7 TO A
   B='.T.'>'.F.'
   ?A.AND.B

   A. .T. 　　　　　　　 B. .F. 　　　　　　　 C. A 　　　　　　　　 D. B

8. 执行下列命令后，屏幕上显示的结果为（   ）。

   STORE "DEF "TO X
   STORE "ABC"+X TO Y
   STORE Y-"GHI" TO Z
   ?Z
   ??"A"

   A. ABCDEF GHIA 　　 B. ABCDEFGHIA 　　 C. ABC DEFGHI 　　 D. ABCDEFGHI A

9. 执行如下命令序列后，屏幕显示（   ）。

   AA="全国计算机等级考试"
   BB="九八"
   CC="一"
   ?AA
   ??BB+"年第"+CC+"次考试"

   A. 全国计算机等级考试九八年第一次考试

   B. 全国计算机等级考试 九八年第一次考试

   C. 全国计算机等级考试 BB 年第 CC 次考试

   D. 全国计算机等级考试 BB+年第十 CC+次考试

10. 设 A="123"，B="234"，下列表达式中结果为.F.的是 (　　　　)。

  A. .NOT.(A==B).OR.(B$"ABC")

  B. .NOT.(A$'ABC').AND.(A<>B)

  C. .NOT.(A<>B)

  D. .NOT.(A>=B)

二、填空题

1. 数组的最小下标是＿＿＿＿＿＿，数组元素的初值是＿＿＿＿＿＿。

2. 设系统日期为 2006 年 9 月 21 日，下列表达式显示的结果是＿＿＿＿＿＿。

  ?VAL(SUBSTR('2006',3)+RIGHT(STR(YEAR(DATE())),2))

3. 如果 $x=10$，$y=12$，则?($x=y$).AND.($x<y$)的结果是＿＿＿＿＿＿。

4. 表达式 2*3^2+2*9/3+3^2 的值为＿＿＿＿＿＿。

5. 表达式 LEN(DTOC(DATE()))+DATE()的类型是＿＿＿＿＿＿。

三、实验题

1. 执行下列命令序列后，查看输出的结果。
```
X="ABCD"
Y="EFG"
?SUBSTR(X,IIF(X<>Y,LEN(Y),LEN(X)),LEN(X)-LEN(Y))
```

2. 执行下列命令序列后，查看屏幕显示的结果。
```
D1=CTOD("01/10/2007")
D2=IIF(YEAR(D1)>2001,D1,"2001")
?D2
```

3. 顺序执行下面 Visual FoxPro 命令之后，查看屏幕显示的结果。
```
S="Happy New Year!"
T="New"
?AT(T,S)
```

4. 执行下列命令，查看屏幕显示的结果。
```
Ab=6.0
aB="Visual FoxPro"
?Ab+aB
```

5. 执行如下的命令后，查看屏幕的显示结果。
```
AA="Visual FoxPro"
?UPPER(SUBSTR(AA,1,1))+LOWER(SUBSTR(AA,2))
```

6. 设有变量 string="2007 年上半年全国计算机等级考试"，写出能够显示"2007 年上半年计算机等级考试"的命令。

第7章

○ Visual FoxPro 数据库的基本操作

数据库是 Visual FoxPro 中主要的处理对象，创建的数据库结构是否合理，内容是否完整，会直接影响数据库的使用，表是数据库的基本单元，是动态的不是永远不变得，为了维持表中数据的正确性，必然会对数据进行增加、修改、删除等操作。为了简单方便地从数据库大量的数据中提取满足用户要求的数据，Visual FoxPro 提供了视图和查询两种方法。本章介绍如何在 Visual FoxPro 中创建和维护数据库、表、数据，如何创建和使用视图和查询。

7.1 Visual FoxPro 项目

在 Visual FoxPro 的开发环境中，数据库应用系统设计在项目管理器中进行，项目管理器是一个集成的开发环境，可用于管理和组织应用系统开发中用到的各种文件，作为一个良好的习惯，在开发应用时，应该首先创建一个项目文件。

7.1.1 创建 Visual FoxPro 项目

在 Visual FoxPro 的开发环境中，创建新的 Visual FoxPro 项目可以通过两种方式实现。

第一种方式：

（1）选择"文件"→"新建"命令，或者单击"新建"按钮 ，弹出"新建"对话框，如图 7-1 所示。

（2）在该对话框中选择文件类型为"项目"，然后单击"新建文件"按钮，弹出"创建"对话框。

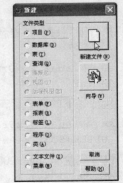

图 7-1 "新建"对话框

（3）在该对话框中设置项目文件的存储路径、文件名，然后单击"保存"按钮，就完成了项目的创建。

第二种方式：

（1）在"命令"窗口中输入"CREATE PROJECT"，如图 7-2 所示。

图 7-2 "命令"窗口

（2）在弹出的"创建"对话框中设置项目文件的存储路径、文件名，然后单击"保存"按钮，就完成了项目的创建。

7.1.2　打开 Visual FoxPro 项目

如果已经创建好一个 Visual FoxPro 的项目，可以在 Visual FoxPro 开发环境中打开它，打开方式有两种。

第一种方式：

（1）选择"文件"→"打开"命令，或者单击"打开"按钮 ，弹出"打开"对话框。

（2）在该对话框中的"查找范围"下拉列表框中选择项目文件的路径，然后再在对话框的主体中选中需要打开的项目文件，最后单击"确定"按钮，就可以打开需要的项目管理器，如图 7-3 所示。

第二种方式：

在"命令"窗口中输入"MODIFY PROJECT"，弹出"打开"对话框，而后操作与第一种方式相同，或者直接输入"MODIFY PROJECT 项目名"打开项目文件，如"MODIFY PROJECT e:\vfp6.0\学生成绩管理\学生成绩管理.pjx"，如图 7-4 所示，即可打开相应的项目管理器。

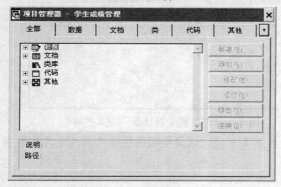

图 7-3　项目管理器

图 7-4　"命令"窗口

7.2　Visual FoxPro 数据库

在 Visual FoxPro 项目中，最基础的对象是数据库对象。数据库对象是一个容器对象，其中可以包含表对象、连接对象、视图对象等数据库中的子对象，这些子对象都依赖于数据库对象而存在。创建的数据库内容是否完整，结构是否合理，都将直接影响将来数据库的使用。

7.2.1　创建数据库

在 Visual FoxPro 项目中创建数据库对象的方式有 3 种。

第一种方式：

（1）在项目管理器的"全部"选项卡中选择"数据库"选项，如图 7-5 所示，或者在"数据"选项卡中选择"数据库"选项，如图 7-6 所示，然后单击"新建"按钮，弹出"新建数据库"对话框。

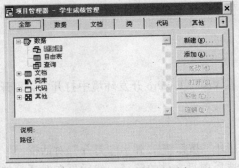

图 7-5 "全部"选项卡

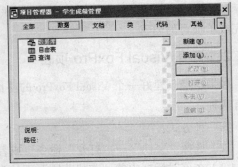

图 7-6 "数据"选项卡

（2）在该对话框中单击"新建数据库"按钮，如图 7-7 所示，弹出"创建"对话框。

（3）在该对话框中选择数据库文件的存储路径，并输入数据库文件名，再单击"保存"按钮，就可以完成数据库的创建，这时新建数据库文件已经被打开，在主窗口编辑区会出现一个空的数据库设计器窗口，窗口标题栏上写着新数据库文件名。同时还弹出一个用来创建各项数据库对象的"数据库设计器"工具栏，如图 7-8 所示。

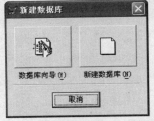

图 7-7 "新建数据库"对话框

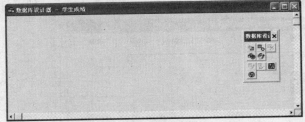

图 7-8 "数据库设计器"工具栏

此时，在制定的文件夹中将同时产生设定的数据库文件，以及伴随的数据库备注文件和数据库索引文件。

第二种方式：

（1）选择"文件"→"新建"命令，或者单击"新建"按钮 □，弹出"新建"对话框。

（2）在该对话框中选择文件类型为"数据库"，然后单击"新建文件"按钮，弹出"创建"对话框。

（3）此后步骤与第一种方式相同。

第三种方式：

（1）在"命令"窗口中输入"CREATE DATABASE[<数据库文件名>|?]"，如图 7-9 所示，弹出"创建"对话框。<数据库文件名>指定生成的数据库文件，若省略扩展名，则

图 7-9 "命令"窗口

默认为.dbc，同时自动建立相关联的数据库备注文件.dct、关联的索引文件.dcx。如果未指定数据库文件名或用"？"代替数据库名，Visual FoxPro 系统会弹出"创建"对话框，以便用户选择数据库建立的路径和输入数据库名。保存后该数据库文件被建立，并且自动以独占方式打开该数据库。

（2）在"创建"对话框中设置项目文件的存储路径、文件名，然后单击"保存"按钮，就完成了数据库的创建。

注意：数据库文件是由.dbc、.dcx、.dct 三个同名文件构成的，缺一不可，因此如果要将数据库文件复制到别处使用，必须将 3 个文件一并复制，否则将出现错误。

7.2.2　打开数据库

如果已经在 Visual FoxPro 的项目中创建好一个数据库，则可以在 Visual FoxPro 开发环境中打开它，数据库的打开方式有 3 种。

第一种方式：

在项目管理器中选择需要打开的数据库文件，如学生成绩，然后单击"打开"按钮，就可以打开"学生成绩"数据库，如图 7-10 所示。

第二种方式：

（1）选择"文件"→"打开"命令，或者单击"打开"按钮🖿，弹出"打开"对话框。

（2）在该对话框中的"查找范围"下拉列表框中选择数据库文件的路径，在"文件类型"下拉列表框中选择"数据库（*.dbc）"选项，然后再在对话框的主体中选中需要打开的数据库文件，选择打开方式"以只读方式打开"或者"独占"，然后单击"确定"按钮，如图 7-11 所示，就可以打开需要的数据库文件，并同时打开数据库设计器。

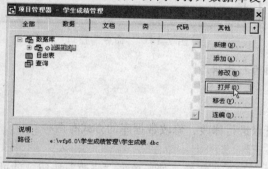

图 7-10　项目管理器

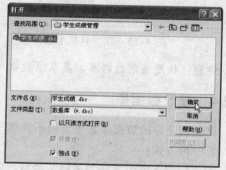

图 7-11　"打开"对话框

注意：在数据库的 3 种打开方式中，仅这一种方式会同时打开数据库设计器。

第三种方式：

在"命令"窗口中输入"OPEN DATABASE [<数据库文件名 >|?][EXCLUSIVE|SHARED][NOUPDATE]"。

（1）<文件名>：指定数据库的文件名。指定要打开的数据库名。如果用户省略<数据库文件名>或用"？"代替数据库名。系统会显示"打开"对话框。

（2）NOUPDATE：以只读方式打开。

（3）EXCLUSIVE：以独占方式打开数据库，即不允许其他用户在同一时刻使用该数据库。

（4）SHARED：以共享方式打开数据库，等效于在"打开"对话框中不选择"独占"复选框，即允许其他用户在同一时刻使用该数据库。默认的打开方式由"SET EXCLUSIVE ON/OFF"来设置，系统默认设置为"SET EXCLUSIVE ON"。

如果以独占方式打开学生成绩数据，可输入命令"OPEN DATABASE e:\vfp6.0\学生成绩管理\学生成绩.dbc EXCLUSIVE"，如图 7-12 所示。

图 7-12　"命令"窗口

注意：在数据库被打开的情况下，它所包含的所有表都可以使用。但是，表并没有被真正打开，用户要打开它，仍要用 USE 命令。

7.2.3 指定数据库

Visual FoxPro 在同一时刻可以打开多个数据，但是当前数据库仅有一个，即所有的对数据库的操作都仅对当前数据库有效。指定当前数据库的方式有两种。

第一种方式：

在工具栏上数据库的列表框中选择，如图 7-13 所示。

第二种方式：

在"命令"窗口中输入"SET DATABASE TO[<文件名>]"，如果要指定学生成绩数据库作为当前数据库，可输入命令"SET DATABASE TO e:\vfp6.0\学生成绩管理\学生成绩.dbc"，如图 7-14 所示。

图 7-13　在工具栏上选择

图 7-14　"命令"窗口

注意： 指定当前数据库，要求该数据库必须为打开状态。

7.2.4 修改数据库

已经创建好的数据库如果觉得不满意，还可以进行修改，修改数据库的方式有两种。

第一种方式：

在项目管理器中选择需要修改的数据库文件，如学生成绩，然后单击"修改"按钮，就可以打开"学生成绩"数据库的数据库设计器，如图 7-15 所示。

第二种方式：

在"命令"窗口中输入"MODIFY DATABASE[<数据库名>|？][NOWAIT][NOEDIT]"。

（1）NOWAIT：只在程序中使用，在"命令"窗口中无效。

（2）NOEDIT：只能打开数据库设计器，但不能对数据库进行修改。

如果要修改学生成绩数据库，可输入"MODIFY DATABASE e:\vfp6.0\学生成绩管理\学生成绩.dbc"，如图 7-16 所示。

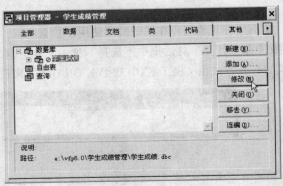

图 7-15　在项目管理器中选定

图 7-16　"命令"窗口

7.2.5　关闭数据库

关闭数据库的方式有两种。

第一种方式：

在项目管理器中选择需要关闭的数据库文件，如学生成绩，然后单击"关闭"按钮，就可以关闭"学生成绩"数据库。

第二种方式：

在"命令"窗口中输入"CLOSE DATABASE [ALL]"，如图 7-17 所示。

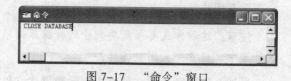

（1）有 ALL：表示关闭所有打开的数据库和其中的表；所有打开的自由表和索引。

图 7-17　"命令"窗口

（2）没有 ALL：表示关闭当前数据库和表。

7.2.6　删除数据库

在 Visual FoxPro 中删除数据库的方式有两种。

第一种方式：

在项目管理器中选择需要删除的数据库文件，如学生成绩，然后单击"移去"按钮，在弹出的询问框中单击"删除"按钮，就可以删除学生成绩这个数据库，如图 7-18 所示。

（1）移去：从项目管理器中删除数据库，但不从磁盘上删除。

图 7-18　询问对话框

（2）删除：从项目管理器中删除数据库，并且从磁盘上删除。

（3）取消：取消当前操作。

第二种方式：

在"命令"窗口中输入"DELETE DATABASE[<数据库名>|?][DELETETABLES][RECYCLE]"来删除，比如要删除之前创建的"学生成绩"数据库，但是希望内含其中的各个表能够保留下来继续使用，那么就可以在命令窗口中输入命令"DELETE DATABASE E:\VFP6.0\学生成绩管理\学生成绩"，如图 7-19 所示。

Visual FoxPro 会将"学生成绩"的数据库文件.dbc、.dcx、.dct 从磁盘上删除，同时自动将内含的数据库表移出数据库而成为自由表。

如果希望删除一个数据库文件时，能一并删除此数据库的各个表文件，可以在命令"DELETE DATABASE"后加入选项"DELETETABLES"，例如可输入命令"DELETE DATABASE E:\VFP6.0\学生成绩管理\学生成绩 DELETETABLES"，如图 7-20 所示。

　　　　图 7-19　删除数据库　　　　　　　　　图 7-20　删除数据库及其表文件

Visual FoxPro 会将"学生成绩"的数据库文件.dbc、.dcx、.dct 及隶属此数据库的各个表的.dbf 文件、备注文件.fpt、索引文件.cdx 等一并删除。

如果在命令"DELETE DATABASE"后加入选项"RECYCLE",那么数据库文件在从磁盘上删除的同时,又会被移至回收站中,以便今后找回来。

例如：DELETE DATABASE E:\VFP6.0\学生成绩管理\学生成绩 RECYCLE

先将数据库中的表移出成为个别独立存在的表文件,再将数据库文件.dbc、.dcx、.dct 移至回收站中。

例如：DELETE DATABASE E:\VFP6.0\学生成绩管理\学生成绩 DELETETABLES RECYCLE

将数据库文件.dbc、.dcx、.dct 及隶属此数据库的各个表的.dbf 文件、备注文件.fpt、索引文件.cdx 全部移至回收站中。

注意：这种方式要求所要删除的数据库必须处于关闭状态,如果已经将数据库打开于数据库设计器中,应首先关闭数据库。

另外,不要随便在文件夹中删除数据库文件。数据库表文件的文件头会使用一个字节来记录它属于哪一个数据库,因此,如果只是要删除数据库文件,并想将内含于此数据库的各个表文件保留下来继续使用,而直接在文件夹中删除数据库或者在 MS-DOS 模式下用 DEL 命令来删除数据库,都将导致留下来的表文件无法打开。即使想将数据库文件及内含的所有表文件全部删除,也不建议直接在文件夹中删除数据库或者在 MS-DOS 模式下用 DEL 命令来删除数据库,因为除了必须删除构成数据库的 3 个文件.dbc、.dcx、.dct 外,在删除.dbf 文件时,还必须确认哪些.dbf 文件确实属于此数据库的表所有,以免造成误删,而且如果表本身拥有相关的备注文件.fpt、索引文件.cdx,将会使删除操作非常麻烦且易于出错。

7.3　Visual FoxPro 表

7.3.1　表的介绍

Visual FoxPro 表是一个二维表,也和一般的二维表一样由若干行和若干列组成。每一列称为表的字段,每一列具有一个唯一的名称,称为字段名,字段名由设计者命名,所有字段名的集合构成了表的第一行（表头）,称为数据表的结构;所有字段值的集合分别构成了表的每一行,称为表的记录;每一行具有一个唯一的标号,称为记录号,由 Visual FoxPro DBMS 从数字 1 开始依序编制。

事实上表结构与数据记录是表的两大组成部分,在表能够存放数据记录前,必须先定义表结构。定义表结构的过程就是创建数据表的过程,它需要描述数据表将拥有的所有字段的名称、数据类型、宽度、小数位数以及能否接收 NULL 值等。

Visual FoxPro 中的表有两种类型：属于数据库的表和自由表。属于数据库的表是某个数据库的一部分,而自由表则是一个独立的表,它不属于任何数据库。属于数据库的表和自由表相比,数据库表的优点要多一些。数据库表主要具有以下自由表所不具备的优点：

（1）数据库表支持长表名,即允许 1～128 个字符构成的表名,而自由表仅允许 1～8 个字符构成的短表名。

（2）数据库表支持长字段名,即允许 1～128 个字符构成的字段名,而自由表仅允许 1～10 个英文字符（5 个汉字）构成的短字段名。

（3）数据库表的字段可以具有标题和注释,而自由表的字段不能够包含标题和注释。

（4）数据库表具有默认值属性、输入掩码属性和格式属性,而自由表不具备这些属性。

（5）数据库表支持参照完整性的主关键字索引和表间关系，而自由表则只能由 Visual FoxPro 命令建立临时的表间关系。

总之，Visual FoxPro 数据库表具有良好的数据存储与管理功能，是 Visual FoxPro 数据库应用系统中主要的表对象。在后续章节中，如果不加特别说明，指的都是 Visual FoxPro 数据库表。

Visual FoxPro 表具有的一些基本属性必须在创建过程中进行设定，包括以下几种。

1. Visual FoxPro 表字段名命名规则

允许使用 1～128 个字符为字段命名，这些字符可以是英文字母、数字、汉字和下画线，但是第一个字符不允许是数字或者下画线，并且一个表中的字段名不能重复。

2. Visual FoxPro 表字段数据类型

Visual FoxPro 表字段的数据类型应与将要存储在其中的信息类型相匹配，数据类型决定此字段所存储数据的特性，从字段的数据类型可以判断出存放在此字段中的数据是否可以运算，精确度的高低，数据量的大小以及是否与图片、影片或声音有关。Visual FoxPro 共提供 13 种数据类型，如表 7-1 所示。

表 7-1　Visual FoxPro 表字段的数据类型

数 据 类 型	字 母 标 识	说　　明	占用字节数
字符型 （Character）	C	存储名字、地址、编号等不参加计算的数据，可以存放字母、数字型文本、空格、数值、标点	1～254 个字符之间，每个字符占用 1 个字节
货币型 （Currency）	Y	存储货币值，前面有一个货币符号，小数位固定为 4 位	8 个字节
数值型 （Numeric）	N	存储如销售量、考试成绩等用来进行算术计算的整数或小数以及带有正负号的数字	1～20 个字节
浮点型 （Float）	F	整数或小数，与数值型相同，只是在存储格式上采用浮点格式	4 个字节
日期型 （Date）	D	只能存储日期数据，在 Visual FoxPro 中日期字段的默认格式为 MM/DD/YY（即月/日/年），Visual FoxPro 不允许输入错误的日期数据，否则系统会发出警告信息	8 个字节
日期时间型 （DateTime）	T	存储日期和时间信息：年、月、日、时、分、秒	8 个字节
双精度型 （Double）	B	存储的数值很大，而且精确度很大的数据，常用来存储科学用途数值，例如：实验的数据等	8 个字节
整型 （Integer）	I	存储不带小数点的数值	4 个字节
逻辑型 （Logical）	L	只能存储两种值中的一种，即逻辑真.T.或逻辑假.F.	1 位
备注型 （Memo）	M	不定长的字母、数字文本。事实上表中所有备注类型字段的数据都是另外存储在一个与表文件同名，但扩展名为.FPT 的备注文件中，一开始 Visual FoxPro 赋予.FPT 文件的字段长度为 4，在真正的数据输入进来之后，系统才会计算这些字段的真实长度。只要磁盘中的空间足够，就可以无限制地输入数据至备注字段中	4 个字节
通用型 （General）	G	连接和嵌入 OLE 对象，可以是电子表格、声音、影片、文档或图片等。事实上所有数据记录的通用类型字段数据也存储在.fpt 的备注文件中	4 个字节

续上表

数 据 类 型	字 母 标 识	说 明	占用字节数
字符型（二进制）	C	与字符型相同，但是当代码页更改时字符值不变	1～254 个字符之间，每个字符占用 1 个字节
备注型（二进制）	M	与备注型相同，但是当代码页更改时备注不变	4 个字节

3. Visual FoxPro 表字段宽度

Visual FoxPro 表字段的宽度用以表明允许字段存储的最大字节数，对于字符型、数值型、浮点型 3 种字段，在建立结构时应根据要存储的数据的实际需要来设定合适的宽度，其他类型的字段宽度由 Visual FoxPro 系统自动设定。

4. Visual FoxPro 表字段小数位数

如果将 Visual FoxPro 表中的某一个字段的数据类型设置为数值型、浮点型或双精度型，就应该为其设置小数位数属性，这个属性值表明该字段存储的最大小数位数，注意小数点也占一位。

5. Visual FoxPro 表字段索引

Visual FoxPro 表字段索引的作用包括：利用字段索引对其中的数据进行排序，以便加速检索数据的速度；利用索引快速显示、查询或者打印记录；利用索引选择记录、控制重复字段值的输入并支持表间的关系操作。

Visual FoxPro 表字段索引可设置为升序（该字段中的数据由小到大排列），也可设置为降序（该字段中的数据由大到小排列）。

6. Visual FoxPro 表字段的 NULL 属性

Visual FoxPro 表字段的 NULL 属性用以指定表字段是否接受 NULL 值。使用 NULL 值是为了说明这样一种情况：在字段或记录中的信息目前还无法得到。

7.3.2　表的创建

在 Visual FoxPro 项目数据库中创建表的方式有 3 种。

第一种方式：

（1）在项目管理器的"全部"或者"数据"选项卡中选择"表"选项，然后单击"新建"按钮，如图 7-21 所示，弹出"新建表"对话框。

（2）在该对话框中单击"新建表"按钮，如图 7-22 所示，弹出"创建"对话框。

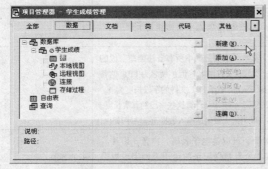

图 7-21　"数据"选项卡

图 7-22　"新建表"对话框

（3）在该对话框中选择表对象文件的存储路径，并输入表对象的文件名，然后单击"保存"按钮，就可以进入 Visual FoxPro 表设计器，如图 7-23 所示。

自由表的建立与此相似，只是在建表时选择项目管理器中"数据"选项卡中的"自由表"选项，如图 7-24 所示。

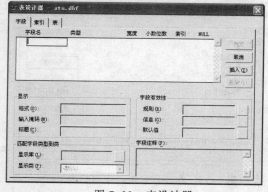

图 7-23　表设计器

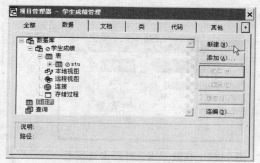

图 7-24　选择"自由表"选项

第二种方式：

（1）选择"文件"→"新建"命令，或者单击　"新建"按钮 □，弹出"新建"对话框。

（2）在该对话框中选择文件类型为"表"，然后单击"新建文件"按钮，弹出"创建"对话框。

（3）此后步骤与第一种方式相同。

第三种方式：

在"命令"窗口中输入"CREATE [<表文件名>|?]"。<表文件名>指定生成的表文件名，若缺省扩展名，则默认为.dbf。如果使用"?"或未指定表文件名，Visual FoxPro 系统会弹出"创建"对话框，以便用户输入表名。例如创建学生表（STU.dbf）就可以输入"CREATE STU"，如图 7-25 所示。然后与前两种方式一样会弹出"表设计器"。

图 7-25　"命令"窗口

7.3.3　自由表和数据库中表的互换

1. 在数据库中添加一个自由表

在项目管理器中，选择要添加表的数据库，然后选择"表"选项，再单击"添加"按钮，如图 7-26 所示，根据打开的窗口，选择指定的自由表，单击"确定"按钮。

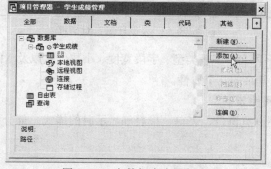

图 7-26　在数据库中添加表

2. 从数据库中移去表

在数据库设计器中选定表，然后单击"移去"按钮，如图 7-27 所示。或在项目管理器中，选择要移去的表，然后单击"移去"按钮，如图 7-28 所示。

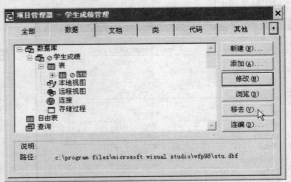

图 7-27 在数据库设计器中选定表	图 7-28 在项目管理器中选择表

7.3.4 表设计器

Visual FoxPro 表设计器由 3 个选项卡构成，即"字段"、"索引"和"表"。

（1）"字段"选项卡：适用于建立表结构，确定表中每个字段的字段名、字段类型、字段宽度和小数位数等。若建立的是数据库表，则下面还有"显示"、"字段有效性"等选项组，如图 7-29 所示。

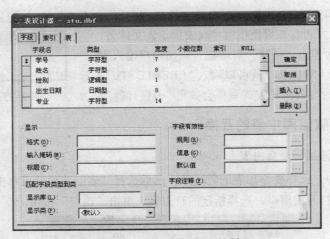

图 7-29　"表设计器"对话框

"字段"选项卡上的字段名、字段类型、字段宽度、小数位数以及 NULL 属性在前面已经介绍过了，这里介绍选项卡上其余的几个属性。

① 字段的"显示"属性如下。

- 格式：控制字段在浏览窗口、表单、报表等显示时的样式。部分格式字符及功能如表 7-2 所示。

表 7-2　部分格式字符及功能

格式化代码	功 能 用 途
A	只允许英文字母、字符，不允许空格与标点符号
D	依照目前 SETDATE 命令所定的格式来编辑与显示日期及日期时间类型数据
E	依照英国日期格式来编辑与显示日期及日期时间类型数据
K	当鼠标游移至此字段时，便选取整个字段以便进行编辑
L	以零补满前置空白，只能使用于数字类型字段
M	此格式化代码用于指定一些可直接选用的选项，这些选项存储在"输入掩码"属性中并以逗点(,)分隔。在使用格式化代码 M 时必须注意下列几点。 （1）这些选项本身不能再包含逗点。 （2）用户本身不能在字段中输入数据，而只能用空格键切换选择预先设置的项目。 （3）如果字段中的数据值并未包含在这些预定的选项中，则第一个选项将会出现在字段中。 （4）格式化代码 R 仅适用于字符类型字段，而且也只适用于 TextBox 控件。
R	借助此格式化代码，可让非格式化代码的格式化字符与格式化代码合并使用。 一旦在"格式"属性中指定格式化代码 R，则那些出现在"输入掩码"属性中的非格式化代码将会显示在字段中，以作为格式化字符之用（格式化字符最常见的例子是用以格式化电话号码数据的小括弧）。这些用以在显示时格式化数据的非格式化代码的格式化字符并不会存入字段中。格式化代码 R 仅适用于字符类型与数字类型字段，而且也只适用于 TextBox 控件。
T	删除字段的前置空白与结尾空白
YS	表示采用用户在"控制面板"的设置工具中所设置的简短日期格式来显示日期值或日期时间值
YL	表示采用用户在"控制面板"的设置工具中所设置的完整日期格式来显示日期值或日期时间值
Z	如果字段的内容为数值 0，则将它显示成空白。此格式化代码只能使用于数字类型字段
!	可输入任意字符，但所有输入的英文字母都会被转换成大写。此格式化代码仅适用于字符类型字段

- 输入掩码：控制输入该字段的数据的格式。掩码字符及功能如表 7-3 所示。

表 7-3　掩码字符及功能

格式化代码	功 能 用 途
A	只能输入英文字母
L	只能输入英文字母 T 或 F
N	只能输入英文字母和数字
X	允许输入任何字符
Y	只能输入英文字母 Y、y、N 与 n，它会自动将小写的 y 和 n 转换成大写的 Y 和 N
9	只能输入字符数据的数字或数值数据的数字
#	只能输入数字、空白、正负号和英文的句点(.)
!	可输入任意字符，但所有输入的英文字母都会被转换成大写。此格式化代码仅适用于字符类型字段，而且也只适用于 TextBox 控制项
$	将数值数据以货币格式显示。货币符号"$"将固定显示于数据值最前方的第一个位置上，且不受 SET CURRENCY 命令的影响。此格式化代码仅适用于数字类型字段
$$	将数值数据以货币格式显示。货币符号"$"将固定显示于数据值的最前方，并且将紧邻着数字（这是格式化代码$$与$两者间最大的差异），它同样不受 SET CURRENCY 命令的影响。此格式化代码仅适用于数字类型字段

格式化代码	功能用途
*	在数值数据之前会显示数个星号。可以与符号 "$" 合用，以便达到与支票保护类似的工作，即防止数据被篡改
.	指定小数点位置
,	用来分隔小数点左边的数字，比如，三位一撇金额表示方式

注意：

所谓的数字类型是泛指数值类型、浮动数类型、货币值类型、双精度数类型与整型类型等数据类型。仅适用于 TextBox 控件的意义是，要使格式化代码发生效用，在表单上必须以 TextBox 控件来显示与编辑此字段。

"输入掩码"属性与"格式"属性间的实质差异如下："输入掩码"属性搭配格式化代码后，可以完成对当前字段值的一对一格式化控制；而"格式"属性搭配格式化代码后，所做的却是对当前字段值的全局性格式化控制。比如，假设有一个栏宽为 5 的字母类型字段，而且希望所有输入至此字段的英文字母都自动转换成大写。要完成此项操作，有下列两种方式。

方式一：利用"格式"属性，在"格式"文本框中输入"!"。

方式二：利用"输入掩码"属性，在"输入掩码"文本框中输入"!!!!!"。

即使当前字段本身的宽度足以输入 20 个字母，但是如果使用第二种方式进行格式控制，却只能输入 5 个字母。当然，无论用哪种方式，所有输入的英文字母都会自动转换成大写。

要使用哪一种格式，应当视需要而定。事实上在许多情况下是需要"输入掩码"属性与"格式"属性两者合并使用的。

- 标题：若表结构中字段名用的是英文，则可以在标题中输入汉字，这样显示该字段值时就比较直观了。如果没有设置标题，则将表结构中的字段名作为字段的标题。

② 字段的"字段有效性"属性如下。

- 规则：限制该字段的数据的有效范围。
- 信息：当向设置了规则的字段输入不符合规则的数据时，就会将所设置的信息显示出。
- 默认值：当向表中添加记录时，系统向该字段预置的值。在"性别"字段中输入默认值为"男"。输入记录时只有女生才需要改变默认值，可以减少输入。

③ 字的段"匹配字段类型到类"属性如下。

- 显示库：指定类库的路径和文件名。
- 显示类：指定字段的默认控件类。

④ 字段的"字段注释"属性如下。

可以为每个字段添加注释，便于日后或他人对数据库进行维护。

（2）"索引"选项卡：包含定义索引的可滚动表格。此表格由 6 列组成，如图 7-30 所示。

① 移动按钮：位于该行最左侧的双向箭头按钮。如果已经设置了多个索引，"索引"选项卡中将包含多行数据，使用此移动按钮，可以在列表内上下移动某一行。

② 排序按钮：用于指定索引的排序顺序。单击这个按钮，可以改变按钮上箭头的方向，箭头方向向上表示升序，箭头方向向下表示降序。

③ "索引名"文本框：用于指定索引的索引标识名。

④ "类型"列表框：用于选定索引的类型，即主索引（仅适用于数据库表）、候选索引、唯一索引或普通索引（默认值）。单击"类型"下三角按钮时，出现一个可从中选择类型的列表，该字段不要求有输入。根据关系数据库原理，至多只能将表中的一个索引设置为"主索引"。

⑤ "表达式"文本框：用于指定索引表达式，可以是一个字段名，也可以是若干字段名的连接。"表达式"文本框右侧有一个"向导"按钮▨，单击此按钮，可以进入"表达式生成器"中创建或编辑一个表达式，一个表达式最多可有 240 个字符。

⑥ "筛选"文本框：用于指定筛选表达式。"筛选"文本框右侧有一个"向导"按钮▨，单击此按钮，可以进入"表达式生成器"中创建或编辑一个表达式。

（3）"表"选项卡：包含一些只读内容，如表的信息、设置记录级规则的区域、有效性错误文本、触发器和注释，如图 7-31 所示。

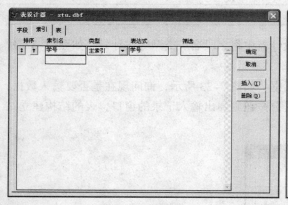

图 7-30　"索引"选项卡

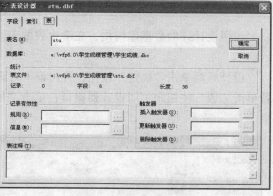

图 7-31　表选项卡

① "表名"文本框：填写正在创建或修改的表名称，这个表名称显示在"项目管理器"中，它并不是文件名。

② "数据库"显示表所隶属的数据库的名称。

③ "统计"选项组：显示表的相关只读资料。其中，"表文件"显示表的路径和文件名；"记录"显示表中当前存储的记录数；"字段"显示表结构中所定义的列数；"长度"显示表的长度。

④ "记录有效性"选项组：包含规则和信息，每个设置右边的按钮显示"表达式生成器"对话框。其中，"规则"指定实施数据记录级有效性检查的规则；"信息"指定当输入不符合记录级有效性规则的值时显示的错误信息。

⑤ "触发器"选项组：包含指定更新、插入、删除的规则。其中，"插入触发器"用于指定一个规则，每次向表中插入或追加记录时，触发该规则；"更新触发器"用于指定一个规则，每次更新表中记录时，触发该规则；"删除触发器"用于指定一个规则，每次从表中删除记录时触发该规则。以上 3 类触发器也可以用相应的命令实现。

```
CREATE TRIGGER ON 表名 FOR INSERT AS 触发条件表达式
CREATE TRIGGER ON 表名 FOR UPDATE AS 触发条件表达式
CREATE TRIGGER ON 表名 FOR DELETE AS 触发条件表达式
```

⑥ "表注释"：它是一个编辑框，提供输入表注释的区域。在项目管理器中选择一个表时，将在"项目管理器"的底部把输入的文本作为该表的注释显示。

7.3.5 表结构的建立

先对学生表（stu.dbf）的结构进行定义，如表 7-4 所示。

表 7-4 学生表（stu.dbf）的结构

字 段 名	类 型	宽 度
学号	字符型	7
姓名	字符型	8
性别	逻辑型	1
出生日期	日期型	8
专业	字符型	14
备注	备注型	4

按照设计好的数据库结构，在学生表的表设计器中将字段名、类型等设计好，如图 7-32 所示。

设计好后单击"确定"按钮，弹出询问对话框，如图 7-33 所示，询问现在是否要输入数据，若单击"否"按钮则关闭设计器窗口，单击"是"按钮则弹出输入记录的窗口，表的结构建立结束。

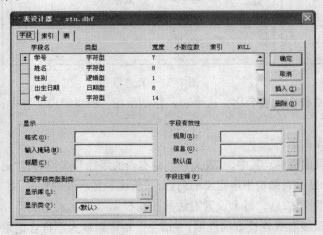

图 7-32 "字段"选项卡

图 7-33 "输入数据询问"对话框

7.3.6 表结构的修改

表结构的优劣至关重要，合理的表结构可以使表操作方便自如、清晰明了，所以在输入记录之前要查看表结构是否合理，表的结构在定义完成后，并非一成不变，如果输入数据后发现表结构不合理还可以进行修改。

修改表结构的方法有两种。

第一种方法：

在项目管理器中选择要修改的表名，然后单击"修改"按钮，弹出该表的表设计器，即可在表设计器中进行相应的修改。

第二种方法：

在数据库设计器中选择要修改的表，然后单击"修改表"按钮，如图 7-34 所示，或者选择"数据库"→"修改"命令，如图 7-35 所示，弹出该表的表设计器，即可在表设计器中进行相应的修改。

图 7-34　"数据库设计器"对话框

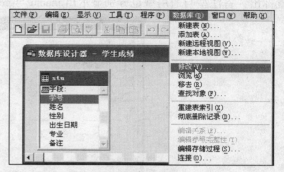

图 7-35　数据库修改操作

在表设计器中修改表结构时应该注意以下几点。

（1）如果想添加或插入新字段，则先单击适当位置的字段，然后单击"插入"按钮，一个名称为"新字段"的新字段就会插入在所选定的字段前，此时可以对此新字段的字段名称、类型等进行设置。

（2）如果想删除某个字段，则先选择此字段，然后单击"删除"按钮，此字段就会被删除，删除某个字段将会使此字段中的数据被永久地删除，所以使用时要小心。

（3）如果将数值类型的字段（如数值型、整型、浮点型、双精度型、货币型）转换成字母字段，则原来数值型字段中的数值将被转成字符串；若是将字母字段转换成数值型字段，则转换字母字段中的字符串数据时，是自左而右逐一转换成数字，直至非数字文本为止。字母字段与逻辑字段可以互相转换，但逻辑字段不能转换成数值类型的字段。日期与日期时间字段可以转换成字母字段，而有适当格式（如 MM/DD/YY）的字符串也能转换成日期或日期时间字段。

（4）在对某些字段类型进行修改后，虽然 Visual FoxPro 可以自动转换多个字段的类型，但是最好先替表做好备份，然后再修改字段类型，并且在完成转换后要仔细检查新文件是否正确。

（5）完成修改后，要单击"确定"按钮，此时 Visual FoxPro 会弹出询问框，如图 7-36 所示，如果单击"是"按钮，表的结构便会立即变动；单击"否"按钮就返回表设计器。如果要放弃所作的修改，可以单击"否"按钮，此时 Visual FoxPro 会弹出询问框，如图 7-37 所示，如果单击"是"按钮就放弃所作的结构修改；如果单击"否"按钮就返回表设计器。

图 7-36　"更改表结构"确认框

图 7-37　"放弃结构更改"确认框

7.3.7 表记录的输入

设计好表结构后单击"确定"按钮，弹出询问对话框，单击"是"按钮，弹出输入记录的窗口，此时窗口中各字段均按其类型和宽度排出，其中日期型字段的两个"/"间隔符已经在相应的位置标出，备注型与通用型也分别显示出 memo 与 gen 标志，如图 7-38 所示。

图 7-38 输入记录窗口

说明：

（1）表的数据可以通过记录编辑窗口逐个将字段输入。

（2）逻辑型字段只能接受逻辑值，此处男同学为 T，女同学为 F。

（3）日期型数据必须与日期格式相符，默认按美国日期格式 mm/dd/yy 输入，若要设置中国日期格式 yy.mm.dd 输入，只要在"命令"窗口中输入命令"SET DATE ANSI"就可以了，还原为美国日期格式的命令为"SET DATE AMERICAN"。

（4）当光标停在备注型或通用型字段的 memo 或 gen 区域时，如果不想输入数据，可以按回车键跳过；如果要输入数据可以双击鼠标，弹出字段编辑窗口，如图 7-39 所示。某记录的备注型或通用型字段非空时，其字段标志首字母将以大写显示，即显示为 Memo 或 Gen。

（5）数据输入结束后，若要存盘，可以单击窗口上的关闭按钮或按【Ctrl+W】组合键；若要放弃本次输入的记录，可以按【Esc】或【Ctrl+Q】组合键。

记录输入完成后，通过浏览可以显示数据表，如图 7-40 所示。

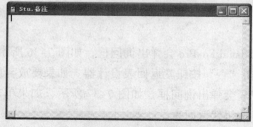

图 7-39 备注型编辑窗口

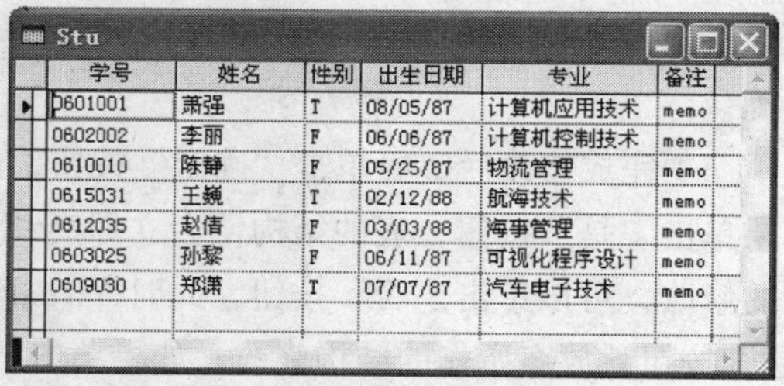

图 7-40 浏览数据表

7.3.8 与"学生成绩"管理相关表的建立

学生成绩管理需要多个表的关联操作，因此需要建立与学生成绩相关的一些表，建立过程与建立学生表（stu.dbf）相同。教师表（tch.dbf）的结构如表 7-5 所示，课程表（course.dbf）的结构如表 7-6 所示，成绩表（grade.dbf）的结构如表 7-7 所示。

表 7-5　教师表（tch.dbf）的结构

字　段　名	类　　　型	宽　　　度
教工号	字符型	5
姓名	字符型	8
性别	逻辑型	1
职称	字符型	6

表 7-6　课程表（course.dbf）的结构

字　段　名	类　　　型	宽　　　度	小　数　位　数
课程号	字符型	5	
课程名	字符型	14	
教工号	字符型	5	
学分	数值型	1	0

表 7-7　成绩表（grade.dbf）的结构

字　段　名	类　　　型	宽　　　度	小　数　位　数
学号	字符型	7	
课程号	字符型	5	
成绩	数值型	5	2

　　打开表设计器，设置教师表、课程表、成绩表的字段属性，并在表中输入内容。教师表如图 7-41 所示，课程表如图 7-42 所示，成绩表如图 7-43 所示。

图 7-41　教师表　　　　　　图 7-42　课程表　　　　　　图 7-43　成绩表

7.3.9　表的重命名

　　一个表的命名是在创建之初设定的，如果事后觉得命名不合适，可以更改表名，称为重命名。表的重命名方法如下：

　　（1）在项目管理器中选择需要重命名的表，然后右击，在弹出的快捷菜单中选择"重命名"命令，如图 7-44 所示。

　　（2）在弹出的"重命名文件"对话框中输入新的表名，然后单击"确定"按钮，如图 7-45 所示。

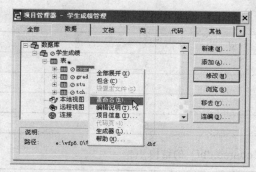

图 7-44　项目管理器

图 7-45　"重命名文件"对话框

7.3.10　表的删除

1. 删除数据库表

虽然实质的数据是存储在表文件中的，但是数据库中却记载了这些表文件所在的磁盘目录路径、数据字典信息以及与其他表的关联性连接。因此如果直接从文件夹中删除表文件，会导致数据库中对此表文件的参考数据无效，使数据库无法使用。因此在删除数据库表的同时，必须将数据库中相应的参考数据一起删除。删除数据的方法有 3 种。

第一种方法：

（1）在项目管理器中，选择要删除的表，然后单击"移去"按钮，此时会弹出询问对话框。

（2）在询问对话框中单击"移去"或者"删除"或者"取消"按钮，如图 7-46 所示。

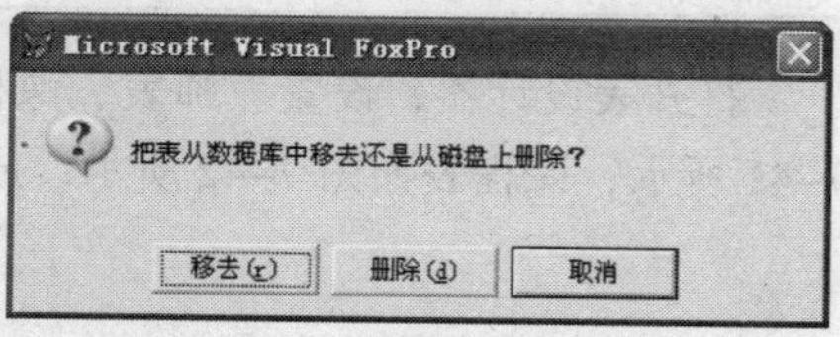

① 移去：此表将被移出数据库之外而成为自由表，但是此表的主索引与数据字典信息（包括默认值、验证规则、字段标题、字段说明等）都会被永久地从数据库中删除。

图 7-46　"删除"确认对话框

② 删除：除了会删除数据库中此表的参考数据外，还会将其.dbf 文件、相关的备注文件.fpt 与索引文件.cdx 一并从磁盘上彻底地删除。

③ 取消：取消当前操作。

第二种方法：

在数据库设计器中，选择要删除的表，然后右击，在弹出的快捷菜单中选择"删除"命令，如图 7-47 所示。此时会弹出询问对话框，与第一种方法相同。

第三种方法：

图 7-47　数据库中删除表

在"命令"窗口中输入命令"REMOVE TABLE[<数据表名>][DELETE] [RECYCLE]"或者"DROP TABLE[<数据表名>] [RECYCLE]"。

如果想将数据库中的表移出数据库成为自由表，则可以输入命令"REMOVE TABLE〈数据表名〉"。如果没有写明数据表名即输入"REMOVE TABLE"，如图 7-48 所示，系统会弹出"移去"对话框，以便选择要删除的表，如图 7-49 所示，选择好要删除的表后单击"确定"按钮，此时系统会弹出询问对话框，如图 7-50 所示，单击"是"按钮就可以将表移出数据库，单击"否"按钮就放弃操作。

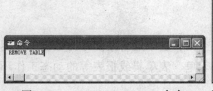
图 7-48　REMOVE TABLE 命令

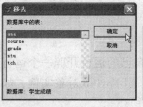
图 7-49　"移去"对话框

图 7-50　删除询问对话框

或者可以直接写明要删除的数据表名，如"REMOVE TABLE aaa"，如图 7-51 所示，此时也会弹出询问框，如图 7-50 所示。

如果想要将数据库表从磁盘中删除，可以输入"DROP TABLE[<数据表名>]"或者"REMOVE TABLE[<数据表名>]DELETE"。如果没有写明数据库表名，即输入"DROP TABLE"，如图 7-52 所示，系统会弹出"移去"对话框，以便选择要删除的表，如图 7-49 所示，选择好要删除的表后单击"确定"按钮，此时系统不会弹出询问对话框而直接删除选中的表。

图 7-51　REMOVE TABLE aaa 命令

图 7-52　DROP TABLE 命令

或者可以直接写明要删除的数据表名，如"DROP TABLE aaa"，如图 7-53 所示，或者"REMOVE TABLE aaa DELETE"，如图 7-54 所示，此时也不会弹出询问框而直接删除表。

图 7-53　DROP TABLE aaa 命令

图 7-54　REMOVE TABLE aaa DELETE 命令

如果希望表文件.dbf 不会立即从磁盘上删除，而是先移至回收站中，以便日后找回，可以在"DROP TABLE[<数据表名>]"或者"REMOVE TABLE[<数据表名>]DELETE"命令中加入关键字 RECYCLE，如"DROP TABLE aaa RECYCLE"或者"REMOVE TABLE aaa DELETE RECYCLE"。

2．删除自由表文件

由于自由表文件是一个完全独立的文件，因此可以直接从文件中删除，或者在项目管理器的"数据"选项卡中选择要删除的自由表文件，然后单击"移去"按钮，系统会弹出询问对话框，如图 7-55 所示。删除时要切记将此表文件拥有的相关备注文件与索引文件一并删除。

图 7-55　删除表确认对话框

7.4　数据记录的操作

数据记录的操作包括记录的浏览、修改、删除等，注意，这些操作均要求表已经打开。

7.4.1 数据表的打开和关闭

1．数据工作期的概念

Visual FoxPro 一旦启动，即为自己的运行开辟一个运行空间，这个运行空间称为数据工作期（Data Session)。数据工作期构成 Visual FoxPro 对象实例，如表单、表单集或报表等的动态工作环境。每一个数据工作期包含一组工作区。

2．工作区的概念

工作区（Work Area）是 Visual FoxPro 为一个打开的数据对象设置的存储区域，可以在一个工作区中打开一个数据对象，包括表、视图或查询。Visual FoxPro 允许一个数据工作期中包含 32 767 个工作区。因此，一个 Visual FoxPro 数据库应用系统运行期间至多可以同时打开 32 767 个数据对象。

3．应用表的前提

Visual FoxPro 表是一个 Visual FoxPro 数据对象，用于数据的存储与管理。如果需要应用表中存储的数据，就必须在一个工作区中将其打开。换句话说，任意一个 Visual FoxPro 数据对象只有在打开的状态下，其间包含的数据才可以被使用。

这里还有 3 个概念必须明确。

（1）一个工作区中只可以打开一个 Visual FoxPro 数据对象，如果先后要求在同一个工作区中打开两个 Visual FoxPro 数据对象，则先被打开的 Visual FoxPro 数据对象将被关闭。

（2）一个 Visual FoxPro 数据对象只能在一个工作区中打开，如果试图在一个 Visual FoxPro 数据对象已经打开的情况下，再在另一工作区中打开这个 Visual FoxPro 数据对象，Visual FoxPro 将拒绝执行并报告错误。

（3）Visual FoxPro 一旦运行即有一个数据工作期，在这个数据工作期中仅有一个工作区为当前工作区，在当前工作区中打开着的数据对象为当前数据对象。

4．调用"数据工作期"窗口

如果需要查看数据工作期与工作区的当前状态，应该调用 Visual FoxPro 提供的"数据工作期"窗口，调用"数据工作期"窗口的方法有两种。

第一种方法：

选择"窗口"→"数据工作期"命令，如图 7-56 所示，即可弹出"数据工作期"对话框，如图 7-57 所示。

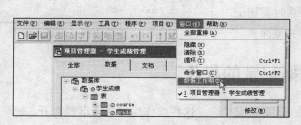

图 7-56　"窗口"菜单

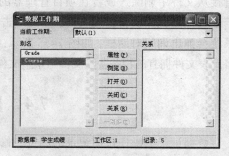

图 7-57　"数据工作期"对话框

第二种方法：

在"命令"窗口内输入命令"SET"，如图 7-58 所示，也可弹出"数据工作期"对话框。

图 7-58　SET 命令

5. 选择工作区

Visual FoxPro 数据对象必须呈打开状态，才能够进行操作。而一个 Visual FoxPro 数据对象又必须在一个选定的工作区中打开，这个选定的工作区即为当前工作区。因此，为了打开一个 Visual FoxPro 数据对象，必须先选定当前工作区。选择工作区的方法有两种。

第一种方法：由 Visual FoxPro 隐式选择工作区。

由于 Visual FoxPro 最多支持 32 767 个工作区，因此一个数据对象到底在哪个工作区中打开就成为一件不容易把握的事情。为此，Visual FoxPro 提供隐式工作区选择方式，即在每次需要打开一个数据对象时，Visual FoxPro 自动选择一个编号最小的未使用的工作区，并在这个工作区中打开数据对象，而不再要求在打开数据对象的命令之前，使用选择工作区的命令来选定工作区。

例如，在"学生成绩管理"项目管理器的"数据"选项卡上选中表"course"，然后单击项目管理器右侧的"浏览"按钮。如果这是当前数据库中打开的第一个表，则 Visual FoxPro 将在 1 号工作区中打开表"course"。如图 7-59 显示"工作区：1"。接着，如果在"学生成绩管理"项目管理器的"数据"选项卡上选中表"grade"，然后单击项目管理器右侧的"浏览"按钮，则 Visual FoxPro 将在 2#工作区中打开表"grade"。如图 7-60 显示"工作区：2"。

除了在项目管理器中采用隐式选择工作区打开表之外，只要运行一个视图、表单，或浏览一个查询、报表，Visual FoxPro 都会采用隐式选择工作区的方式打开相应的数据对象。

表的别名可以在用 USE 命令打开表时指定，若不指定则默认为表原名就是别名，如：

`USE grade ALIAS gra`

表示使用别名 gra，要注意，一旦指定了别名，则必须利用别名切换工作区。

第二种方法：由 Visual FoxPro 命令选择工作区。

在很多必要的情况下，需要使用 Visual FoxPro 命令选择当前工作区。Visual FoxPro 的选择工作区命令格式如下所示。

`SELECT nWorkArea | cTableAlias`

其中，nWorkArea 可取 1～32 767 之间的任意自然数，表示选择 nWorkArea 号为当前工作区。还可以取 nWorkArea 为 0，表示选择当前具有最小编号的未使用工作区。

如：

`SELECT 3`

表示选择 3#工作区为当前工作区。

如果当前数据工作期状态如图 7-60 所示，即当前已经使用着的工作区分别为 1 号和 2 号，则

`SELECT 0`

表示选择 3 号工作区为当前工作区。

Visual FoxPro 选择工作区命令中的 cTableAlias 可取一个数据对象名，这个数据对象已经在一个工作区中打开，表示选择指定的数据对象所在的那个工作区为当前工作区。

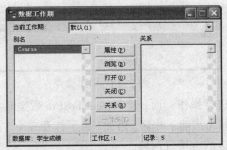

图 7-59　工作区 1

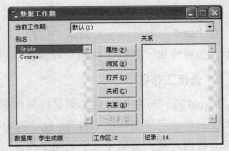

图 7-60　工作区 2

如果当前数据工作期状态如图 7-60 所示，即当前已经使用着的工作区分别为："course"在 1 号工作区中打开，"grade"在 2 号工作区中打开，则

`SELECT course`

表示选择 1 号工作区为当前工作区。

显然，SELECT cTableAlias 不能用于选择一个未使用的工作区为当前工作区。

6．表

表是 Visual FoxPro 数据库应用系统中最基本的数据对象，如果需要操作表，就必须先在一个工作区中打开它。因此，在一个工作区中打开表是操作这个表的前提。打开表的操作有 4 种方法。

第一种方法：

在项目管理器的"数据"选项卡上选定一个表，然后单击"浏览"按钮，即可在当前工作期中具有最小标号的未使用工作区中打开这个表，并在一个表浏览窗口中显示这个表的数据。

例如，如果当前数据工作期的状态如图 7-60 所示，即当前已经使用的工作区分别为 1 号和 2 号。在"学生成绩管理"项目管理器的"数据"选项卡上选中"stu"表，然后单击项目管理器右侧的"浏览"按钮，则"stu"表在 3 号工作区中打开，且其中的数据显示在一个表浏览窗口中，如图 7-61 所示。

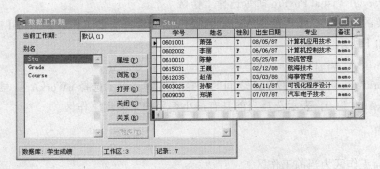

图 7-61　表浏览窗口

注意，关闭表浏览窗口不会关闭这个表。关闭表需要使用具有关闭表功能的相关命令或操作。数据表一旦被打开，Visual FoxPro 的状态栏上就会显示出表的相关信息，如图 7-62 所示。

Stu (学生成绩!Stu)	记录:1/7	Exclusive	NUM CAPS

图 7-62　状态栏

说明：

"Stu"：数据表名称。

"（学生成绩！Stu）"：所属数据库。

"记录：1/7"：数据库内记录数共 7 条，当前记录为第 1 条。

"Exclusive"：数据表的打开模式。

"NUM"：数字键盘打开。

"CAPS"：大小写键打开。

第二种方法：

在项目管理器的"数据"选项卡上选定一个表，然后单击"修改"按钮，即可在当前工作期中具有最小标号的未使用的工作区中打开这个表，同时打开这个表的索引文件，并在一个表设计器中显示这个表的属性。

例如，如果当前数据工作期的状态如图 7-60 所示，即当前已经使用着的工作区分别为 1 号和 2 号。在"学生成绩管理"项目管理器的"数据"选项卡上选中"stu"表，然后单击项目管理器右侧的"修改"按钮，则"stu"表在 3 号工作区中打开，且其属性显示在一个表设计器中。

同样，关闭表设计器也不会关闭这个表。如果需要关闭表，则使用具有关闭表功能的相关命令或操作。

第三种方法：

在"数据工作期"窗口中单击"打开"按钮，如图 7-63 所示，会弹出"打开"对话框，如图 7-64 所示，在该对话框中选择要打开的表，然后单击"确定"按钮。

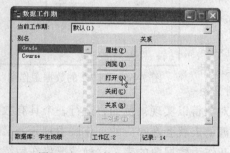

图 7-63　"数据库工作期"窗口

图 7-64　"打开"对话框

第四种方法：

在"命令"窗口中输入命令"USE[DatabaseName!]TableName I[IN nWorkArea][INDEX IndexFileList]"。

（1）DatabaseName：可取包含欲打开表的数据库名，如果不指定，则默认为当前数据库。

（2）TableName：应取欲打开的表名，是一个不可缺少的命令参数。

（3）nWorkArea：可取工作区编号，如果不指定，则默认为当前工作区。

（4）IndexFileList：可取欲打开表的索引文件名，如果不指定，则不同时打开任何索引。

注意： 打开表的 Visual FoxPro 命令并不调用表浏览窗口，这不同于利用项目管理器浏览表数据的打开表方式。

假设当前工作期的状态如图 7-60 所示，即当前已经使用的工作区分别为："Course"在 1 号工作区中打开，"Grade"在 2 号工作区中打开，且当前工作区为 2 号。

【例 7.1】在 3 号工作区中打开"Stu"表。

可以在"命令"窗口中依序输入如下命令。

```
SELECT 3
USE stu
```

或者为

```
SELECT 0
USE stu
```

或者为

```
USE stu IN 3
```

上述 3 种命令方式都会得到同样的结果，数据工作期的当前状态如图 7-65 所示。

【例 7.2】在 2 号工作区打开"tch"表。

可以在"命令"窗口中依序输入如下命令。

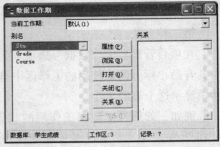

图 7-65　例 7.1 的数据工作区状态

```
SELECT 2
USE tch
```

或者为

```
USE tch IN 2
```

上述两种命令方式都会得到同样的结果，数据工作期的当前状态如图 7-66 所示，原来在 2 号工作区中打开着的"grade"关闭了。

第五种方法：

上述 4 种打开表的方式主要用于 Visual FoxPro 数据库应用系统设计阶段，而在 Visual FoxPro 数据库应用系统的运行阶段，打开表的方式往往采用运行或浏览相

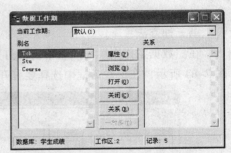

图 7-66　例 7.2 的数据工作期状态

关 Visual FoxPro 视图、查询、表单、报表或标签对象得以实现。例如，运行一个具有数据源的 Visual FoxPro 表单或运行一个查询时，作为数据源的表就会在对应的工作区中打开。又例如，浏览一个视图时，也会自动在相应的工作区中打开作为数据源的表，这种情况将在后续章节中遇到。

7. 关闭表

如果数据表不需要操作了，则应该及时关闭。Visual FoxPro 为表的数据操作设置了数据缓冲区，对表的数据更新操作一般在关闭表时才得以全面实施。因此，在必要的时候及时关闭表也是保证数据完整性的必要措施。

注意：打开表设计器或打开表浏览窗口必定会导致打开表，但是，关闭表设计器或关闭表浏览窗口却不会关闭表。也就是说在这种情况下，关闭表必须显式地进行。关闭表的操作有 3 种方法。

第一种方法：

在"数据工作期"窗口中选择需要关闭的表，单击"关闭"按钮，即可关闭被选中的表，如图 7-67 所示。

第二种方法：

在"命令"窗口中输入命令，关闭表的 Visual FoxPro 命令行命令有如下几种。

（1）USE 命令

用于关闭表的 USE 命令格式如下。

```
USE
```

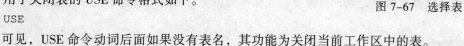

图 7-67　选择表

可见，USE 命令动词后面如果没有表名，其功能为关闭当前工作区中的表。

例如，如果当前工作期的状态如图 7-68 所示，则关闭"Tch"表的命令可以为：

```
SELECT 2
USE
```

或者为

```
SELECT tch
USE
```

（2）CLOSE 命令

在"命令"窗口中输入"CLOSE TABLES[ALL]"，用于关闭表的 CLOSE 命令具有两种形式，其功能有所差异。

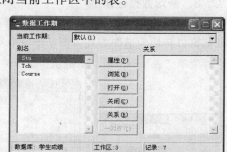

图 7-68　当前工作期状态

第一种形式："CLOSE TABLES"这个命令将导致当前数据库中所有呈打开状态的表全部关闭。

第二种形式："CLOSE TABLES ALL"这个命令将导致当前项目中所有数据库中的那些呈打开状态的表全部关闭。

总之，CLOSE 命令用于需要一次关闭所有表的情况。如果当前项目中只有一个数据库，则这两个命令将导致相同的结果。

（3）CLEAR 命令

在"命令"窗口中输入"CLEAR ALL"命令，CLEAR 命令用于清除各类指定 Visual FoxPro 对象当前占用的内存，这将导致那些被指定的 Visual FoxPro 对象处于非活动状态。CLEAR 命令可以清除的 Visual FoxPro 对象包括类、类库、动态链接库、事件、宏、内存变量、菜单以及窗口等，却不包括表。但是，如果使用 CLEAR 命令清除了所有活动的 Visual FoxPro 对象，表也就被关闭了。

注意：在 Visual FoxPro 开发环境中的"命令"窗口内输入命令"CLEAR ALL"，将导致项目、数据库以及所有的表、公共内存变量全部被清除。

7.4.2　使用浏览窗口新增、修改与删除数据记录

1. 查看和浏览表中内容

打开表"stu.dbf"，然后选择菜单"显示"→"浏览"命令，如图 7-69 所示，或者在数据库设计器中选择要查看的表，然后右击，在弹出的快捷菜单中选择"浏览"命令，如图 7-70 所示，就可以进入浏览窗口，如图 7-71 所示。

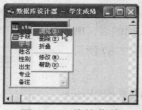

图 7-69　"显示"菜单　　　　　图 7-70　快捷菜单　　　　　图 7-71　浏览窗口

2．修改数据记录

在浏览窗口中修改数据记录，只需要将光标移到想要编辑的记录的字段中，然后输入新的数据即可。

3．新增数据记录

在浏览窗口中新增记录，可以选择菜单"显示"→"追加方式"命令，如图 7-72 所示，使浏览窗口转换为追加方式，浏览窗口中所有记录的最后会显示一个空记录，如图 7-73 所示。或者选择菜单"表"→"追加新记录"命令，如图 7-74 所示，同样在所有记录的最后会显示一个空记录。

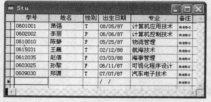

图 7-72　"追加方式"命令　　　　图 7-73　空记录　　　　图 7-74　"追加新记录"命令

注意：即使并未在此项新增的空数据记录的各个字段中输入任何数据，它也已经存在于表中，如果觉得多余，必须自行将它删除。

4．删除数据记录

在 Visual FoxPro 中，从表中删除记录分成两步：首先单击要删除记录左边的小方框，使其变成黑色，如图 7-75 所示，这时记录并没有真正从表中删除，而只是在数据记录前标记上删除记号"*"，在浏览显示记录时还可以看到这些带删除标记的记录。这种操作叫做逻辑删除，其目的是避免用户误删除数据而无法挽救，如果将系统设置成"忽略已删除记录"状态，下一次打开浏览窗口时，带删除记号的记录将不会显示出来。要真正删除记录，还要选择菜单"表"→"彻底删除"命令，如图 7-76 所示，此时会弹出询问框，如图 7-77 所示，单击"是"按钮后，那些已被标记删除记号的数据记录才会被彻底地、物理地从表中删除。

图 7-75　单击方框　　　　图 7-76　"表"菜单　　　　图 7-77　询问对话框

5. 浏览窗口的操作技巧

（1）调整字段显示的位置顺序

默认状态下，各个字段在浏览窗口中由左至右显示的位置顺序是按照它们在结构定义中的次序，如果想要改变某一个字段的位置，只需要将光标指向浏览窗口中显示此字段数据的列标题并按住左键，然后拖动到需要的位置后放开鼠标左键，此时该字段就会显示在新的位置上。

（2）改变字段的显示宽度

要改变某一个字段显示在浏览窗口中的宽度，只要将光标指向该字段标题右侧的分隔线，当光标变成 ✛ 时，按住鼠标左键，左右拖动即可改变显示宽度。

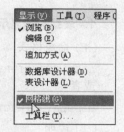

图 7-78　"显示"菜单

（3）打开或关闭浏览窗口中的分隔线

默认状态下，浏览窗口中的列与行之间会显示分隔线，如果希望控制这些分隔线的显隐状态，可以选择菜单"显示"→"网络线"命令，如图 7-78 所示。

（4）浏览模式与编辑模式间的切换

默认状态下，打开表浏览窗口时，各个字段的数据是由左至右水平排列的，这种显示方式称为浏览模式，其好处是可以一次性检查多条记录，但是如果字段较多，则无法完成一次性完整显示出所有的字段数据。Visual FoxPro 允许采用编辑模式来显示数据，这时各个字段的数据由上至下垂直排列，如图 7-79 所示，它的好处是可以较完整地显示某一条记录所有的字段数据，不足的就是一次只能显示不多的记录。要采用编辑模式显示数据，可以选择菜单"显示"→"编辑"命令，如图 7-80 所示，要采用浏览模式显示数据，可以选择菜单"显示"→"浏览"命令，如图 7-81 所示。

图 7-79　数据由上至下竖直排列

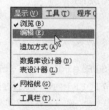

图 7-80　"编辑"命令

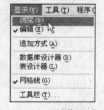

图 7-81　"浏览"命令

（5）将浏览窗口分割成两个窗口

将光标指向浏览窗口左下角的黑色框即分割轴，如图 7-82 所示，当光标变成左右箭头时，向右拖动到合适的位置，放开鼠标左键，此时浏览窗口就被分割成左右两个窗口，如图 7-83 所示。这两个窗口是彼此关联的，在某一个窗口中修改数据，另外一个窗口都会随之作相应的改变，两个窗口的显示模式可以分别设置，如果要将右侧的窗口采用编辑模式，只要在右侧窗口中单击任意一处，然后选择菜单"显示"→"编辑"命令即可，要将两个窗口还原成一个窗口，只要拖动分割轴到最左侧就可以了。

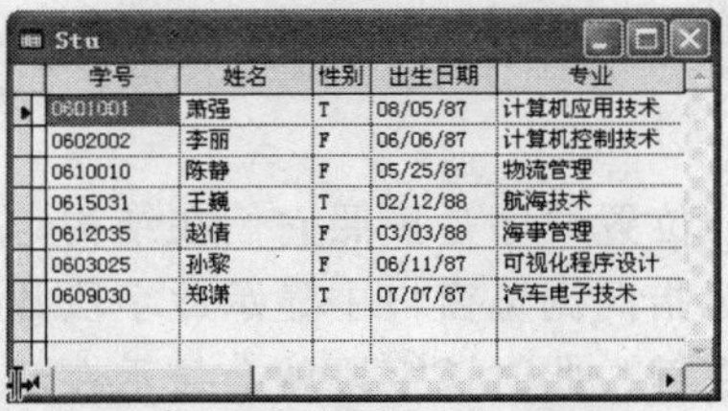

图 7-82　光标指向分割轴

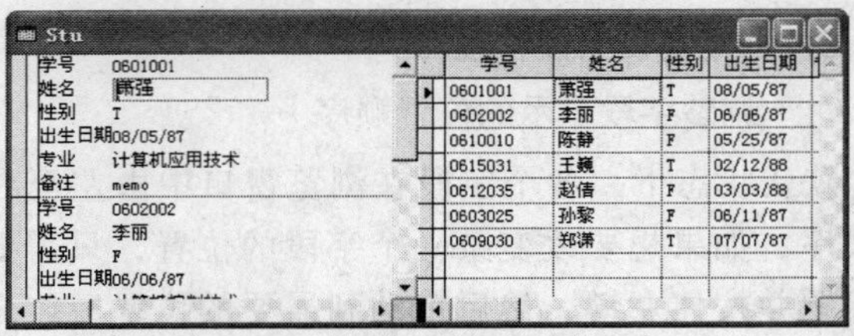

图 7-83　窗口分割为两部分

7.4.3　表的命令操作方式

1. 表结构的显示

（1）命令格式

```
LIST STRUCTURE[TO PRINTER][TO〈文件〉]
```
或者
```
DISPLAY STRUCTURE [TO PRINTER][TO〈文件〉]
```

（2）说明

LIST 命令以连续输出方式显示表结构，DISPLAY 命令以分页方式显示表结构。

【例 7.3】打开表 STU，列出表结构。

```
USE STU
LIST STRUCTURE
```

【例 7.4】打开表 STU，列出表结构，将表结构用打印机打印出来。

```
USE STU
LIST STRUCTURE TO PRINTER
```

【例 7.5】打开表 STU，列出表结构，将表结构复制到文本文件 STUDENT.txt 中。

```
USE STU
LIST STRUCTURE TO STUDENT
```

2. 表记录的显示

（1）命令格式

```
LIST|DISPLAY [[FIELDS]FieldList][Scope][FOR lExpression1]
|[WHILE lExpression2][OFF][TO PRINTER[PROMPT]|TO <文件>]
```

（2）说明

① FieldList：当前字段名列表，用于指定需要显示的字段，多个字段名之间以逗号隔开；如果省略，将显示当前表中全部字段的数据。

② Scope：范围，用来确定执行该命令涉及的记录，有 4 种限定方法。

- ALL：所有记录。
- NEXT N：从当前记录起的 N 个记录。
- RECORD N：记录号为 N 的记录。
- RESE：从当前记录起到最后一个记录止的所有记录。

区别：LIST 缺省范围时默认为 ALL，而 DISPLAY 缺省范围时默认表示当前记录。当表中的数据记录太多，无法用一屏幕显示完时，DISPLAY ALL 命令会以分页方式显示，并提示用户继续，而 LIST 命令则会连续显示，直到最后一行记录在屏幕上显示出来为止。

③ FOR lExpression1：lExpression1（条件）必须是一个逻辑表达式，用于设定范围内使条件为真的记录都参加操作。如果缺省 lExpression1，则当前表中指定记录范围内的全部记录都参加操作。

④ WHILE lExpression2：从当前记录开始，如果使条件为真，则该记录参加操作，直至遇到不满足条件的记录出现时停止。

⑤ OFF：用于控制记录号的不显示。

【例 7.6】打开表 STU，列出表中的全部记录。屏幕显示，如图 7-84 所示。

```
USE STU
LIST
```

记录号	学号	姓名	性别	出生日期	专业	备注
1	0601001	萧强	.T.	08/05/87	计算机应用技术	memo
2	0602002	李丽	.F.	06/06/87	计算机控制技术	memo
3	0610010	陈静	.F.	05/25/87	物流管理	memo
4	0615031	王巍	.T.	02/12/88	航海技术	memo
5	0612035	赵倩	.F.	03/03/88	海事管理	memo
6	0603025	孙黎	.F.	06/11/87	可视化程序设计	memo
7	0609030	郑潇	.T.	07/07/87	汽车电子技术	memo

图 7-84　例 7.6 图

如果不希望将字段名称显示出来，可以先输入命令"SET HEADING OFF"，如果想恢复字段名称显示，可以再输入命令"SET HEADING ON"。

例如：

```
USE STU
SET HEADING OFF
LIST
```

屏幕显示，如图 7-85 所示。

1	0601001	萧强	.T.	08/05/87	计算机应用技术	memo
2	0602002	李丽	.F.	06/06/87	计算机控制技术	memo
3	0610010	陈静	.F.	05/25/87	物流管理	memo
4	0615031	王巍	.T.	02/12/88	航海技术	memo
5	0612035	赵倩	.F.	03/03/88	海事管理	memo
6	0603025	孙黎	.F.	06/11/87	可视化程序设计	memo
7	0609030	郑潇	.T.	07/07/87	汽车电子技术	memo

图 7-85　隐藏字段名称

【例 7.7】打开表 STU，列出表中的全部记录，不显示记录号。屏幕显示，如图 7-86 所示。

```
USE STU
LIST OFF
```

学号	姓名	性别	出生日期	专业	备注
0601001	萧强	.T.	08/05/87	计算机应用技术	memo
0602002	李丽	.F.	06/06/87	计算机控制技术	memo
0610010	陈静	.F.	05/25/87	物流管理	memo
0615031	王巍	.T.	02/12/88	航海技术	memo
0612035	赵倩	.F.	03/03/88	海事管理	memo
0603025	孙黎	.F.	06/11/87	可视化程序设计	memo
0609030	郑潇	.T.	07/07/87	汽车电子技术	memo

图 7-86　例 7.7 图

【例 7.8】打开表 STU，列出表中记录的"学号"、"姓名"和"专业"3 个字段的内容。

```
USE STU
LIST 学号,姓名,专业
```

屏幕显示，如图 7-87 所示。

记录号	学号	姓名	专业
1	0601001	萧强	计算机应用技术
2	0602002	李丽	计算机控制技术
3	0610010	陈静	物流管理
4	0615031	王巍	航海技术
5	0612035	赵倩	海事管理
6	0603025	孙黎	可视化程序设计
7	0609030	郑谦	汽车电子技术

图 7-87　例 7.8 图

【例 7.9】打开表 STU，显示第 3 条记录。

```
USE STU
LIST RECORD 3
```

屏幕显示如图 7-88 所示。

记录号	学号	姓名	性别	出生日期	专业	备注
3	0610010	陈静	.F.	05/25/87	物流管理	memo

图 7-88　例 7.9 图

【例 7.10】打开表 STU，显示第 1 条到第 3 条记录，CLEAR 命令能够清屏。

```
USE STU
CLEAR
LIST NEXT 3
```

屏幕显示，如图 7-89 所示。

记录号	学号	姓名	性别	出生日期	专业	备注
1	0601001	萧强	.T.	08/05/87	计算机应用技术	memo
2	0602002	李丽	.F.	06/06/87	计算机控制技术	memo
3	0610010	陈静	.F.	05/25/87	物流管理	memo

图 7-89　例 7.10 图

【例 7.11】接着【例 7.10】显示从当前记录开始至表结尾的数据记录。

```
LIST REST
```

屏幕显示，如图 7-90 所示。

记录号	学号	姓名	性别	出生日期	专业	备注
3	0610010	陈静	.F.	05/25/87	物流管理	memo
4	0615031	王巍	.T.	02/12/88	航海技术	memo
5	0612035	赵倩	.F.	03/03/88	海事管理	memo
6	0603025	孙黎	.F.	06/11/87	可视化程序设计	memo
7	0609030	郑谦	.T.	07/07/87	汽车电子技术	memo

图 7-90　例 7.11 图

【例 7.12】打开表 STU，显示第 3 条记录的"学号"、"姓名"和"专业"3 个字段的内容。

```
USE STU
LIST 学号,姓名,专业 RECORD 3
```

屏幕显示，如图 7-91 所示。

记录号	学号	姓名	专业
3	0610010	陈静	物流管理

图 7-91　例 7.12 图

【例 7.13】显示专业为"计算机应用技术"的记录。

```
USE STU
LIST FOR 专业="计算机应用技术"
```

屏幕显示，如图 7-92 所示。

记录号	学号	姓名	性别	出生日期	专业	备注
1	0601001	萧强	.T.	08/05/87	计算机应用技术	memo

图 7-92　例 7.13 图

【例 7.14】显示"专业"字段中包含"技术"的记录。

```
USE STU
LIST FOR "技术" $ 专业
```

屏幕显示，如图 7-93 所示。

记录号	学号	姓名	性别	出生日期	专业	备注
1	0601001	萧强	.T.	08/05/87	计算机应用技术	memo
2	0602002	李丽	.F.	06/06/87	计算机控制技术	memo
4	0615031	王巍	.T.	02/12/88	航海技术	memo
7	0609030	郑谦	.T.	07/07/87	汽车电子技术	memo

图 7-93　例 7.14 图

【例 7.15】显示"出生日期"大于"1988-01-01"的记录的"姓名"和"出生日期"字段。

```
USE STU
LIST 姓名,出生日期 FOR 出生日期>{^1988-01-01}
```

屏幕显示如图 7-94 所示。

记录号	姓名	出生日期
4	王巍	02/12/88
5	赵倩	03/03/88

图 7-94　例 7.15 图

使用命令方式也可以启动浏览窗口，只要在"命令"窗口中输入命令"BROWSE"，也可以在"BROWSE"命令中加入 FieldList，从而仅浏览特定的字段，或使用 FOR 参数指定符合特定条件的记录，并且可以在浏览窗口中对数据进行修改。

【例 7.16】在浏览窗口中显示各记录的"学号"、"姓名"和"专业"3 个字段的内容。

```
USE STU
BROWSE FIELDS 学号,姓名,专业
```

屏幕显示如图 7-95 所示。

【例 7.17】在浏览窗口中显示"出生日期"大于"1988-01-01"并且"专业"字段中包含"技术"的记录的"学号"、"姓名"和"专业"字段。

```
USE STU
BROWSE FIELDS 学号,姓名 ,专业 FOR 出生日期>{^1988-01-01} AND "技术" $ 专业
```

屏幕显示如图 7-96 所示。

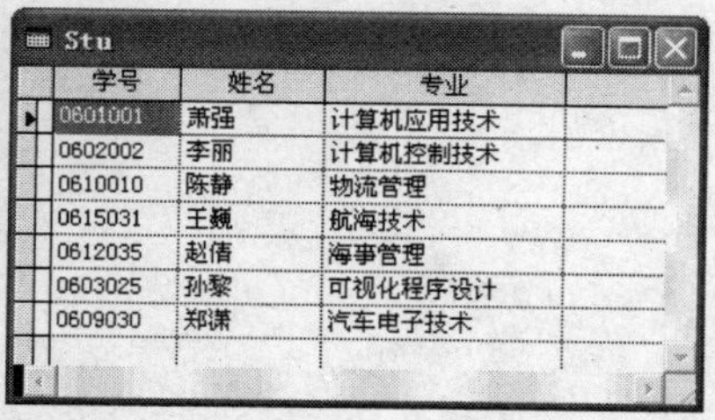

图 7-95　例 7.16 的显示结果

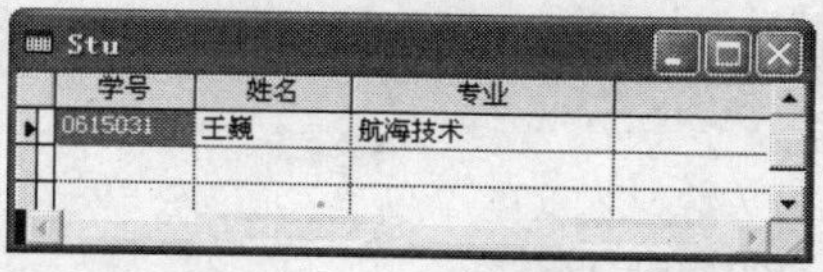

图 7-96　例 7.17 的显示结果

3．绝对定位命令

（1）命令格式

```
GO[TO]  TOP|BOTTOM
```

或者

```
[GO[TO]]<nRecordNumber>
```

（2）说明

① GO TOP 或者 GOTO TOP：将记录指针指向表的第一个记录。

② GO BOTTOM 或者 GOTO BOTTOM：将记录指针指向表的最后一个记录。

③ GO < nRecordNumber>或者 GOTO < nRecordNumber>：nRecordNumber 必须为一个自然数，将记录指针指向表中由 nRecordNumber 指出的记录号。

例如：

```
GO 3                  &&指针定位在第 3 条记录上
```

4．相对定位命令

（1）命令格式

```
SKIP[<nRecords>]
```

（2）说明

从当前记录开始移动记录指针，nRecords 表示移动记录的个数，省略不写则默认为 1。

【例 7.18】指针定位在第 3 条记录上。

```
GO 5
SKIP -2
```

【例 7.19】指针定位在第 1 条记录之前，但记录号仍为 1。

```
GO TOP
SKIP -1
```

【例 7.20】指针定位在最后 1 条记录之后，记录号为总记录数加 1。

```
GO BOTTOM
SKIP 1
```

5．插入新记录

（1）命令格式

```
INSERT [BLANK][BEFORE]
```

（2）说明

在指定的位置插入新记录，缺省时会出现编辑窗口，等待用户输入数据；使用 BLANK 子句会插入一条空白记录；使用 BEFORE 子句能在当前记录之前插入新记录，缺省该子句则在当前记录之后插入记录。

例如：

```
GO 4
INSERT
```

或者

```
GO 5
INSERT BEFORE
```

以上命令均表示在第 4 条和第 5 条记录之间插入新记录。

6．追加新记录

（1）命令格式

APPEND [BLANK]

（2）说明

① APPEND：调用表编辑窗口，在其中对当前表进行添加记录的操作。

② APPEND BLANK：在当前表中添加一个空记录。

7．修改指定记录

（1）命令格式

EDIT [Scope][[FIELDS]FieldList] [FOR|WHILE lExpression2]

（2）说明

调用表编辑窗口，在其中对当前满足条件的记录中指定字段的数据进行修改。

8．替换数据

（1）命令格式

REPLACE FieldName1 WITH eExpression1[ADDITIVE]
[,FieldName2 WITH eExpression2[ADDITIVE]]…[FOR|WHILE lExpression]

（2）说明

FieldName1、FieldName2 等为要更新的字段名，WITH 中的 eExpression1、eExpression2 等是用来置换对应字段值的表达式，如果参数都缺省，则表示只对当前记录的有关字段进行替换。ADDITIVE 用于备注型字段，表示将表达式添加到字段的原有内容后面，而不是取代。

【例 7.21】清屏后打开表 GRADE，显示第 3 条记录，然后将全部记录的成绩都加上 5，再次显示第 3 条记录

```
CLEAR
USE GRADE
LIST RECORD 3
REPLACE ALL 成绩 WITH 成绩+5
LIST RECORD 3
```

屏幕显示如图 7-97 所示。

记录号	学号	课程号	成绩
3	0610010	C0002	69.00

记录号	学号	课程号	成绩
3	0610010	C0002	74.00

图 7-97　例 7.21 图

9．逻辑删除记录

（1）命令格式

DELETE [Scope][FOR|WHILE lExpression]

（2）说明

对当前表在指定范围内满足条件的记录加上删除标记。

【例 7.22】逻辑删除所有"专业"不是"计算机应用技术"的同学记录，被逻辑删除的记录前会出现"*"。

```
CLEAR
```

```
DELETE FOR 专业<>"计算机应用技术"
LIST
```

屏幕显示如图 7-98 所示。

记录号	学号	姓名	性别	出生日期	专业	备注
1	0601001	萧强	.T.	08/05/87	计算机应用技术	memo
2	*0602002	李丽	.F.	06/06/87	计算机控制技术	memo
3	*0610010	陈静	.F.	05/25/87	物流管理	memo
4	*0615031	王巍	.T.	02/12/88	航海技术	memo
5	*0612035	赵倩	.F.	03/03/88	海事管理	memo
6	*0603025	孙黎	.F.	06/11/87	可视化程序设计	memo
7	*0609030	郑潇	.T.	07/07/87	汽车电子技术	memo

图 7-98　例 7.22 图

10. 恢复记录

（1）命令格式

```
RECALL [Scope][FOR|WHILE lExpression]
```

（2）说明

去掉当前表在指定范围内满足条件的记录的删除标记。

【例 7.23】逻辑删除所有"专业"不是"计算机应用技术"的同学记录，去掉所有"专业"不是"计算机控制技术"的记录的删除标记。

```
CLEAR
DELETE FOR 专业<>"计算机应用技术"
RECALL FOR 专业<>"计算机控制技术"
LIST
```

屏幕显示如图 7-99 所示。

记录号	学号	姓名	性别	出生日期	专业	备注
1	0601001	萧强	.T.	08/05/87	计算机应用技术	memo
2	*0602002	李丽	.F.	06/06/87	计算机控制技术	memo
3	0610010	陈静	.F.	05/25/87	物流管理	memo
4	0615031	王巍	.T.	02/12/88	航海技术	memo
5	0612035	赵倩	.F.	03/03/88	海事管理	memo
6	0603025	孙黎	.F.	06/11/87	可视化程序设计	memo
7	0609030	郑潇	.T.	07/07/87	汽车电子技术	memo

图 7-99　例 7.23 图

如果不想显示已经被标记的记录，可以在命令窗口中输入"SET DELETED ON"，此时再输入"LIST"显示时已被标记的记录就不显示出来了。

11. 物理删除记录

（1）命令格式

```
PACK
```

（2）说明

从物理上真正、彻底地删除带有删除标记的记录。

【例 7.24】彻底删除"专业"是"计算机控制技术"的记录。

```
CLEAR
DELETE FOR 专业="计算机控制技术"
PACK
LIST
```

屏幕显示如图 7-100 所示。

记录号	学号	姓名	性别	出生日期	专业	备注
1	0601001	萧强	.T.	08/05/87	计算机应用技术	memo
3	0610010	陈静	.F.	05/25/87	物流管理	memo
4	0615031	王巍	.T.	02/12/88	航海技术	memo
5	0612035	赵倩	.F.	03/03/88	海事管理	memo
6	0603025	孙黎	.F.	06/11/87	可视化程序设计	memo
7	0609030	郑潇	.T.	07/07/87	汽车电子技术	memo

图 7-100　例 7.24 图

12. 清除记录

（1）命令格式

ZAP

（2）说明

物理删除当前表中的所有记录。它的效果相当于先执行 DELETE ALL，然后再执行 PACK，但执行速度却快得多。注意，一旦用 ZAP 命令清除当前表的所有记录，则无法再还原了。数据记录虽然被删除了，但数据表的结构仍然完整地存在。如果已经执行了 SET SAFETY ON（这也是默认状态）命令，再执行 ZAP 命令时，系统会弹出询问对话框，询问是否要永久删除所有的数据记录，如图 7-101 所示。

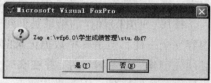

图 7-101　"询问"对话框

【例 7.25】执行下列程序。

```
USE STU
LIST
ZAP
LIST
?RECCOUNT()
```

在执行 ZAP 命令后，执行 LIST 命令，此时没有记录被列出来，?RECCOUNT( )命令用于返回当前表所拥有的记录条数，此时屏幕显示如图 7-102 所示。

记录号	学号	姓名	性别	出生日期	专业	备注
1	0601001	萧强	.T.	08/05/87	计算机应用技术	memo
2	0602002	李丽	.F.	06/06/87	计算机控制技术	memo
3	0610010	陈静	.F.	05/25/87	物流管理	memo
4	0615031	王巍	.T.	02/12/88	航海技术	memo
5	0612035	赵倩	.F.	03/03/88	海事管理	memo
6	0603025	孙黎	.F.	06/11/87	可视化程序设计	memo
7	0609030	郑潇	.T.	07/07/87	汽车电子技术	memo

0

图 7-102　例 7.25 图

7.4.4　数据检索

数据检索是指在指定的表中寻找含有某个字符串的记录，并将 Visual FoxPro 记录指针指向这个记录。记录指针指向的记录称为当前记录。在数据库应用系统中，数据检索操作是较频繁的操作之一。一般而言，检索数据常用的方式主要有以下两种。

（1）顺序检索

顺序检索方式是从表的首记录开始逐一查找是否包含需要检索出来的数据。在查找过程中，一旦查找到，则令记录指针指向这条记录，称为检索成功；否则，记录指针指向最后一条记录的后面，称为检索失败。显然，按照这种方式检索数据的效率很低，假如表中含有 50 万条记录，采

用顺序检索的方式在检索失败的情况下，将需要查找 50 万次。

（2）对分检索

对分检索方式要求记录按照查找数据字段排序，即记录中的本列的数据按照由小到大（升序）或由大到小（降序）排列。在升序排列的前提下，对分检索方式首先取位于 1/2 位置的记录数据与查找数据比较大小。等于查找数据则检索成功，将记录指针指向这条记录；大于查找数据，则取位于 1/4 位置的记录与查找数据比较大小；小于查找数据，则取位于 3/4 位置的记录与查找数据比较大小。如此处理，直至检索成功，将记录指针指向这个记录；或者直至失败，将记录指针指向尾记录后面的记录。按照这种方式检索数据的效率很高，假如表中含有 100 万个记录，采用对分检索的方式在检索失败的情况下，仅需要查找 20 次。

显然对分检索效率高于顺序检索，但是对分检索要求数据记录有序。为了加快数据表记录的检索，需要对数据表记录进行重新组织。实现这个目的的方法有两种：排序和索引。

排序（SORT）操作的结果是创建一个新的数据表文件，这个新文件可以与原来的表文件大小、内容完全一样，但是其中数据记录的排列顺序是按要求重新整理过的。为了实现这个目的，系统必须先创建一个临时文件，并在临时文件中重组记录，然后再将排序过的记录复制到一个新文件，最后删除临时文件。因为操作复杂，当数据表比较大时，排序速度很慢，同时创建排序需要的磁盘空间也很大。

索引的目的也是对数据表排序，但是它不会创建一个新的数据表文件，而是创建一个不能脱离原表独立使用的索引文件，索引文件和表的.dbf 文件分别存储，索引文件由指针构成，这些指针逻辑上按照索引关键字的值进行排序，并不改变表中记录的物理顺序，只是通过记录号连接到原表相应记录上；所以从用户的角度上观察，数据表已经按要求排序完成。因此索引操作的速度要比排序快得多，而且也很节省磁盘空间。在 Visual FoxPro 中虽然还保留了排序功能，但经常使用的却只是索引功能。

1. 数据排序

（1）命令格式

```
SORT TO TableName ON FieldName1[/A][/D][/C][, FieldName2[/A][/D][/C]…]
   [ASCENDING | DESCENDING][Scope][FOR lExpression][FIELDS FieldNameList]
```

（2）说明

将当前表按字段 FieldName 的值排序，并生成一个新的数据表文件（.dbf）。默认按递增方式排序，参数"/A"指定按递增方式排序，参数"/D"指定按递减方式排序，这两个参数不能同时使用，参数"/C"指定排序时字母数据"不区分大小写"。

【例 7.26】将表 STU 中的数据记录以"学号"为关键字段递增排序，并将排序后的结果存入表 STU1 中。

```
USE STU
LIST
SORT TO STU1 ON 学号
USE STU1
LIST
```

屏幕显示如图 7-103 所示。

记录号	学号	姓名	性别	出生日期	专业	备注
1	0601001	萧强	.T.	08/05/87	计算机应用技术	memo
2	0602002	李丽	.F.	06/06/87	计算机控制技术	memo
3	0610010	陈静	.F.	05/25/87	物流管理	memo
4	0615031	王巍	.T.	02/12/88	航海技术	memo
5	0612035	赵倩	.F.	03/03/88	海事管理	memo
6	0603025	孙黎	.F.	06/11/87	可视化程序设计	memo
7	0609030	郑谦	.T.	07/07/87	汽车电子技术	memo

记录号	学号	姓名	性别	出生日期	专业	备注
1	0601001	萧强	.T.	08/05/87	计算机应用技术	memo
2	0602002	李丽	.F.	06/06/87	计算机控制技术	memo
3	0603025	孙黎	.F.	06/11/87	可视化程序设计	memo
4	0609030	郑谦	.T.	07/07/87	汽车电子技术	memo
5	0610010	陈静	.F.	05/25/87	物流管理	memo
6	0612035	赵倩	.F.	03/03/88	海事管理	memo
7	0615031	王巍	.T.	02/12/88	航海技术	memo

图 7-103　例 7.26 图

【例 7.27】将表 STU 中的数据记录以"性别"字段为第一级关键字，按递增排序（即逻辑值.T. 排列在后面）；如果遇到"性别"值相同的记录，则以"学号"为第二关键字段递减排序，并将排序后的结果存入表 STU2 中。

```
USE STU
LIST
SORT TO STU2 ON 性别,学号/D
USE STU2
LIST
```

屏幕显示如图 7-104 所示。

记录号	学号	姓名	性别	出生日期	专业	备注
1	0601001	萧强	.T.	08/05/87	计算机应用技术	memo
2	0602002	李丽	.F.	06/06/87	计算机控制技术	memo
3	0610010	陈静	.F.	05/25/87	物流管理	memo
4	0615031	王巍	.T.	02/12/88	航海技术	memo
5	0612035	赵倩	.F.	03/03/88	海事管理	memo
6	0603025	孙黎	.F.	06/11/87	可视化程序设计	memo
7	0609030	郑谦	.T.	07/07/87	汽车电子技术	memo

记录号	学号	姓名	性别	出生日期	专业	备注
1	0612035	赵倩	.F.	03/03/88	海事管理	memo
2	0610010	陈静	.F.	05/25/87	物流管理	memo
3	0603025	孙黎	.F.	06/11/87	可视化程序设计	memo
4	0602002	李丽	.F.	06/06/87	计算机控制技术	memo
5	0615031	王巍	.T.	02/12/88	航海技术	memo
6	0609030	郑谦	.T.	07/07/87	汽车电子技术	memo
7	0601001	萧强	.T.	08/05/87	计算机应用技术	memo

图 7-104　例 7.27 图

【例 7.28】将表 STU 中的数据记录中"出生日期"大于"1988-01-01"的记录，以"学号"为关键字段递增排序，并将排序后记录的"学号"、"姓名"、"出生日期"3 个字段存入表 STU3 中。

```
USE STU
LIST
SORT TO STU3 ON 学号 FOR 出生日期>{^1988-01-01} FIELDS 学号,姓名,出生日期
USE STU3
LIST
```

屏幕显示如图 7-105 所示。

记录号	学号	姓名	性别	出生日期	专业	备注
1	0601001	萧强	.T.	08/05/87	计算机应用技术	memo
2	0602002	李丽	.F.	06/06/87	计算机控制技术	memo
3	0610010	陈静	.F.	05/25/87	物流管理	memo
4	0615031	王巍	.T.	02/12/88	航海技术	memo
5	0612035	赵倩	.F.	03/03/88	海事管理	memo
6	0603025	孙黎	.F.	06/11/87	可视化程序设计	memo
7	0609030	郑潇	.T.	07/07/87	汽车电子技术	memo

记录号	学号	姓名	出生日期
1	0612035	赵倩	03/03/88
2	0615031	王巍	02/12/88

图 7–105 例 7.28 图

2．数据索引

一个表文件可建立多个索引文件，也可同时打开多个索引文件，但在同一时间内只有一个索引起作用，这个索引称为主控索引。

Visual FoxPro 系统中支持两种不同的索引文件类型，即单索引文件和复合索引文件。

单索引文件是根据一个索引关键字表达式（或关键字）建立的索引文件，文件扩展名为.idx，它可用 INDEX 命令的各种形式建立。

复合索引文件是指索引文件中可以包含多个索引标识，文件扩展名为.cdx。每个索引标识与单索引文件类似，也可以根据一个索引关键字表达式（或关键字）建立。每一个索引标识均有一个特殊的标识名（TAG）。标识名由字母或下划线开头，由字母、数字或下划线组成，长度不超过 10 个字符。用户可以利用标识名来使用标识，向复合索引文件中追加标识。复合文件中标识的数目，仅受内存和磁盘空间的限制。

复合索引文件又有两种：一种是独立复合索引文件；另一种是结构复合索引文件。

结构复合索引文件是由 Visual FoxPro 自动命名的，一个数据表只能有一个结构复合索引文件，并且与相应的表文件同名，扩展名为.cdx。当 Visual FoxPro 打开一个表时，便自动查找一个结构复合索引文件，如果找到便自动打开，该索引文件随表文件同时打开和同时关闭。

独立复合索引文件不与表文件同名，扩展名为.cdx。在打开表时不会自动打开此索引文件，由命令指定打开。

Visual FoxPro 系统支持 4 种不同类型的索引，分别是主索引、候选索引、普通索引和唯一索引。

（1）主索引（Primary Index）

主索引是能够唯一地确定数据表中一条记录的字段，或字段组合表达式。从另一个角度说就是该字段或字段组合表达式的值，在数据表的全部记录中都不能出现重复，是唯一的。如果将一个包含了重复数据的字段指定为主索引，Visual FoxPro 系统会返回出错信息，并禁止创建该索引。

一旦用户已根据某个字段，或多个字段所组成的表达式创建主索引之后，添加或修改数据表记录时，若主索引字段的值与其他记录的数据发生重复，Visual FoxPro 将提示此项操作违反唯一性而取消该操作。

例如，由于每一个学生的学号绝对不应当相同，因此用户可以将学号字段指定为主索引。若是在创建此主索引时，Visual FoxPro 提示违反唯一性，则说明数据表中学号字段值有彼此重复的错误。创建主索引后，添加记录的学号字段值，或是某条记录学号字段的修改值，若与其他记录的学号值相同，Visual FoxPro 将会发出错误信息，并取消该操作。

必须特别注意的是，每一个表仅能拥有一个主索引，而且只有数据库表能够创建主索引，自由表是不能创建主索引的。

（2）候选索引（Candidate Index）

候选索引与主索引的要求和作用完全一样，只是因为一个表中仅能拥有一个主索引字段，但是却可以拥有多个候选索引。因此其他具备唯一性验证能力的字段，就只能指定为候选索引。

（3）普通索引（Regular Index）

普通索引是系统默认的索引类型。Visual FoxPro 对指定为普通索引的字段不要求具有数据的唯一性；表记录排序时，会把关键字段值相同的记录排列在一起，并按自然顺序的先后排列。一个表中可以创建多个普通索引，这是最基本的索引方式。

（4）唯一索引（Unique Index）

唯一索引对关键字段的值的要求和普通索引相同，但是在排序时，它只将相同关键字的值的第一条记录编入索引中。这是 Visual FoxPro 为兼容低版本软件所保留的功能。

3．索引文件的创建

使用表设计器可以直接创建当前数据表的索引文件，这是 Visual FoxPro 提供的最简单、方便的可视化方法。通过表设计器只能创建结构复合索引文件，这是最常用的索引文件类型。

使用表设计器创建关键字表达式为单字段的索引文件，其步骤如下。

（1）在数据库设计器中打开相应的数据库。

（2）选定要创建索引的表，并打开其表设计器对话框。

（3）选择预定字段，然后打开"索引"下拉列表框，选择排序的方式，如图 7-106 所示。

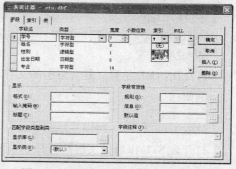

图 7-106 打开"索引"下拉列表框

注意：此时系统默认所创建的索引是一个普通索引，如果想要创建其他类型的索引，必须切换至"索引"选项卡修改。

使用表设计器创建关键字为若干个字段构成的表达式的索引文件，其步骤如下。

（1）在数据库设计器中打开相应的数据库。

（2）选定要创建索引的表，并打开其表设计器对话框。

（3）切换到"索引"选项卡。

（4）在"索引名"文本框中为所要创建的索引起一个名字。索引名不可以超过 10 个字符宽度。如果是根据某个单一字段来创建索引，系统通常会自动用此字段名作为索引名。

（5）从"类型"下拉列表中选定要创建的索引类型，如图 7-107 所示。

（6）在"表达式"文本框中输入索引关键字表

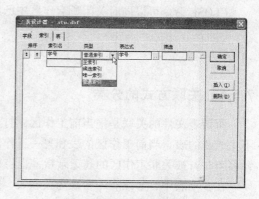

图 7-107 选择索引类型

达式。

（7）在"索引"选项卡上，"索引名"左侧有一个箭头按钮，默认是箭头向上，表示按升序索引；若要改变索引顺序，只要单击此箭头按钮，便可以切换其方向。

（8）最后单击"确定"按钮即可。

4．打开独立复合索引文件

（1）与数据表同时打开

① 命令格式

USE TABLENAME INDEX FIELDNAME

② 说明

FIELDNAME 是独立复合索引的文件名。

例如：

USE STU INDEX STU

打开表 STU 时，同时打开独立复合索引文件 STU.cdx。

（2）单独打开

① 命令格式

SET INDEX TO FIELDNAME

② 说明

FIELDNAME 是独立复合索引的文件名。相关数据表必须是已经打开的当前数据表。

例如：

USE STU
SET INDEX TO STU

打开表 STU 以后，又继续打开一个独立复合索引文件 STU.cdx。

5．关闭独立复合索引文件

（1）命令格式

SET INDEX TO 或者 CLOSE INDEXES

（2）说明

SET 命令只能关闭当前工作区中当前数据表的所有已经打开的独立复合索引文件。

CLOSE 命令可以同时关闭所有作区中已经打开的独立复合索引文件。

7.5 多表的操作

7.5.1 关联方式的分类

所谓表文件的关联是把当前工作区中打开的表与另一个工作区中打开的表进行逻辑连接，而不生成新的表。当前工作区的表和另一工作区中的打开表建立关联后，当前工作区中表的记录指针移动时，被关联工作区的表记录指针也将相应地自动移动，以实现对多个表的同时操作。

在多个表中，必须有一个表为关联表，此表常称为父表，而其他的表则称为被关联表，常称为子表。在两个表之间建立关联，必须以某一个字段为标准，该字段称为关键字段。根据表之间的关联方式不同，可以把数据表间的关联分为一对一关联、一对多关联和多对多关联。

1．一对一关联

所谓一对一关联是指，表 A 的任何一条记录最多仅对应表 B 的一条记录，同时表 B 的任何一条记录也只对应表 A 的一条记录。一般记做 1:1。

如果成绩表 grade 中只是记录各门课程的期末考试成绩，那么对应学号字段，成绩表中记录也是不重复的；可以指定学号字段为主索引（或候选索引）。若按"学号"字段创建学生表和成绩表之间的连接，则两个表之间的关联方式就是一对一的。

2．一对多关联

一对多关联是最常见的关系方式。若表 A 中的任何一条记录可以对应 B 表中的多条记录，而 B 表中的任何一条记录最多仅能对应 A 表中的一条记录。那么 A 表到 B 表的连接，就是一对多连接。常常把一方的 A 表叫做父表，多方的 B 表叫做子表，A 与 B 之间的关系就叫做一对多关系，并记作 1:n。

由于 Visual FoxPro 是通过两个表中的相同索引字段创建关系的，所以一方的表必须指定一个码（能够唯一确定一条记录的属性或属性组）作为主索引（或候选索引）；比如学生表中的"学号"字段就是码，可以将它指定为主索引。而多方的表必须具有与一方相同的字段，比如成绩表中的"学号"字段：在这里"学号"字段并不能唯一地确定一条记录，它当然不是成绩表的码，而是学生表的码，所以叫做外部码。需要指定它为普通索引，然后在两个表之间针对字段"学号"创建关系。

3．多对多关联

所谓多对多关联，可以解释为表 A 的任何一条记录对应表 B 的多条记录；同时表 B 的任何一条记录也对应表 A 的多条记录。

比如表 A 存放着教师信息，表 B 存放着学生信息：由于一位教师可能要教很多个班级，而同一学生又由多位教师来教授，因此表 A 与 B 的关系便是多对多的关系，记作 m:n。在 Visual FoxPro 中，多对多关系总是分解为一对多关系处理。

为了分解两个表之间的多对多关系，通常创建一个中介表。在这个表中包含了两个多方表的索引字段，并且应当将这两个字段组合起来作为中介表的主索引。这样一来，中介表就成了连接两个多方表的纽带，所以也叫做纽带表。纽带表的记录是唯一的，它与两个多方表分别是一对多的关系。

7.5.2　创建关系

比如为学生表与成绩表创建一对多关系，操作步骤如下：

（1）先在数据库设计器中打开数据库。

（2）应当使表 stu 以"学号"为主索引，表 grade 以"学号"为普通索引。

（3）将 stu 的主索引"学号"拖至表 grade 的普通索引"学号"上。

（4）此时两表之间会出现一条连接线，标志着它们之间已经创建了关系。如图 7-108 所示，图中关系线的一端是 1，另一端是 3，形象地表现出两个表之间的一对多关系。

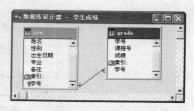

图 7-108　创建一对多关系

7.5.3 编辑关系

如果想编辑修改已经创建好的关系，可以右击两个表之间的连接线，将弹出如图 7-109 所示的快捷菜单。选择"编辑关系"命令会弹出"编辑关系"对话框，如图 7-110 所示。

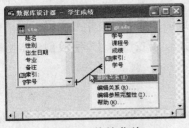

图 7-109 快捷菜单

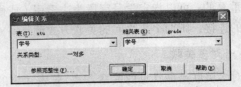

图 7-110 "编辑关系"对话框

7.5.4 删除连接

要删除两个表之间的关系连接，可右击两个表之间的连接线，并在弹出的快捷菜单中选择"删除关系"命令，此时数据库设计器中两个表之间的连接线便会消失，表示已删除了表间的连接。也可以先单击连接线，该连接线将会变粗，表示已经被选中，再按【Delete】键删除连接。

7.5.5 数据表之间的参照完整性

为了保证连接表之间的安全性和相对完整性，应当设置两个连接表之间的"参照完整性"参数。假设"父表"是学生表 stu，"子表"是成绩表 grade，而这两个表已经通过学号字段创建了关联。如果用户仅在其中一个表中进行删除记录、更新记录或者增加记录的操作，就会破坏两者间的数据完整性。

为了解决这些问题，Visual FoxPro 提供了创建连接表之间"参照完整性"的功能。下面以表 stu 与 grade 为例，定义两者间的参考完整性，步骤如下。

（1）在数据库设计器中打开包含表 stu 与 grade 的数据库。

（2）右击表 stu 与 grade 间的连接线，并在弹出的快捷菜单中选择"编辑参照完整性"命令，将弹出"参照完整性生成器"对话框，如图 7-111 所示。

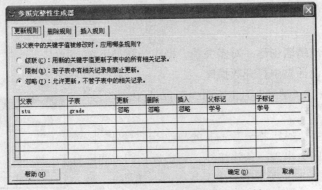

图 7-111 "参照完整性生成器"对话框

在该对话框中有更新规则、删除规则和插入规则 3 个选项卡，每个选项卡都由若干个单选按钮和一个列表构成。列表显示数据库中所有关联的默认参数，说明了父表、子表的名称，以及连接关键字；还列出了当前"更新"、"删除"、"插入"状态的默认参照完整性参数。在页面上的单选按钮共有级联、限制与忽略 3 种。

1. 级联

只会出现在"更新规则"和"删除规则"选项卡中。当更新父表中某条记录的主索引字段内容时，Visual FoxPro 将自动关联子表中的所有匹配记录，并将其索引字段值同时更新，使得原父表记录与子表记录的对应关系仍然能够保持。如果删除了父表中的某条记录，Visual FoxPro 也会自动将子表中所有与此条记录相关联的记录删除。

2. 限制

当需要更新父表中某条记录的主索引字段内容时，Visual FoxPro 会先检查子表中是否有与此记录相关联的记录；如果有这样的记录，系统将不允许更新此父表记录的主索引字段值。此外，当用户更新某条子表记录的索引字段内容时，Visual FoxPro 会先检查父表中，是否有任何记录与此项更改后的子表记录相关联，如果没有，将不允许更新此条子表记录的索引字段值。当试图删除父表中某条记录时，Visual FoxPro 也会先检查子表中，是否有与此记录相关联的记录；如果有这样的记录存在，系统将不允许删除此父表记录。当在子表中新增加一条记录时，Visual FoxPro 又会先去检查父表中是否有与所要添加的记录相关联的记录，如果没有这样的记录存在，系统将不允许添加此记录。

3. 忽略

Visual FoxPro 将不进行任何参照完整性的检查操作。

7.6　查询与视图

7.6.1　查询与视图的介绍

1. 查询

Visual FoxPro 的查询功能可以使用户从数据库中检索所需的数据。可以对查询结果进行排序、分类，并可以采用数据表、报表、图形等多种方式存储、显示查询结果。

Visual FoxPro 提供了两种方法实现查询：一种是直接编写 SELECT-SQL 语句并执行，另一种是用 Visual FoxPro 提供的"查询设计器"或"查询向导"建立查询文件并运行。

2. 视图

Visual FoxPro 的视图功能可以使用户从本地或远程数据库中检索所需的数据并形成一个虚拟表，该表既是查询的结果，又可以当作实际的数据表来使用，并且可以通过视图更新原表中的数据。

Visual FoxPro 实现视图的方法也有两种：一种是直接编写 CREATE VIEW-SQL 语句并执行，另一种是用 Visual FoxPro 提供的"视图设计器"或"视图向导"建立视图并运行。

3．查询与视图的区别

查询和视图都可以进行数据表的检索，而且两者的建立方法也基本相同，但是它们之间也存在如下差异。

（1）对数据库执行查询的结果可以存储成多种数据格式，如数据表、图表、报表等，而根据数据库建立的视图只能是一个虚拟表，但可以当作数据表来使用，

（2）查询的数据仅供查看，并不能修改、回存，而视图的数据则可修改并且回存到数据表中。

（3）查询的数据来源仅限于 Visual FoxPro 的数据表，而视图的数据来源除了 Visual FoxPro 的数据表外，还可以是视图、远程服务器上的数据表、Visual FoxPro 之外的数据表。

7.6.2　使用查询设计器建立查询

1．查询设计器简介

查询设计器是创建和修改查询文件的工具，查询文件的扩展名为 .opr，其内容就是SELECT-SQL 命令。在查询设计器中，用户不用编写命令代码，只要根据设计器提供的交互式应用界面，便可构造 SELECT-SQL 命令并存储成查询文件，还可以方便地修改、运行查询文件。启动查询设计器的方法有以下两种。

第一种方法：从项目管理器启动查询设计器（所创建的查询文件将自动加到项目中）。

（1）打开已建项目进入项目管理器，选择"数据"选项卡。选择"查询"选项，单击"新建"按钮。弹出"新建查询"对话框。

（2）在该对话框中选择"新建查询"，弹出"添加表或视图"对话框，如图 7-112 所示。

（3）在该对话框中，选择数据库中的表，或者单击"其他"按钮选择自由表。选择完毕，单击"关闭"按钮则显示查询设计器，如图 7-113 所示。

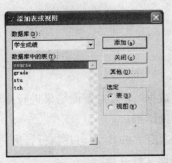

图 7-112　"添加表或视图"对话框

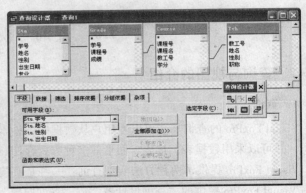

图 7-113　查询设计器

第二种方法：从"文件"菜单启动查询设计器。

（1）从"文件"菜单中选择"新建"命令，或者单击"常用"工具栏上的"新建"按钮。在弹出的"新建"对话框中选择"查询"，并单击"新建文件"按钮。

（2）在弹出的"添加表或视图"对话框中，选择一个或多个表，然后单击"关闭"按钮，则显示查询设计器。

建议使用第 1 种方法，以便文件的归类管理。

查询设计器由上、下两个窗格组成。上窗格显示添加到查询中的表，每个表以一个小窗口形式显示，若两表之间已建立连接关系，则两表的关联字段之间有一段线条相连。下窗格有 6 个选项卡供选用，如下所示。

① "字段"选项卡：指定查询输出列，相当于 SELECT–SQL 命令中 SELECT 子句的功能。

② "连接"选项卡：设置表之间的连接关系，相当于 JOIN 和 ON 子句的功能。

③ "筛选"选项卡：指定筛选记录的条件，相当于 WHERE 子句的功能。

④ "排序依据"选项卡：指定对查询结果进行排序的依据，相当于 ORDER BY 子句的功能。

⑤ "分组依据"选项卡：指定分组查询的依据，相当于 GROUP BY 子句的功能。

⑥ "杂项"选项卡：设置查询结果中可否包含重复的记录，以及对查询记录的数目进行限制。

在查询设计器工作时，Visual FoxPro 还会显示"查询"菜单和"查询设计器"工具栏。通过利用查询设计器各选项卡及"查询"菜单和"查询设计器"工具栏的功能，便可实现查询文件的建立、存储、运行及文件内容（SQL 命令）查看等操作。

2. 使用查询设计器建立查询

要设计一个查询文件，首先必须明确查询的目的是什么，即想要得到哪些数据，并以什么方式存在；或者想要得到满足某些条件的特定记录，或者想要知道某些记录的字段值组合成的表达式按某一方式输出。明确了输出的数据后，就可以开始设计查询了，一般要通过以下几个步骤进行：

（1）启动查询设计器；

（2）选择出现在查询结果中的字段；

（3）设置选择条件来查找可给出所需结果的记录；

（4）设置排序或分组选项来组织查询结果；

（5）选择查询结果的输出类型：表、报表、浏览等；

（6）运行查询。

例如，在"学生成绩"数据库中有 3 个表：stu、grade、courses，现在想知道"学号"前三位是 060 的所有学生"课程号"为 C1001 这门课考试的成绩。步骤如下。

（1）启动查询设计器，在"添加表或视图"对话框中从"数据库"下拉列表框中选择"学生成绩"选项，在"数据库中的表"列表框中选择 stu 表，单击"添加"按钮，再选择 grade 表，再单击"添加"按钮选择 courses 表。

注意：通常会弹出"联接条件"对话框，如图 7–114 显示 Visual FoxPro 根据字段值自动配对的联接条件，可以在这里设置联接条件后单击"确定"按钮退出，如果不想在这里设置，也可以单击"取消"按钮退出。无论是否在此设置了联接条件，都可以通过"联接"选项卡重新设置。

（2）选择"联接"选项卡，本例中的两个联接条件均为 Inner Join 类型，如图 7–115 所示。

① Inner Join：内部联接，指定只有满足联接条件的记录包含在结果中，此类型是默认的，也是最常用的。

② Right Outer Join：右联接，指定满足联接条件的记录，以及满足联接条件右侧的表中记录（即使不匹配联接条件）都包含在结果中。

③ Left Outer Join：左联接，指定满足联接条件的记录，以及满足联接条件左侧的表中记录（即使不匹配联接条件）都包含在结果中。

④ Full Join：完全联接，指定所有满足和不满足联接条件的记录都包含在结果中。

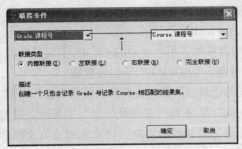

图 7-114 "联接条件"对话框

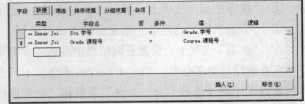

图 7-115 "联接"选项卡

（3）选择"字段"选项卡，从"可用字段"列表框中选择要输出的字段，单击"添加"按钮添加到"选定字段"中，如图 7-116 所示。

（4）选择"筛选"选项卡，指定筛选条件，如图 7-117 所示。

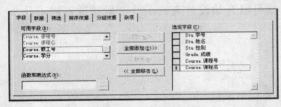

图 7-116 "字段"选项卡

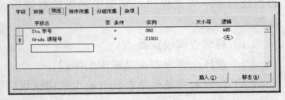

图 7-117 "筛选"选项卡

（5）选择"排序依据"选项卡，选择排序所依据的字段，如图 7-118 所示。"排序条件"列表框中可以有多个字段，表示对数据可以进行多重排序。

（6）选择"分组依据"选项卡，指定分组所依据的字段，如图 7-119。"分组字段"列表框中可以有多个字段，表示对数据可以进行多层分组。

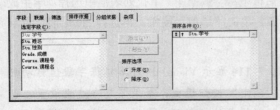

图 7-118 "排序依据"选项卡

图 7-119 "分组依据"选项卡

（7）选择"杂项"选项卡，设置查询结果中可否包含重复的记录，以及对查询记录的数目进行限制（默认为全部记录），如图 7-120 所示。当输出的字段只有 3 项时，"交叉数据表"复选框为可选状态，否则为不可选状态。选中"交叉数据表"复选框表示将查询结果以交叉表的形式传递给其他报表或表。3 项查询字段分别表示 X 轴、Y 轴和图形的单元值。

图 7-120　"杂项"选项卡

（8）选择查询结果的输出去向。从"查询"菜单中选择"查询去向"命令，如图 7-121 所示，或者单击"查询设计器"工具栏上的"查询去向"按钮，弹出"查询去向"对话框，如图 7-122 所示。

图 7-121　"查询"菜单

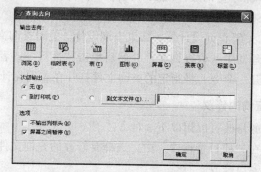

图 7-122　"查询去向"对话框

查询的输出去向共 7 个，分别如下所示。

① 浏览：将查询结果从浏览窗口显示。

② 临时表：将查询结果存储成一个暂时的只读表文件。

③ 表：将查询结果存储成一个数据库自由表文件（.dbf）。

④ 图形：利用 Microsoft Graph 程序将查询结果以柱状图、饼形图等图形方式输出。

⑤ 屏幕：将查询结果直接输出到主窗口中。

⑥ 报表：将查询结果输出成一个报表文件（.frx）。

⑦ 标签：将查询结果输出成一个标签文件（.lbx）。

默认的输出去向是"浏览"窗口，本例的输出去向是屏幕，于是选择"屏幕"选项。

（9）运行查询，得到查询结果。从"查询"菜单中选择"运行查询"命令，或者单击"常用"工具栏上的"运行"按钮，即可得到查询结果。本例的输出去向为屏幕，因此屏幕显示如图 7-123 所示。

学号	姓名	性别	成绩	课程号	课程名
0601001	萧强	.T.	85.00	C1001	计算机应用基础
0602002	李丽	.F.	95.00	C1001	计算机应用基础
0603025	孙黎	.F.	95.00	C1001	计算机应用基础
0609030	郑谦	.T.	81.00	C1001	计算机应用基础

图 7-123　屏幕显示

（10）查看生成的 SQL 命令。查询设计器建立查询的过程实际上是构造一条 SELECT-SQL 命令的过程。从"查询"菜单中选择"查看 SQL"命令，或者单击"查询设计器"工具栏上的"显示 SQL 窗口"按钮，便可看到所生成的 SELECT-SQL 命令，如下所示。

```
SELECT Stu.学号, Stu.姓名, Stu.性别, Grade.成绩, Course.课程号,
    Course.课程名;
```

```
FROM  学生成绩!stu INNER JOIN 学生成绩!grade;
   INNER JOIN 学生成绩!course ;
   ON  Grade.课程号 = Course.课程号 ;
   ON  Stu.学号 = Grade.学号;
   WHERE Stu.学号 = "060";
   AND Grade.课程号 = "C1001";
   GROUP BY Stu.学号;
ORDER BY Stu.学号;
   TO SCREEN
```

（11）保存查询文件。从"文件"菜单中选择"保存"或"另存为"命令，可以将所生成的
SELECT-SQL 命令存储到指定的查询文件中。

（12）关闭查询设计器，结束查询设计。关闭查询文件后，如果需要再次运行或修改它，可以
从项目管理器中选取查询文件，然后单击"运行"或者"修改"按钮。也可以从"文件"菜单中
选择"打开"命令，将指定的查询文件打开在查询设计器中，然后再运行或修改。

3．查询的修改

查询的修改可以用以下 3 种方法。

（1）在"项目管理器"中，选择要修改的查询文件，单击右边的"修改"按钮，进入"查询
设计器"窗口修改。

（2）选择"文件"→"打开"命令，在弹出的"打开"对话框中，选择所要修改的查询文件，
单击"确定"按钮，进入"查询设计器"窗口修改。

（3）在"命令"窗口中，输入"MODIFY QUERY <查询文件名>"。

7.6.3　使用视图设计器建立本地视图

视图分为本地视图和远程视图两种。本地视图从本地数据库的表中选取数据，远程视图则从
远程 ODBC（Open DataBase Connectivity）数据源上的表中选取数据。两种视图的创建工作基本相
同。这里介绍本地视图的创建和使用。本地视图的建立方法与查询的建立类似，但是视图不能独
立存在，它必须存在于某个数据库中，因此，必须把视图建立在已有的数据库中。

视图设计器的组成与查询设计器的组成基本相同，只是视图设计器比查询设计器多了一个"更
新条件"选项卡，可以用来控制数据的更新。

1．启动视图设计器

启动视图设计器的方法有 3 种。

第一种方法：从项目管理器启动视图设计器。

（1）打开"学生成绩管理"项目进入项目管理器，选择"数据"选项卡。

（2）选定数据库"学生成绩"下的"本地视图"选项，单击"新建"按钮。

（3）在"新建本地视图"对话框中选择"新建视图"选项。

第二种方法：从"文件"菜单启动视图设计器。

（1）打开"学生成绩"数据库。

（2）从"文件"菜单中选择"新建"命令，或者单击"常用"工具栏上的"新建"按钮。

（3）在"新建"对话框中选中"视图"单选按钮，并单击"新建文件"按钮。

第三种方法：从数据库设计器启动视图设计器。

（1）将"学生成绩"数据库打开在数据库设计器中。

（2）从"数据库"菜单中选择"新建本地视图"命令，或者单击"数据库设计器"工具栏上的"新建本地视图"按钮。

（3）在"新建本地视图"对话框中选择"新建视图"选项。

2. 使用视图设计器建立本地视图

例如，在"学生成绩"数据库中有两个表：stu、grade，现在想知道所有学生"课程号"为 C1001 这门课考试的成绩。步骤如下。

（1）启动视图设计器。打开"学生成绩"项目进入项目管理器，选择"数据"选项卡。选定数据库"学生成绩"下的"本地视图"选项，单击"新建"按钮。在"新建本地视图"对话框中选择"新建视图"选项。打开视图设计器，如图 7-124 所示。

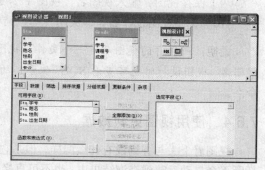

图 7-124　视图设计器

（2）选择"字段"选项卡，从"可用字段"列表框中选取要输出的字段，单击"添加"按钮添加到"选定字段"中，如图 7-125 所示。

（3）选择"联接"选项卡，设置联接条件为 Inner Join 类型，如图 7-126 所示。

图 7-125　添加字段

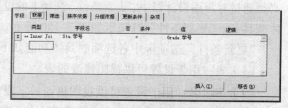

图 7-126　"联接"选项卡

（4）选择"筛选"选项卡，指定筛选条件，如图 7-127 所示。

（5）选择"排序依据"选项卡，选择排序所依据的字段，如图 7-128 所示。

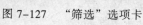

图 7-127　"筛选"选项卡

图 7-128　"排序依据"选项卡

（6）选择"分组依据"选项卡，指定分组所依据的字段等设置。本例不设置。

（7）运行视图，查看视图查询结果。从"查询"菜单中选择"运行查询"命令，或者单击"常用"工具栏上的"运行"按钮，视图被运行，随即可在浏览窗口中看到视图查询结果，如图 7-129 所示。

图 7-129　查询结果

（8）查看生成的 SQL 命令。从"查询"菜单中选择"查看 SQL"命令，或者单击"视图设计器"工具栏上的"显示 SQL 窗口"按钮 sql，便可看到所生成的 SELECT-SQL 命令，如下所示。

```
SELECT Stu.学号, Stu.姓名, Grade.成绩, Grade.课程号;
FROM  学生成绩!stu INNER JOIN 学生成绩!grade ;
ON  Stu.学号 = Grade.学号;
WHERE Grade.课程号 = "C1001";
ORDER BY Grade.成绩 DESC
```

（9）保存视图，输入视图名"视图 1"，于是建好的视图被添加到"学生成绩"数据库中。

（10）关闭视图设计器，即关闭视图，结束视图设计。

说明：所保存的视图不是一个文件，视图 1 不是文件名，它只是存在于数据库文件中的一个视图名。视图设计时也可查看 SQL，但看到的不是 CREATE VIEW-SQL 命令，而是 SELECT-SQL 命令。

7.6.4　使用视图更新数据

视图看上去与查询没有什么两样，但是它不同于查询。查询结果是静态的、只读的，源表的更新既不会自动反映到查询结果中，也不可直接修改查询结果。而视图结果是动态可更新的。一方面，源表的更新会自动反映到视图结果中：从而能保证源表中的数据动态、实时地被用户查看，称这种功能为"自动更新"功能；另一方面，可直接对视图增加、删除、修改记录，并可将更新结果发回源表，称这种功能为"可更新"功能。视图的"自动更新"功能是自动具有的，而"可更新"功能必须通过对视图设计器中"更新条件"选项卡的设置才能具备。"更新条件"选项卡如图 7-130 所示。

"更新条件"选项卡中各选项的具体功能如下。

（1）表：用于设置可供视图修改的表。

（2）字段名：用于设置可供视图更新的字段。

图 7-130　"更新条件"选项卡

该列表框中列出"字段"选项卡中所有选定的字段，其中，在 🔑 下部标上"√"号的字段，表示它被设置为关键字段；在 ✎ 下部标上"√"号的字段，表示它被设置为可更新字段。

设置关键字段是使视图具有"可更新"功能的第一个必备条件，这是因为 Visual FoxPro 是根据关键字段的值将视图对数据的更新发回到源表相应记录中的。关键字段可能不止一个。

设置可更新字段是使视图具有"可更新"功能的第二个必备条件。只有在设置关键字段之后才可以设置可更新字段。未被注明为可更新的字段，用户在视图中虽然可以对它们进行修改，但这种修改不会保存和发回源表。

（3）重置关键字：消除"字段名"列表框中已设置的所有"√"号。

（4）全部更新：选择除了关键字段以外的所有字段为可更新字段。

（5）发送 SQL 更新：指定是否将视图记录中的更新发回源表。必须选中该项，它是使视图具有"可更新"功能的第三个必备条件。

（6）SQL WHERE 子句包括：设定如何检测更新时发生的冲突。在多用户环境下，当一个用户在更新服务器上的某个数据时，可能其他用户也在试图更新该数据，这样就会出现冲突问题。这里，"SQL WHERE 子句包括"的选项可帮助管理遇到多用户访问同一个数据时应如何更新记录。

其选项的具体内容如下。

① 关键字段：当源表中的关键字段被改变时，更新失败。

② 关键字和可更新字段：当远程表中任何可更新字段被改变时，更新失败。

③ 关键字和已修改字段（默认选项）：当在本地表改变的任一字段在源表中被改变时，更新失败。

④ 关键字和时间戳：当远程表中记录的时间在首次检索或被改变时，更新失败（仅当远程表存在时间戳时有效）。

（7）使用更新：指定字段如何在后端服务器上更新，有以下两个选项。

① SQL DELETE 然后 INSERT：先删除源表中的记录，再插入一个新的记录。

② SQL UPDATE（默认选项）：用视图字段的变化来修改源表的字段。

例如，将视图 1 中学号"0601001"对应的"C1001"课程的成绩"85.00"改成"89.00"。步骤如下。

（8）进入数据库设计器选定视图，从"数据库"菜单中选择"修改"命令，或者右击视图选择"修改"命令，将视图打开在视图设计器中。或者从项目管理器定位到视图后，单击"修改"按钮，打开视图于视图设计器中。

（9）选择"更新条件"选项卡，进行相应的设置。在视图 1 中，把"学号"字段和"课程号"字段设为关键字段，把"姓名"字段和"成绩"字段设为可更新字段，并选中"发送 SQL 更新"项。

（10）保存视图。

（11）运行视图，查看视图查询结果。Grade 表和视图 1 在修改数据前的数据如图 7-131 所示。

（12）在视图 1 中，将学号"0601001"对应的"C1001"课程的成绩"85.00"改成"89.00"。

（13）运行视图，查看视图查询结果。Grade 表和视图 1 在修改数据后的数据如图 7-132 所示。

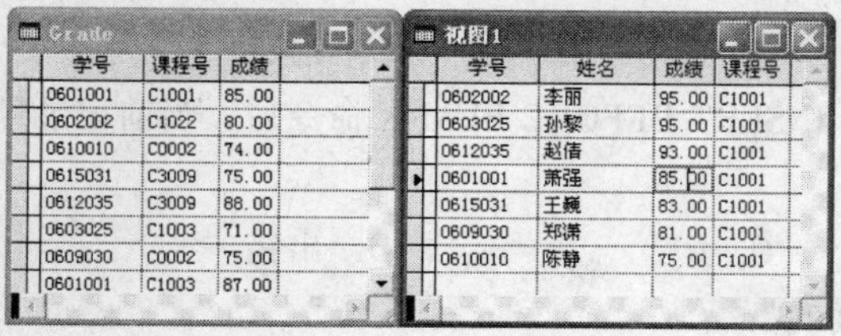

图 7-131　修改前的数据 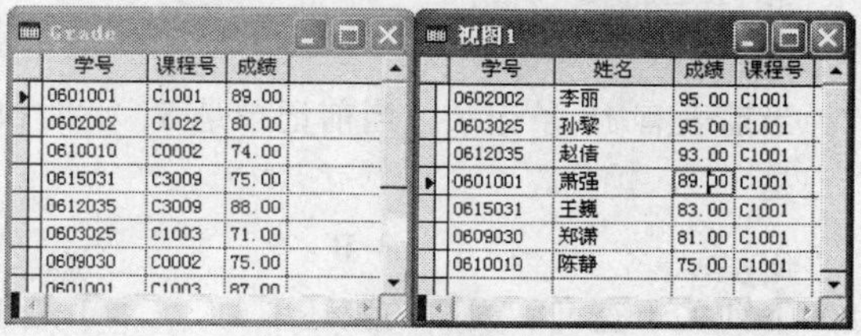　　　　　图 7-132　修改后的数据

7.7　本章小结

本章主要介绍了 Visual FoxPro 中项目的创建，数据库、表、记录和多表的基本操作，如创建、修改、删除以及查询和视图的建立与使用。

习　题　7

一、选择题

1. Visual FoxPro 属于（　　　）数据库管理系统。

　A. 层次型　　　　　　B. 网状型　　　　　　C. 关系型　　　　　　D. 兼容型

2. 下列关于字段名的命名规则，不正确的是（　　　）。

    A. 字段名必须以字母或汉字开头

    B. 字段名可以由字母、汉字、下划线、数据组成

    C. 字段名中可以包含空格

    D. 字段可以是汉字或合法的西文标识符

3. 在 Visual FoxPro 中，创建数据库的命令 CREATE DATABASE[<数据库文件名>|?]，如果不指定数据库名称或使用问号，则产生的结果是（　　　）。

    A. 系统会自动指定默认的名称

    B. 弹出"保存"对话框，提示用户输入数据库名称并保存

    C. 弹出"创建"对话框，提示用户输入数据库名称

    D. 弹出提示对话框，提示用户不可以创建数据库

4. 利用命令删除数据库文件时，指定 RECYCLE 选项后，将会把数据库文件和表文件（　　　）。

    A. 放入回收站中，需要时可以还原

    B. 放入回收站中，且不可以还原

    C. 彻底删除

    D. 重命名

5. Visual FoxPro 不支持的数据类型有（　　　）。

    A. 字符型　　　　　　　　　　　　　　　　B. 货币型

    C. 备注型　　　　　　　　　　　　　　　　D. 常量型

6. 当前表有 7 条记录，执行下述命令后，指针定位在第（　　　）条记录。
```
LIST
SKIP -3
```
    A. 4　　　　　　　　B. 5　　　　　　　　C. 6　　　　　　　　D. 出错

7. 当前表有 10 条记录，当前记录是 5，此时执行 INSERT BEFORE BLANK 命令后，当前记录号是（　　　）。

    A. 4　　　　　　　　B. 5　　　　　　　　C. 6　　　　　　　　D. 出错

8. 下列关于查询、视图的叙述中，（　　　）是正确的。

    A. 查询结果可以以数据表、报表、图形等形式输出，视图也一样

    B. 可以对远程数据建立视图，只能对本地数据建立查询

    C. 查询和视图产生的数据表和一般的数据表一样，可以进行增加、删除、查找、修改操作

    D. 在"命令"窗口中直接编写 SELECT-SQL 命令和使用查询设计器都能够建立查询文件

二、填空题

1. 在 Visual FoxPro 中，自由表字段名最长为＿＿＿＿＿个字符，数据库表字段名最长为＿＿＿＿＿个字符。

2. 在 Visual FoxPro 中，显示表结构的命令是＿＿＿＿＿。

3. 将数据库中的表移出数据库成为自由表，可以输入命令＿＿＿＿＿。

4. 根据表之间的关联方式不同，可以把数据表间的关联分为＿＿＿＿＿、＿＿＿＿＿和＿＿＿＿＿。

5. 修改查询的命令是＿＿＿＿＿。

三、操作题

1. 打开成绩表（grade.dbf），按下列要求写出命令序列。

   （1）显示第 6 个记录。

   （2）显示第 3 个记录起的 6 个记录。

   （3）显示第 3 个记录到第 6 个记录。

2. 用查询设计器建立查询文件 cha.qpr，实现根据 stu、grade、courses，查询所有学生"计算机应用基础"这门课"考试成绩"高于 80 分的学生名单，包括"学号"、"姓名"、"专业"。

3. 根据 stu、grade、courses 建立视图，实现查询"专业"名包含"技术"的所有学生学的习情况，包括"学号"、"姓名"、"专业"、"课程号"、"成绩"。

第8章
关系型数据库标准语言 SQL

SQL 是英文 Structure Query Language 的缩写，作为关系数据库管理系统通用的结构化查询语言，几乎所有的关系型数据库系统都支持它。由于 SQL 具有功能丰富、使用方式灵活、语言简洁易学等突出特点，深受广大用户欢迎。本章主要介绍在 Visual FoxPro 环境下通用的关系型数据库标准语言 SQL 命令。

8.1 SQL 概述

1. SQL 语言的组成

SQL 语言由 3 部分组成，包含了数据库生成、维护和安全性问题的所有内容，如下所示：

（1）数据定义语言 DDL（Data Definition Language）。

（2）数据操纵语言 DML（Data Manipulation Language）。

（3）数据控制语言 DCL（Data Control Language）。

DDL 提供完整定义数据库必需的所有内容，包括数据库生成后的结构修改、删除功能。DDL 语言是 SQL 中用来生成、修改、删除数据库基本要素的部分。这些基本要素包括表、窗口、模式、目录等。

DML 是 SQL 中运算数据库的部分，它是对数据库中的数据输入、修改及提取的有力工具。DML 语句读起来像普通的英语句子，非常容易理解。但是它也可以是非常复杂的，可以包含复合表达式、条件、判断、子查询等。

DCL 提供的防护措施是数据库安全性所必需的。SQL 通过限制可以改变数据库的操作来保护它，包括事件、特权等。

2. SQL 语言的优点

SQL 语言具有许多优点，概括来讲主要有以下几点：

（1）一体化

SQL 提供了一系列完整的数据定义和操纵功能。使用 SQL 可以实现数据库生命周期中的全部活动，包括定义关系模式，录入数据以建立数据库、查询、更新、维护、数据库重构、数据库安全性控制等一系列操作要求。

（2）高度非过程化

SQL 和其他数据操纵语言不同的关键因素是 SQL 为非过程语言，它允许用户依据做什么来说明操作，而不用说明怎样做，存取路径的选择和 SQL 语句的操作过程由系统自动完成。

（3）语言简洁、易学易用

SQL 的语法很简单，它是由一系列增加了复杂性和权能的"层"组成的像英语一样的语言，初学者经过短期的学习就可以使用 SQL 进行数据库的存取等操作，易学易用是它的最大特点。

（4）统一的语法结构对待不同的工作方式

无论是联机交互使用方式，还是嵌入到高级语言中使用，其语法结构是基本一致的，这就大大改善了最终用户和程序设计人员之间的交流。

（5）视图数据结构

SQL 语言可以对两种基本的数据结构进行操作，一种是"表"，另一种是"视图"。视图由数据库中满足一定约束条件的数据组成，用户可以像对表操作一样对视图进行操作。当对视图操作时，由系统转换成对基本关系的操作。视图可以作为某个用户的专用数据部分，这样便于用户使用，提高了数据的独立性，有利于数据的安全和保密。

SQL 为许多任务提供了命令，包括如下几种：

① 数据查询；

② 记录操作；

③ 数据对象操作；

④ 数据库一致性和完整性。

以前的数据库管理系统为上述各类操作提供单独的语言，而 SQL 将全部任务集中在一种语言中。

SQL 是工业标准的查询语言，大多数的关系型数据库系统都直接支持 SQL 语句或是扩充的 SQL 应用。当数据库管理系统发生变化时，也许需要重新编写代码，但是 SQL 语句却不需要重新编写，只要作很小的改动就可以移植到新的系统上，这为用户提供了很大的方便。SQL 常用的功能及所对应的命令动词如表 8-1 所示。

表 8-1　SQL 功能及所使用的命令动词

数据查询	SELECT	数据操纵	INSERT、UPDATE、DELETE
数据定义	CREATE、ALTER、DROP	数据控制	GRANT、REVOKE

8.2　SQL 的数据定义功能

所谓数据定义就是创建数据库，那么对于关系数据库而言，就是建立表、编辑表。SQL 语言提供了以下几条数据定义语句。

8.2.1　建立新表

（1）命令格式

```
CREATE TABLE | DBF TableName1 [NAME LongTableName] [FREE]
```

```
(FieldName1 FieldType [(nFieldWidth [, nPrecision])])]
[NULL | NOT NULL]
```

（2）命令功能

该命令用于建立一个新表，指明表的表名与结构，包括组成该表的每一个字段名，数据类型等。

（3）命令说明

① TableName1 参数：用于指明新建表的表名。

② NAME LongTableName 参数：用于为数据库表指定一个长表名。

③ FREE 参数：用于指明要创建一个自由表。

④ FieldName1 参数：用于指明新建表的字段名。

⑤ FieldType 参数：用于指明字段的数据类型。

⑥ nFieldWidth 参数：用于指明字段宽度。

⑦ nPrecision 参数：用于指明数值型、浮动型、双精度型字段的小数位数。

⑧ NULL | NOT NULL 参数：用于指明字段中是否允许保存空值。

⑨ 命令中使用的 FieldType、nFieldWidth 和 nPrecision 参数与字段数据类型的对应关系如表8-2 所示。表中的 n 和 d 均为自然数。

表 8-2　FieldType 参数

数 据 类 型	FieldType 参数	nFieldWidth 参数	nPrecision 参数
字符型	C	n	无
货币型	Y	无	无
日期型	D	无	无
日期时间型	T	无	无
逻辑型	L	无	无
数值型	N	N	d
双精度型	B	无	d
浮动型	F	N	d
整型	I	无	无
通用型	G	无	无
备注型	M	无	无

【例 8.1】若要在 Students 数据库中创建 subject 数据库表，并且该表拥有 3 个字段：subjectid（字符型，4）、subjectname（字符型，16）、credit（整型），那么应执行如下命令。

```
open database Students
create table subject(subjectid C(4),subjectname C(16),credit I)
```

8.2.2　为表添加新字段

（1）命令格式

```
ALTER TABLE TableName1
ADD [COLUMN] FieldName1
FieldType [(nFieldWidth [,nPrecision])]
```

```
[NULL | NOT NULL]
```

（2）命令功能

该命令用于为指定的表添加新的字段。

（3）命令说明

① TableName1 参数：用于指明要添加新字段的表名。

② FieldName1 参数：用于指明要添加的新字段名称。

③ FieldType [(nFieldWidth [, nPrecision])] 参数：用于指明要添加的新字段的数据类型、字段宽度以及小数位数。

④ NULL | NOT NULL 参数：用于指明字段中是否允许保存空值。

【例 8.2】若要在 Students 数据库的 Student 数据库表中添加一个新字段：photo（通用型），用于存储学生的照片，那么应执行如下命令。

```
open database Students
alter table Student
add photo g
```

8.2.3　编辑表中已有字段

（1）命令格式

```
ALTER TABLE TableName1
ALTER [COLUMN] FieldName1
FieldType [(nFieldWidth [,nPrecision])]
[NULL | NOT NULL]
```

（2）命令功能

该命令用于编辑修改表中指定字段的数据类型、字段宽度等。

（3）命令说明

① TableName1 参数：用于指明要编辑修改字段的表名。

② FieldName1 参数：用于指明要编辑修改的字段名称。

③ FieldType [(nFieldWidth [, nPrecision])] 参数：用于指明要编辑修改的字段的新数据类型、字段宽度以及小数位数。

④ NULL | NOT NULL 参数：用于指明字段中是否允许保存空值。

【例 8.3】若要编辑修改 Students 数据库的 subject 数据库表中的 credit 字段，使其数据类型改为数值型、字段宽度为 3、小数位数为 0，那么应执行如下命令。

```
open database Students
alter table subject;
alter credit n(3,0)
```

8.2.4　删除表中指定字段

（1）命令格式

```
ALTER TABLE TableName1
[DROP [COLUMN] FieldName1]
```

（2）命令功能

该命令用于删除指定表中已不再需要使用的字段。

（3）命令说明

① TableName1 参数：用于指明要删除字段的表名。

② FieldName1 参数：用于指明要删除的字段名称。

【例 8.4】若要删除 Students 数据库的 subject 数据库表中的 credit 字段，那么应执行如下命令。

```
open database Students
alter table subject;
drop credit
```

8.3　SQL 的数据操纵功能

所谓数据操纵是指对已有的表进行添加记录、更新记录、删除记录的操作，SQL 语言提供了以下 3 条数据更新语句。

8.3.1　插入记录

（1）命令格式

```
INSERT INTO TableName [(FieldName1 [,FieldName 2, …])]
VALUES (eExpression1 [,eExpression2, …])
```

（2）命令功能

该命令用于向指定的表中插入记录。

（3）命令说明

① TableName 参数：用于指定要插入记录的表名。

② FieldName1 [,FieldName 2, ...] 参数：用于指定插入记录操作所涉及到的字段。

③ eExpression1 [, eExpression2, ...] 参数：用于设置要向对应字段插入的数据项。

④ INSERT 命令将 VALUES 子句后面的数据项插入到指定的表中。当需要为表中的所有字段插入数据时，FieldName1 [,FieldName 2, ...] 参数可以省略。

【例 8.5】若要向 Students 数据库的 score 数据库表插入记录，那么应执行如下命令。

```
INSERT INTO score(studid,subid,score);
VALUES("100001","1021",100)
```

8.3.2　更新记录

（1）命令格式

```
UPDATE [DatabaseName1!]TableName1
SET ColumnName1 = eExpression1
[,ColumnName2 = eExpression2 ...]
[WHERE FilterCondition1 [AND | OR FilterCondition2 ...]]
```

（2）命令功能

该命令用于在指定的表中为满足给定条件的记录进行数据更新。

（3）命令说明

① [DatabaseName1!] 参数：用于指定要进行更新操作的数据库名。如果该数据库是当前数据

库，那么可以将其省略。

② TableName1 参数：用于指定要进行更新操作的表名。

③ ColumnName1、ColumnName2...参数：用于指定更新记录操作所涉及到的字段。

④ eExpression1、eExpression2...参数：用于设置要为对应字段更新的数据项。

⑤ FilterCondition1 [AND | OR FilterCondition2...] 参数：用于设置更新记录的条件。如果省略 WHERE 子句，那么将更新表中的全部记录。

【例 8.6】若要将 Students 数据库的 Student 数据库表中学号为"981103"的学生入学成绩调整为 586，那么应执行如下命令。

```
Update Student  set entrancescore=586 where  studid="981103"
```

8.3.3　删除记录

（1）命令格式

```
DELETE FROM [DatabaseName!]TableName
[WHERE FilterCondition1 [AND | OR FilterCondition2 ...]]
```

（2）命令功能

该命令用于在指定的表中对满足给定条件的记录进行逻辑删除操作。

（3）命令说明

① [DatabaseName!] 参数：用于指定要进行删除操作的数据库名。如果该数据库是当前数据库，那么可以将其省略。

② TableName 参数：用于指定要进行删除操作的表名。

③ FilterCondition1 [AND | OR FilterCondition2...] 参数：用于设置删除记录的条件。如果省略 WHERE 子句，那么将删除表中的全部记录。

【例 8.7】若要将 Students 数据库的 Student 数据库表中学号为"981101"的学生删除，那么应执行如下命令。

```
delete from Student  where studid="981101"
```

8.4　SQL 的数据查询功能

1. 命令格式

```
SELECT [ALL|DISTINCT] [TOP nExpr [PERCENT]]
[Alias.] Select_Item [AS Column_Name]
[, [Alias.] Select_Item [AS Column_Nam] …]
FROM [FORCE] [DatabaseName! ] Table [Local_Alias]
[ [INNER |LEFT [OUTER] |RIGHT [OUTER] |FULL [OUTER] JOIN
DatabaseName! ] Table [Local_Alias]
[ON JoinCondition…
[ [INTO Destination]
|   [TO FILE FileName [ADDITIVE] |TO PRINTER [PROMPT]
|TO SCREEN] ]
[PREFERENCE PreferenceName]
[NOCONSOLE]
[PLAIN]
```

```
[NOWAIT]
[WHERE JoinCondition [AND JoinCondition…]]
[AND|OR FilterConditiol [ [AND|OR FilterCondition…] ] ]
[GROUP BY GroupColumn [,GroupColumn…] ]
[HAVING FilterCondition]
[UNION [ALL] SELECTCommand]
[ORDER BY Order_Item [ASC|DESC] [,Order_Item [ASC|DESC] …] ]
```

2．命令功能

该命令用于从指定的表中筛选出满足给定条件的记录，并可以对筛选出来的记录进行排序和分类汇总。

3．命令说明

（1）[ALL|DISTINCT]参数中的 ALL 参数将筛选出满足给定条件的所有记录；DISTINCT 将筛选出满足给定条件的记录，但排除记录相同的重复行。

（2）[Alias.] Select_Item [AS Column_Name]中的 Select_Item 参数指定查询结果中的每一项，它可以是字段名、字段名表达式以及常量。若 Select_Item 是一个常量，那么查询结果中的每一行都出现该常量值。[AS Column_Name]参数指定查询结果中每一项的标题。若 Select_Item 是一个字段，那么 [Alias.] 指明该字段所在表的别名。

（3）FROM [FORCE][DatabaseName!] Table [Local_Alias]参数指定查询所使用的表。[Local_Alias]为表指定一个临时表名。若指定了本地别名，那么在 SELECT – SQL 语句中必须使用这个别名代替表名。FORCE 参数表示数据表将按 FROM 子句出现的顺序联接。

（4）[[INNER |LEFT [OUTER] |RIGHT [OUTER] |FULL [OUTER] JOIN DatabaseNa-me!] Table [Local_Alias][ON JoinCondition…表示指定联接的类型及联接字段的表达式。

（5）[INTO Destination] 表示设置查询的输出结果集。结果集可以是下列形式之一。

   l   ARRAY ArrayName 数组
   l   CURSOR CursorName [NOFILTER]临时表

（6）[TO FILE FileName [ADDTTIVE] |TO PRINTER[PROMPT]|TO SCREEN]] 表示分别将查询结果送到一个打印机、文本文件、屏幕中去。

（7）[PREFERENCE PreferenceName] 表示当输出方向为"浏览"窗口时保存该窗口的属性，以便下一次调用。

（8）[NOCONSOLE] 表示在将查询结果输出到文本文件或打印机上去的同时禁止在屏幕上显示查询结果。

（9）[PLAIN] 表示禁止列标头出现在查询结果中。

（10）[NOWAIT] 表示在打开浏览窗口将查询结果输出到浏览窗口中去后，允许程序继续执行。

（11）[WHERE] 参数用以设置多表联接条件以及筛选条件。

（12）[GROUP BY] 参数用以设置分组汇总依据。

（13）[HAVING] 参数用以设置分组筛选条件。

（14）[ORDER BY] 参数用以设置查询结果的排序准则。

本章节的例题将多数基于学生管理数据库，表 8–3～表 8–5 给出了该数据库中各表的具体数据。

表 8-3 学生表

学 号	姓 名	性 别	出生年月	所 在 系
19998001	王海峰	男	07/16/80	计算机
19998002	王东	男	06/05/80	计算机
19998003	黄海荣	男	12/01/79	数学
19998004	李冰莹	女	08/23/79	物理
19998005	李丽	女	08/23/80	土木
19998101	叶冰	女	03/31/80	计算机
19998102	施胜利	男	03/28/80	土木
19998103	李晓梅	女	08/20/81	物理
19998104	何海洋	男	10/17/79	土木

表 8-4 课程表

课程编码	课 程 名	课 时	学 分
01	高等数学	100	5
02	程序设计	70	3
03	英语	60	3
04	数据结构	80	4
05	离散数学	70	3
06	C 语言	60	3

表 8-5 选课表

学 号	课程编码	成 绩
19998001	01	89
19998002	01	79
19998003	02	78
19998004	02	46
19998101	05	89
19998102	02	65
19998103	02	90
19998104	04	74
19998001	02	60
19998001	03	90
19998002	02	90
19998002	03	85

8.4.1 简单查询

该查询可分为无条件查询和条件查询。

1. 无条件查询

（1）语法格式： SELECT * FROM <表名>

（2）说明："*"为通配符，代表所有字段，如要查询其中的几个字段，必须指出字段的名字，且之间用逗号隔开。

【例 8.8】从课程表中查询有学分值。

分析：因为要查询所有的学分值，所以要查询所有项的学分，即要查询的字段为"学分"。

`SELECT 学分 FROM 课程表`

运行结果可看出有重复的学分值，如果需查出不同的学分值，需在学分前加 DISTINCT 关键字。

`SELECT DISTINCT 学分 FROM 课程表`

【例 8.9】查询学生表中的所有记录。

分析：因为要查询所有记录，即得到记录的所有字段值。

`SELECT * FROM 学生表`

该命令等同于：

`SELECT 学号，姓名，性别，出生年月，所在系 FROM 学生表`

2. 条件查询

（1）语法格式：`SELECT <字段名> FROM <表名> WHERE <条件表达式>`

【例 8.10】从"选课表"中查询出"成绩"大于 85 分的学生"学号"。

分析：查找的是"学号"字段，条件是"成绩"大于 85 的学生"学号"。

`SELECT 学号 FROM 选课表 WHERE 成绩>85`

【例 8.11】从选课表中查询出成绩大于 85 分的学生所选课程的课程编码。

`SELECT DISTINCT 课程编码 FROM 选课表 WHERE 成绩>85`

（2）SQL 提供了 3 种逻辑连接符：AND（逻辑与），OR（逻辑或），NOT（逻辑非）。

【例 8.12】查询"选课表"中"课程编码"为"01"或"02"，且"成绩"大于 85 分的学生"学号"。

分析："课程编码"为"01"或"02"，且"成绩"大于 85 分是条件；如果命令一行写不完可用分号（续行符）。

`SELECT 学号 FROM 选课表;`
`WHERE 成绩>85 AND (课程编码="01" OR 课程编码="02")`

8.4.2　嵌套查询

嵌套查询指 SELECT-SQL 中包含 SELECT-SQL 语句。查询结果来自一个表，但相关条件可涉及多个表。

【例 8.13】查询哪些系至少有 1 个学生成绩为 90 分？

分析：本题要求查询"学生表"中的学生"所在系"信息，而查询条件是"选课表"的学生"成绩字"段值，因此用嵌套查询。

`SELECT 所在系 FROM 学生表 WHERE 学号 IN;`
`(SELECT 学号 FROM 选课表 WHERE 成绩=90)`

【例 8.14】查询所有学生成绩都大于 85 分的学生信息。

分析：学生的成绩都不小于或等于 85 分的学生信息。

`SELECT * FROM 学生表 WHERE 学号 NOT IN ;`
`(SELECT 学号 FROM 选课表 WHERE 成绩 <=85);`
`AND 学号 IN (SELECT 学号 FROM 选课表)`

【例 8.15】查询出与 19998003 学号的学生选择相同课程的学生学号及成绩。

`SELECT 学号,成绩 FROM 选课表 WHERE 课程编码=;`
`(SELECT 课程编码 FROM 选课表 WHERE 学号="19998003")`

8.4.3　联接查询

1.　使用 WHERE 子句建立联接

查询的结果出自多个表。

说明：在联接查询的多个表中，建立联接的两个表必须含有相同的字段名，设置联接条件时，必须用表的主名指明字段所在表，表名和字段名之间用 "." 或 "—>" 分隔。

【例 8.16】查询出 "成绩" 大于 85 分的学生 "姓名" 和所选课程的 "课程编码"。

分析：此题的查询结果出自两个表，用嵌套查询是不能实现的，因此采用联接查询来实现。

```
SELECT 姓名,课程编码 FROM 学生表,选课表 ;
WHERE 成绩>85 AND 选课表.学号=学生表.学号
```

2.　使用联接关键字建立联接

（1）各种关键字的作用

① INNER JOIN：等价于 JOIN，在查询结果中只包含满足联接条件的记录，这种联接称为内部联接。

② LEFT [OUTER] JOIN：在查询结果中包含 JOIN 左侧表中的所有记录以及右侧表中的匹配记录，即满足联接条件的记录和第一个表中不满足联接条件的记录，这种联接称为左联接。

③ RIGHT [OUTER] JOIN：在查询结果中包含 JOIN 右侧表中的所有记录以及左侧表中的匹配记录，即满足联接条件的记录和第二个表中不满足联接条件的记录，这种联接称为右联接。

④ FULL [OUTER] JOIN：在查询结果中包含 JOIN 两侧表中的所有记录，即两个表中的记录不管是否满足条件都包含在查询结果中，不满足联接条件的记录对应部分为 NULL，这种联接称为完全联接。

其中的 OUTER 均可省略。

（2）语法格式

```
SELECT ….
FROM   TABLE INNER|LEFT|RIGHT|FULL JOIN TABLE
ON JIONCONDITION
WHERE …
```

【例 8.17】只查询出 "学生表" 和 "选课表" 中 "学号" 相同的每个学生的选课情况，输出 "学号"、"姓名"、"课程编码" 和 "成绩" 数据项。

```
SELECT 学生表.学号,姓名, 课程编码,成绩;
FROM  学生表 JOIN 选课表;
ON 学生表.学号=选课表.学号
或 SELECT 学生表.学号,姓名, 课程编码,成绩;
FROM  学生表 INNER JOIN 选课表;
ON 学生表.学号=选课表.学号
或 SELECT 学生表.学号,姓名, 课程编码,成绩;
FROM  学生表 , 选课表 WHERE 学生表.学号=选课表.学号
```

【例 8.18】用左联接查询出每个学生的选课情况，输出 "学号"、"姓名"、"课程编码" 和 "成绩" 数据项。

```
SELECT  学生表.学号,姓名, 课程编码,成绩;
FROM  学生表 LEFT JOIN 选课表;
ON 学生表.学号=选课表.学号
```

（3）注意

Visual FoxPro 的 SELECT-SQL 语句的联接格式只能实现两个表的联接，如果实现多个表的联接，还需使用标准格式。

【例 8.19】基于 3 个表的联接查询。

```
SELECT 选课表.学号,姓名；选课表.课程编码,成绩，课程名,课时,学分；
FROM 学生表,选课表,课程表；
WHERE 选课表.学号=学生表.学号 AND 选课表.课程编码=课程表.课程编码
```

8.4.4 分组计算查询

1．SQL 的数值函数

常用的 SQL 的数值函数如表 8-6 所示。

表 8-6　SQL 的数值函数

函　　数	功　　能	返　回　值
COUNT	计数	统计满足一定条件的行数
SUM	求总和	求指定字段所有值之和
AVG	求平均值	求指定字段值的算术平均值
MAX	求最大值	某字段的最大值
MIN	求最小值	某字段的最小值

说明：一般 COUNT( )函数应该使用 DISTINCT( )选项，SUM( )函数一般不使用 DISTINCT。

【例 8.20】统计出学生所选课程的数目。

```
SELECT COUNT（DISTINCT 课程编码） FROM 选课表
```

【例 8.21】计算出学生总成绩。

```
SELECT SUM（成绩） FROM 选课表
```

【例 8.22】求选择"程序设计"课程的学生成绩总和。

```
SELECT SUM（成绩） FROM 选课表 WRERE 课程编码 IN；
（SELECT 课程编码 FROM 课程表 WHERE 课程名="程序设计"）
```

2．分组与计算查询

分组就是将一组类似的记录压缩成一个结果，这样就可以完成基于一组记录的计算。利用 GROUP BY 子句能够实现按字段的值对查询结果的行进行分组，且可以与任何数值函数一起使用。

（1）语法格式

```
GROUP BY Groupcolumn[, Groupcolumn…] [HAVING  Filterconditon]
```

（2）说明

GROUP BY 子句指定一列或多个列作为分组标准，在输出结果时把具有相同值的行分在一组，还可以使用 HAVING 进一步限定分组条件。

HAVING 子句和 WHERE 子句的功能一样，只不过 HAVING 子句必须和 GROUP BY 子句连用，HAVING 子句不能用于嵌套查询，在查询中先用 WHERE 子句限定记录，然后进行分组，最后再用 HAVING 子句限定分组。

【例 8.23】计算每门课程的平均分。

SELECT 课程编码 ,AVG(成绩) FROM 选课表 GROUP BY 课程编码

【例 8.24】计算至少有两名学生所选课程的平均成绩。

```
SELECT 课程编码,COUNT(*),AVG(成绩) FROM 选课表;
GROUP BY 课程编码 HAVING COUNT(*)>=2
```

8.4.5　集合的并运算

1. 格式

UNION [ALL] <SELECT...>

2. 规则

（1）不能合并嵌套查询的结果。

（2）两个 SELECT 语句的查询结果中的字段个数、对应字段的数据类型和宽度必须相同。

（3）只有最后的 SELECT 中可以包含 ORDER BY 字句，且必须按编号指出所输出的列。

【例 8.25】查询选课表中课程编码为 "04" 和 "05" 的学生信息。

```
SELECT * FROM 学生表 WHERE 学号=:
(SELECT 学号 FROM 选课表 WHERE 课程编码="04");
UNION;
SELECT * FROM 学生表 WHERE 学号=;
(SELECT 学号 FROM 选课表 WHERE 课程编码="05")
```

8.5　视　　图

8.5.1　视图的概念及其定义

1. 视图的概念

Visual FoxPro 中的视图是一个虚拟的表，可以是本地的、远程的或带参数的。

2. 视图的定义

```
CREATE VIEW view name[(column_name[, column_name]...)]
    AS select_statement
```

3. 从单个表派生出来的视图

视图一经定义，就可以和基本表一样进行各种查询，也可以进行一些修改操作。对于最终用户来说，有时并不需要知道操作的是基本表还是视图。

4. 从多个表派生出来的视图

视图一方面可以限定对数据的访问，另一方面又可以简化对数据的访问。

8.5.2　视图的删除

视图由于是从表派生出来的，所以不存在修改结构的问题，但是视图可以删除。

格式：DROP VIEW<视图名>

8.5.3 关于视图的说明

在关系数据库中，视图始终不真正含有数据，它总是原有表的一个窗口。所以，虽然视图可以像表一样进行各种查询，但是插入、更新和删除操作在视图上却有一定的限制。一般情况下，当一个视图是由单个表导出时，可以进行插入和更新操作，但不能进行删除操作；当视图是从多个表导出时，插入、更新和删除操作都不允许进行。这种限制是很有必要的，它可以避免一些潜在问题的发生。

8.6 本章小结

本章主要介绍了关系型数据库标准语言 SQL 的基本概述，以及在 Visual FoxPro 环境下通用的数据定义功能（包括建立新表、添加字段、编辑字段、删除字段）、数据操纵功能（包括记录的插入、更新、删除）、数据查询（包括简单查询、嵌套查询、联接查询）和视图等常用操作。

习 题 8

一、选择题

1. SQL 的数据操作语句不包括（ ）。
   A. INSERT B. UPDATE C. DELETE D. CHANGE
2. SQL 语句中条件短语的关键字是（ ）。
   A. WHERE B. FOR C. WHILE D. CONDITION
3. SQL 语句中修改表结构的命令是（ ）。
   A. MODIFY TABLE B. MODIFY STRUCTURE
   C. ALTER TABLE D. ALTER STRUCTURE
4. SQL 语句中删除表的命令是（ ）。
   A. DROP TABLE B. DELETE TABLE C. ERASE TABLE D. DELETE DBF
5. 在 SQL 语句中，用于创建表的语句是（ ）。
   A. CREATE TABLE B. MODIFY STRUCTURE
   C. CREATE STRUCTURE D. MODIFY TABLE
6. 在 SQL 语句中，SELECT 命令中 JOIN 短语用于建立表之间的联系，联接条件应出现在（ ）短语中。
   A. WHERE B. ON C. HAVING D. IN
7. SQL 语句中限定查询分组条件的短语是（ ）。
   A. WHERE B. ORDER BY C. HAVING D. GROUP BY
8. 使用 SQL 语句进行分组查询时，为了去掉不满足条件的分组，应当（ ）。
   A. 使用 WHERE 子句
   B. 在 GROUP BY 后面使用 HAVING 子句
   C. 先使用 WHERE 子句，再使用 HAVING 子句
   D. 先使用 HAVING 子句，再使用 WHERE 子句

9. 从数据库中删除表的命令是（　　　）。

    A．DROP TABLE　　　　　　　　　　　B．ALTER TABLE

    C．DELETE TABLE　　　　　　　　　　D．USE

10．DELETE FROM GZ WHERE　工资>3 000 语句的功能是（　　　）。

    A．从 GZ 表中彻底删除工资大于 3 000 的记录

    B．GZ 表中工资大于 3 000 的记录被加上删除标记

    C．删除 GZ 表

    D．删除 GZ 表的"工资"列

二、填空题

1．SQL 支持集合的并运算，运算符是_____。

2．在 SQL 语句中空值用_____表示。

3．在 Visual FoxPro 中 DELETE-SQL 命令是_____删除记录。

4．在 SELECT-SQL 中用于计算机查询的函数有 COUNT、_____、_____、MAX 和 MIN。

5．实现将所有职工的工资提高 5% 的 SQL 语句是_____教师_____工资=工资*1.05。

三、实验题

利用表 8-7 和表 8-8 进行如下实验。

表 8-7　"教师"表

工 资 号	姓　　名	职　　称	年　　龄	工　　资	系　　别
10001	张刚	讲师	29	1 000	01
10002	刘洋	讲师	30	1 100	02
10003	李理	副教授	35	1 700	03
10004	赵强	教授	40	2 300	03

表 8-8　"系"表

系　　别	系　　名	系　　别	系　　名
01	地质	03	计算机
02	化学	03	计算机

1．根据表 1 创建"教师"表，设置工资有效性规则为：工资>1000，默认值为 1000。

2．创建"系"表，并与"教师"表之间建立关联。

3．显示所有姓"刘"的教师的信息。

4．显示工资最高的两个教师的信息。

5．查询"计算机"系的教师信息，使用 JOIN 短语实现联接的 SQL 语句。

6．查询"张刚"的信息，将查询结果存入文本文件 ZG 中的 SQL 语句。

7．查询各系所有教师的平均工资的 SQL 语句。

8．查询"计算机"系教师的人数的 SQL 语句。

第9章

项目管理器、设计器和向导使用

Visual FoxPro 的项目管理器是按一定的逻辑关系，对应用系统中的文件进行有效组织的工具，它是 Visual FoxPro 应用开发系统的核心。Visual FoxPro 的项目是文件、数据、文档，以及对象的集合，它保存在以 PJX 为扩展名的文件中。项目管理器采用可视化界面，各种对象以类似大纲的视图形势组织，可以用来创建经 APP 文件和 EXE 文件。其中 APP 文件可以用 DO 命令来执行。用户最好把应用程序中的文件都组织到项目管理器中，这样便于查找。

利用项目管理器可以在项目中添加或移去文件、创建新文件或修改已有文件、查看表的内容以及把文件与其他项目关联起来。

9.1 项目管理器的功能和使用

9.1.1 项目管理器的功能

Visual FoxPro 的项目管理器是按一定的逻辑关系，对应用系统中的文件进行有效组织的工具，它是 Visual FoxPro 应用开发系统的核心。Visual FoxPro 的项目是文件、数据、文档，以及对象的集合，它保存在以.pjx 为扩展名的文件中。项目管理器采用可视化界面，各种对象以类似大纲的视图形式组织，可以用来创建 APP 文件和 EXE 文件。其中 APP 文件可以用 DO 命令来执行。用户最好把应用程序中的文件都组织到项目管理器中，这样便于查找。

利用项目管理器可以在项目中添加或移去文件、创建新文件或修改已有文件、查看表的内容以及把文件与其他项目关联起来。

9.1.2 项目管理器的使用

1. 创建项目

创建一个项目有两种途径，一是创建一个项目文件，用来分类管理其他文件；二是使用应用程序向导生成一个项目和 Visual FoxPro 应用程序框架。此处详细介绍第一种途径。

方法一：使用菜单创建一个项目，步骤如下。

（1）打开该菜单，选择"新建"命令，弹出"新建"对话框，如图9-1所示。

（2）在该对话框的"文件类型"选项组中选中"项目"单选按钮，单击旁边的"新建文件"按钮，弹出"创建"对话框。

（3）在该对话框中设置好新项目保存的位置，在"项目文件"中，输入新项目的名称，如"学生"，单击"保存"按钮，即弹出名称为"学生"的"项目管理器"对话框，项目名称默认扩展名为.pjx。

方法二：用窗口命令创建一个项目。

在"命令"窗口中，输入命令"create project 学生"，然后按回车键，即弹出如图9-2所示的对话框。

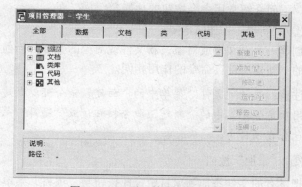

图9-1 "新建"对话框　　　　　　　　　　图9-2 "项目管理器"对话框

打开项目管理器的方法有两种。

方法一：使用菜单打开项目管理器，步骤如下。

（1）打开"文件"菜单，选择"打开"命令，弹出"打开"对话框。

（2）在该对话框中，选择要打开的项目，如"学生"，单击"确定"按钮。

方法二：用窗口命令打开项目管理器，方法是，在"命令"窗口中，输入"modify project 学生"，按回车键，这样即可打开名称为"学生"的项目管理器。

2．项目管理器的组成

项目管理器管理的文件类型几乎包含了应用程序开发时所需要的所有文件类型，为数据提供了一个组织良好的分层结构视图。其结构主要分为选项卡、命令按钮、分层结构视图三大部分。

（1）项目管理器的选项卡

项目管理器有6个选项卡，分别是"全部"、"数据"、"文档"、"类"、"代码"和"其他"，每个选项卡用于管理某一类型文件。

① "数据"选项卡

该选项卡包含了一个项目中的所有数据：数据库、自由表、查询和视图。

② "文档"选项卡

该选项卡包含了处理数据时所用的全部文档，即输入和查看数据所用的表单，以及打印表和查询结果所用的报表及标签。

③ "类"选项卡

该选项卡显示和管理由类设计器建立的类库文件。

④ "代码"选项卡

该选项卡包含了用户的所有代码程序文件：程序文件、API 库文件、应用程序等。

⑤ "其他"选项卡

该选项卡显示和管理下列文件：菜单文件、文本文件、由 OLE 等工具建立的其他文件（如图形、图像文件）。

⑥ "全部"选项卡

该选项卡显示和管理所有类型的文件。

（2）项目管理器的命令按钮

项目管理器中有许多命令按钮，并且命令按钮是动态的，选择不同的对象会出现不同的命令按钮。下面介绍常用命令按钮的功能。

① "新建"按钮

创建一个新文件或对象，新文件或对象的类型与当前所选定的类型相同。此按钮与"项目"菜单的"新建文件"命令的作用相同。

注意：选择"文件"菜单中的"新建"命令可以新建一个文件，但不会自动包含在项目中。而使用项目管理器中的"新建"命令按钮，或"项目"菜单中的"新建文件"命令建立的文件会自动包含在项目中。

② "添加"按钮

把已有的文件添加到项目中。此按钮与"项目"菜单中的"添加文件"命令的作用相同。

③ "修改"按钮

在相应的设计器中打开选定项进行修改，例如可以在数据库设计器中打开一个数据库进行修改。此按钮与"项目"菜单中的"修改文件"命令的作用相同。

④ "浏览"按钮

在"浏览"窗口中打开一个表，以便浏览表中的内容。此按钮与"项目"菜单中的"浏览文件"命令的作用相同。

⑤ "运行"按钮

运行选定的查询、表单或程序。此按钮与"项目"菜单中的"运行文件"命令的作用相同。

⑥ "移去"按钮

从项目中移去选定的文件或对象。Visual FoxPro 将询问是仅从项目中移去此文件，还是同时将其从磁盘中删除。此按钮与"项目"菜单中的"移去文件"命令的作用相同。

⑦ "打开"按钮

打开选定的数据库文件。当选定的数据库文件打开后，此按钮变为"关闭"。此按钮与"项目"菜单中的"打开文件"命令的作用相同。

⑧ "关闭"按钮

关闭选定的数据库文件。当选定的数据库文件关闭后，此按钮变为"打开"。此按钮与"项目"菜单中的"关闭文件"命令的作用相同。

⑨　"预览"按钮

在打印预览方式下显示选定的报表或标签文件内容。此按钮与"项目"菜单中的"预览文件"命令的作用相同。

⑩　"连编"按钮

连编一个项目或应用程序，还可以连编一个可执行文件。此按钮与"项目"菜单中的"连编"命令的作用相同。

（3）定制项目管理器

用户可以改变项目管理器窗口的外观。例如，可以移动项目管理器的位置，改变它的大小，也可以折叠或拆分项目管理器窗口以及使项目管理器中的选项卡永远浮在其他窗口之上。

①　移动和缩放项目管理器

项目管理器窗口和其他 Windows 窗口一样，可以随时改变窗口的大小以及移动窗口的显示位置。将鼠标放置在窗口的标题栏上，并拖动鼠标即可移动项目管理器。将鼠标指针指向项目管理器窗口的顶端、底端、两边或角上，拖动鼠标边可以扩大或缩小它的尺寸。

②　折叠和展开项目管理器

项目管理器右上角的向上箭头按钮用于折叠或展开项目管理器窗口。该按钮正常时显示为向上箭头，如图 9-3 所示。单击时，项目管理器缩小为仅显示选项卡，同时该按钮变为向下箭头，称为还原按钮，如图 9-4 所示。

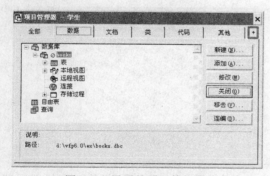

图 9-3　展开的项目管理器

图 9-4　折叠的项目管理器

在折叠状态，选择其中一个选项卡将显示一个较小的窗口。小窗口不显示命令按钮，但是在选项卡中右击，弹出的快捷菜单增加了"项目"菜单中各命令按钮功能的选项。如果要恢复包括命令按钮的正常界面，单击"还原"按钮即可。

③　拆分项目管理器

折叠项目管理器窗口后，可以进一步拆分项目管理器，使其中的选项卡成为独立、浮动的窗口，可以根据需要重新安排它们的位置，如图 9-5 所示。

首先单击向上箭头按钮折叠项目管理器，然后选定一个选项卡，将它拖离项目管理器。当选项卡处于浮动状态时，在选项卡中右击，弹出的快捷菜单增加了"项目"菜单中的选项。

④　停放项目管理器

将项目管理器拖到 Visual FoxPro 主窗口的顶部就可以使它像工具栏一样显示在主窗口的顶部。停放后的项目管理器变成了窗口工具栏区域的一部分，如图 9-6 所示，不能将其整个展开，但是可以单击每个选项卡来进行相应的操作。对于停放的项目管理器，同样可以从中拖开选项卡。

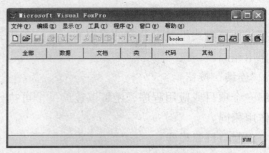

图 9-5　浮动的窗口　　　　　　　　图 9-6　项目管理器合并到窗口工具栏

（4）项目管理器的使用

项目管理器中包含了 Visual FoxPro 中能够用到的所有对象类型，其中用的最多的是"数据"选项卡和"文档"选项卡，这里重点介绍这两种选项卡的使用。

① 在"项目管理器"对话框中，单击"数据"标签，即可调出如图 9-7 所示的选项卡。

在"数据"选项卡中，包括 3 个子对象："数据库"、"自由表"、"查询"。单击其中的任意一个子对象，管理器右边的一系列按钮将被激活。在图 9-7 所示的对话框中，选择"数据库"选项，然后单击"添加"按钮，为项目添加一个数据库。弹出"打开"对话框，选中要添加的数据库，例如，books.dbc，单击"确定"按钮，这时，"数据库"项前面出现"－"号，并且下方出现了新添加的数据库 books，如图 9-8 所示。

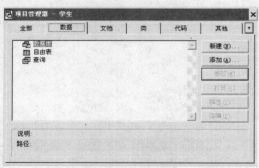

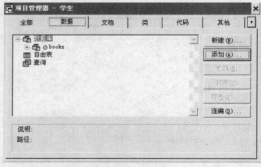

图 9-7　"数据"选项卡　　　　图 9-8　向数据库中添加对象后展开的"数据"选项卡

单击图 9-8 books 前面的加号，展开 books 项，如图 9-9 所示，包括"表"、"本地视图"、"远程视图"、"连接"、"存储过程"5 个项，项目管理器中的每个数据库都包含这 5 项。

② 在"项目管理器"对话框中，单击"文档"标签，即可调出如图 9-10 所示的选项卡。

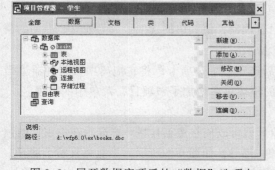

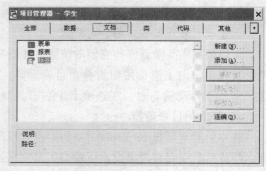

图 9-9　展开数据库项后的"数据"选项卡　　　　图 9-10　"文档"选项卡

在"文档"选项卡中,包含 3 个子对象:"表单"、"报表"、"标签",具体使用方法和"数据"选项卡中的子对象的使用方法类似。如在项目"学生"中,添加一个报表,即在图 9-10 中,选择"报表"选项,单击右边的"添加"按钮,弹出"添加"对话框,在对话框中,选中所要添加的报表即可。

在 Visual FoxPro 中,新建或添加一个文件到一个项目,并不意味着该文件已经成为该项目的一部分。实际上,每一个文件都以独立的形式存在。所谓"某项目包含某文件",只是表示该文件与项目之间建立了一种关联。如果某一文件不包含在项目中,而项目中的某一文件又要引用该文件时,项目将自动包含该文件。

9.2　设计器的使用

Visual FoxPro 的设计器是创建和修改应用系统各组件的可视化工具,例如,表、表单、数据库、查询和报表等对象,都可以通过相应的设计器来创建。为完成不同的任务所使用的设计器功能介绍如下。

（1）表设计器:创建或修改自由表和数据库表,并在其上建立索引。

（2）数据库设计器:设置数据库,显示数据库中的表和视图,查看并创建表间的关系。

（3）表单设计器:帮助用户创建、修改表单和表单集。

（4）数据环境设计器:只用于表单及报表,用来添加或显示表单和报表所需的表。

（5）报表设计器:创建和修改报表,预览和打印报表。

（6）标签设计器:创建和修改标签。

（7）查询与视图设计器:创建和修改查询、视图及显示相应的 SQL 语句。

（8）菜单设计器:创建和修改菜单或快捷菜单,预览和运行菜单。

（9）连接设计器:创建远程视图的连接。

虽然不同的设计器功能各异,但是,它们的使用方式大体相同,这里,介绍最常用到的表单设计器、菜单设计器和报表设计器。

9.2.1　表单设计器的功能和使用

1. 表单设计器的功能

表单是用户与计算机进行交流的一种屏幕界面,用于数据的显示、输入、修改。该界面可以自行设计和定义,是一种容器类,可包括多个控件（或称对象）。可以把表单看作是一个容器,在该容器中可以放入各种对象,而这些对象可根据属性、方法的设置,影响用户和系统的各种事件,帮助用户更容易地操作数据、管理信息。

2. 表单设计器的介绍

无论是新建表单还是修改已有表单,都可以通过 3 种方法来打开表单设计器。

（1）使用项目管理器。打开项目管理器,选择"文档"选项卡,选择"表单"选项后,单击"新建"按钮,在弹出的"新建表单"对话框中,单击"新建表单"按钮,调出表单设计器窗口,如图 9-11 所示。如果是修改表单,则在"文档"窗口中,单击"表单"按钮前的加号,选中需要修改的表单,单击"修改"按钮,即可调出相应的表单设计器。

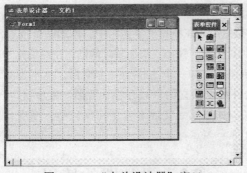

图 9-11　"表单设计器"窗口

（2）使用菜单。打开"文件"菜单，选择"新建"命令，调出"新建"对话框，在对话框中选中"表单"选项，然后单击"新建文件"按钮，即可调出表单设计器窗口。如果是修改表单，则在"文件"菜单中选择"打开"命令，在弹出"打开"对话框中，把文件类型设为表单（.scx文件），然后选择需要的文件，单击"打开"按钮，调出"表单设计器"窗口。

（3）使用命令。使用命令创建一个表单，即在命令窗口中输入"create form <表单名>"。如果是修改一个表单，则输入命令"modify form <表单名>"。

当打开表单设计器窗口后，随之打开的还有"属性"窗口、"表单控件"工具栏，如图 9-12所示。

图 9-12　"表单控件"工具栏

表单中集合了各种控件对象，下面介绍常用的表单控件。

① 标签 Ａ：用于保存不希望用户改动的文本，常用来为添加的控件写标识。

② 文本框：用于输入或编辑表中的非备注型字段，框中一般是单行的文本。

③ 编辑框：用于输入或编辑长字段或备注字段，框中可以有多行，并且有垂直滚动条。

④ 列表框：用于显示一组预定的、供用户选择的值，可以是一列或多列，可通过滚动条浏览列表信息。

⑤ 组合框：一种下拉式的列表框，可以从中选择一项或人工输入一个值，兼有列表框和文本框的功能。

⑥ 复选框：用来显示多个选项，可以选择其中的一项或多项。

⑦ 表　格：一个按浏览窗口样式显示数据的容器，常用来显示一对多关系中的子表。

⑧ 页　框：一种用于创建选项卡式对话框的容器类，一个页框可以包含多个页面，但每次只能有一个活动页面。

⑨ 微调控制：用于接受给定范围内的数据输入。

⑩ 命令按钮：常用来启动一个事件。

⑪ 命令按钮组：用来把相关的命令按钮编成组。

⑫ 选项按钮组：用于显示多个选项，只允许从中选择一项。

⑬ 计时器：可以在指定时间或按照设定的间隔运行进程，此控件在运行时不可见。

3．表单设计器的基本操作

表单创建的一般步骤为：打开表单设计器→设置数据环境→添加对象→调整对象的位置→设置对象属性→编写时间代码→保存表单→执行表单。

4．数据环境的设置

（1）设置数据环境的意义

表单或表单集的数据环境可以看作一种 Visual FoxPro 对象，在其中可以设定运行表单时要打开的表或视图，并且可以进一步设定表之间的关系，甚至可以设定打开文件的读写状态。也就是说，数据环境把用户原来使用命令设定数据库和表以及创建表间关系的操作，完全用对象属性的设定来代替，并把数据库的打开、关联、状态读写以及关闭操作作为数据环境的属性。

（2）打开数据环境设计器

设置表单或表单集的数据环境，需要使用 Visual FoxPro 的"数据环境"设计器。打开表单设计器后打开"数据环境"设计器的方法有两种：

① 选择"显示"菜单中的"数据环境"命令。

② 在表单中右击，在弹出的快捷菜单中选择"数据环境"命令。

（3）向数据环境添加表或视图

① 在打开数据环境设计器后，选择"数据环境"菜单中的"添加"命令。

② 在数据环境设计器中右击，在弹出的快捷菜单中选择"添加"命令。

（4）从数据环境设计器中移去表或视图

① 选择"数据环境"菜单中的"移去"命令。

② 在数据环境设计器中右单，在弹出的快捷菜单中选择"移去"命令。当把表从数据环境设计器中移去后，与这个表有关的所有关系也都会随之移去。

（5）在数据环境设计器中设置表间的关系

为了在数据环境设计器中设置表之间的关系，需要将相应的字段从主表拖到相关表中相匹配的索引标志上；也可将字段从主表拖动到相关表中的字段上。如果和主表中的字段对应的相关表中没有索引标志，系统将提示是否创建索引标志。要建立关系，应该选择创建索引标志。若需要改变表间关系的属性，只要在选定表示该关系的线后，在属性窗口中修改该关系对象的相应属性即可。

5．添加对象

在设计表单时，用户可以使用"表单控件"工具栏中的控件逐个创建控件，对于字段对象还可以利用 VFP 字段印象功能实现对应对象的创建。

（1）创建控件

"表单控件"工具栏有 25 个按钮，除了选定、查看类、生成器锁定、按钮锁定 4 个控件是辅助按钮之外，其余都是控件定义按钮。向表单中添加一个按钮时，先用鼠标在"控件"工具栏相应的按钮上单击选中，被选中的按钮呈凹陷状，鼠标指针变成十字形状，在表单窗口按下鼠标左键拖动即可。

为了合理安排控件的位置，还需要对控件进行选定、移动、改变大小、对齐、删除等操作。

① 选择：单击所需控件。

② 移动：选定控件，用鼠标拖动到新位置或从"编辑"菜单中选择"剪切"命令再在新位置粘贴。

③ 缩放：选定控件，用鼠标拖动尺寸柄直至所需大小松开。

④ 复制：选定表单上现有的控件→从"编辑"菜单中选择"复制"命令→从"编辑"菜单中选择"粘贴"命令。

⑤ 删除：选定表单上现有的控件→按【Delete】键。

⑥ 改变文本的字体和大小：打开表单，进入表单设计器→选择要修改的控件→打开属性窗口→设置字体大小和字形，如 FontName 、FontSize、FontBold。

⑦ 向表单中添加线条和形状：选择工具栏上的线条或形状按钮，在表单中所需位置拖动鼠标，画出线条或图形，图形界于正方形和圆形、长方形和椭圆形之间（属性窗口中的 Curvature 值从 0～99）。线条和形状的颜色可以在属性窗口中设定。

⑧ 向表单中添加图形：从"表单控件"工具栏中选择图像 → 在属性窗口中选择 Picture 属性，单击该栏的...按钮 → 在弹出的对话框中找到所需的图像文件 → 单击"确定"按钮。

⑨ 设置一个表单的前景和背景颜色：用调色板工具栏或通过属性窗口中的 ColorSource 属性来设置。

（2）字段印象

所谓字段印象是指当用户打开数据环境设计器窗口，选中表中的任一字段，将其拖放到表单窗口释放，将在对应的位置上产生两个对象：一个是标签对象，用来显示字段名或字段标题，另一个对象类型则取决于字段的类型。字符型、数值型、日期型字段的用文本表示，逻辑型用复选框表示，备注型用编辑框表示，通用型用 Active 绑定控件表示，而且对该对象与字段数据自动实现数据绑定。

【例 9.1】实现如图 9-13 所示的表单，以实现记录的翻页浏览与编辑。

步骤如下。

（1）新建一个表单。

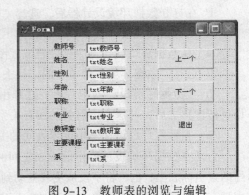

图 9-13　教师表的浏览与编辑

（2）打开"数据环境"设计器，同时打开"添加表或视图"对话框，如图 9-14 所示。

（3）在该对话框中，选中一个表，如"教师表"，单击"添加"按钮。这时，在"数据环境"设计器中，出现"教师表"，如图 9-15 所示。

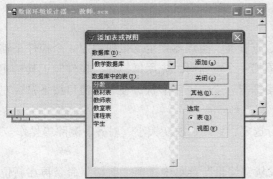

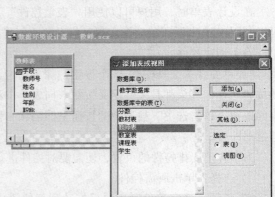

图 9-14　打开的"数据环境"设计器　　　图 9-15　添加"教师表"数据环境设计器

（4）单击"关闭"按钮，关闭该对话框，这时"教师表"被添加到数据环境设计器中。

（5）可以在表单中，按照添加控件的方法逐一添加控件，也可以从"数据环境设计器"中拖动相应的字段到表单中。本例是拖动数据环境设计器中"教师表"的"字段"到表单中，拖动进来的所有字段自动对齐排列。然后，添加 3 个按钮，如图 9-16 所示。

（6）选中相应的命令按钮，在属性窗口中，修改 caption 属性的值。例如，分别将 command1、command2、command3 的 caption 的属性值修改为"上一个"、"下一个"、"退出"，即可得到如图 9-13 所示的效果。

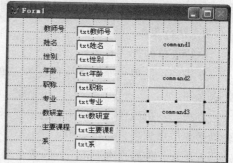

图 9-16 添加完控件的表单

至此，只是做好了表单的界面，但是，还不能通过表单实现浏览的功能，要想实现浏览的功能，必须为表单编写事件代码。

6．事件代码的编写

编写事件代码，要先打开代码编辑窗口，方法如下。

方法一：双击具体对象。

方法二：选定对象的快捷菜单中的"代码"命令。

方法三：选择"显示"菜单中的"代码"命令。

双击图 9-13"上一个"命令按钮，弹出如图 9-17 所示的代码窗口。

事件代码编写如下。

（1）编写 command1（"上一个"按钮）的 click 事件代码。

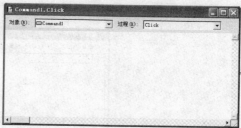

图 9-17 command1 事件代码窗口

```
If recno()>1
Skip -1
thisform.refresh
else
messagebox("本页是首页")
endif
```

（2）编写 command2 的 click 事件代码（在代码窗口的"对象"中，选择 command2）。

```
If recno()<reccount()
Skip
thisform.refresh
else
messagebox("本页是末页")
endif
```

（3）编写 command3 的 click 事件代码：（在代码窗口的"对象"中，选择 command3）

```
thisform.release
```

7．保存表单

（1）保存表单而不退出表单设计器：选择"文件"菜单中的"保存"命令。

（2）保存表单并退出表单设计器：单击表单设计器的"关闭"按钮或者按【Ctrl+W】组合键。

新创建的表单需要输入文件名。表单保存后，将生成扩展名为.scx 的表单文件及扩展名为.sct 的表单备注文件。这两个文件必须处于同一个目录下，才能保证表单的正常使用。

8. 执行表单

执行表单的方法有 3 种。

方法一：使用快捷方式执行表单，单击快捷方式按钮 ❗，若此时表单没有保存，系统会提示要求保存。

方法二：在项目管理器中，选中要运行的表单，单击"运行"按钮。使用这个方法的前提是，表单必须添加到项目管理器中。

方法三：使用命令"do form <表单名>"。

本例中，使用上述任何一种方法运行表单，都可以实现浏览的效果。

9.2.2 菜单设计器的功能和使用

1. 菜单设计器简介

菜单是由一系列的命令、过程或变量等组成的。或者说，菜单中提供的每个项都是一个 VFP 命令的快捷方式，单击菜单中的一个项即可执行相应的命令。菜单为用户提供了一个结构化的、可访问的途径，便于使用应用程序中的命令和工具。利用"菜单设计器"可以创建菜单、子菜单、菜单项和分隔符，还可以制定标准菜单。打开的菜单设计器如图 9-18 所示。

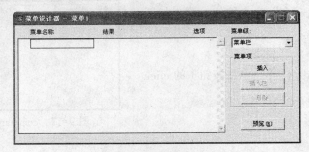

图 9-18 菜单设计器

2. 菜单设计器的使用与操作

（1）启动菜单设计器的方法

方法一：选择"文件"→"新建"命令在弹出的"新建"对话框中，选中"菜单"单选按钮，在弹出的"新建菜单"对话框中，单击"菜单"按钮。

方法二：在"项目管理器"中选择"其他"→"菜单"选项，单击"新建"按钮。

方法三：在"命令"窗口中使用命令"CREATE MENU <文件名>"。

无论哪一种方法都将调出"新建菜单"对话框，如图 9-19 所示，可以创建两种形式的菜单：普通菜单和快捷菜单，单击其中任何一个按钮可打开菜单设计器。

普通菜单和快捷菜单的菜单设计器在外观上并无区别，只是两者的设计方法略有不同。这里重点讲普通菜单的创建。单击"菜单"按钮，即可弹出普通菜单的"菜单设计器"窗口，如图 9-18 所示。

图 9-19 "新建菜单"对话框

（2）菜单设计窗口组成

① 菜单名称：用于输入菜单的提示字符串，如"文件"、"帮助"、"打开"等。若要设定菜单项的热键，可在要设定为热键的字母前面加上"\<"号。如果没有给出这个符号，则菜单提示字符串的第一个字母即自动被定义为热键。在菜单名的左边有一个小方框按钮，称为"移动指示器"，当鼠标移动到它的上面时，形状会变成上下双箭头的样子。用鼠标拖动"移动指示器"，即可改变当前菜单项在菜单列表中的位置。

② 结果：结果中共有 4 个选项，用于选定菜单项的功能类别。

子菜单（submenu）：如果用户定义的当前菜单项还有子菜单，应选择这一项。

命令（command）：若当前菜单项的功能是执行某种动作，应选择这一项。

填充名称：这一项用于填写主菜单名，表示在应用程序中可以引用这个菜单，便于实现动态菜单。

过程（procedure）：表示将要调用一个过程。

③ 选项：使用该对话框可设置用户定义的菜单系统中各菜单项的属性，如图 9-20 所示，例如定义菜单项的快捷键，控制如何禁止或允许使用菜单项，选取菜单项时是否在系统状态条上显示对菜单项的说明信息等。如果这一项有定义，则显示一个勾号。

该对话框主要几个选项介绍如下。

"快捷方式"选项组：用于指定菜单或菜单项的快捷键（即【Ctrl】键和其他键的组合）。

"位置"选项组：当用户在应用程序中编辑一个

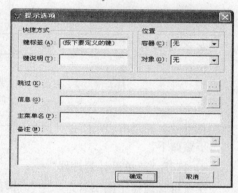

图 9-20　"提示选项"对话框

OLE 对象时，可在该区指定菜单项的位置。

跳过：单击这个编辑框右侧的"…"按钮将调出表达式生成器，用户可在表达式生成器中输入允许/禁止菜单项的条件。如表达式为真，则菜单项不可用。

信息：单击这个编辑框右侧的"…"按钮也将调出表达式生成器。在表达式生成器的"信息"编辑框中输入对菜单项的说明信息，这些信息将出现在系统状态条上。

菜单项：允许指定可选的菜单标题，用户可以在程序中通过该标题引用菜单项。

备注：在这里输入对菜单项的注释。

④ 菜单级：菜单级弹出列表显示出当前所处的菜单级别。当菜单的层次较多时，利用这一项可快速返回任意一级菜单。

⑤ "预览"按钮：使用这个按钮可查看正在设计的菜单的形象，并可在所显示的菜单中进行选择，检查菜单的层次关系及提示等是否正确，但这种选择不执行各菜单的相应动作。

⑥ "插入"按钮：在当前菜单项的前面插入一个新的菜单项。

⑦ "删除"按钮：删除当前的菜单项。

（3）定义菜单

菜单设计器窗口打开后，系统菜单中将自动增加一个"菜单"菜单，显示菜单中也会增加两个命令。用户可利用菜单设计器窗口和这些新增的命令进行菜单定义：指定菜单的各项内容，如菜单项的名称、快捷键等。

（4）保存菜单定义

定义完菜单的各项内容后，应将菜单定义保存到.mnx 文件中。方法为从"文件"菜单中选择"保存"命令或按【Ctrl+W】组合键。

（5）生成菜单程序

以（.mnx 文件）格式存储的菜单定义文件，不能直接运行，必须将其生成为可执行的菜单程序文件（.mpr 文件）后才能运行。生成菜单程序文件的方法是：在"菜单设计器"环境下，选择"菜单"菜单下的"生成"命令，然后在弹出的"生成菜单"对话框中指定菜单程序文件的名称和存放位置，最后单击"生成"按钮即可。

（6）运行菜单程序

可使用命令"DO <文件名>"运行菜单程序，但文件名的扩展名.mpr 不能省略。

【例 9.2】利用菜单设计器建立图书馆管理系统菜单，菜单结构要求如表 9-1 所示。

表 9-1　图书馆管理系统菜单结构

借 还 窗 口	图 书 管 理	借阅者信息管理	系 统 管 理	退 出 系 统
借书窗口 还书窗口		借阅者信息管理 借阅者信息查询	数据备份 备份恢复 系统用户数据管理 借阅者级别管理	

步骤如下。

① 打开"菜单设计管理器"

在项目管理器"图书管理"中，选择"其他"→"菜单"选项，单击"新建"按钮，在弹出的"新建"对话框中，选中"菜单"单选按钮，单击"新建文件"按钮，在弹出的"新建菜单"对话框中，单击"菜单"按钮，打开"菜单设计器"窗口，如图 9-21 所示。

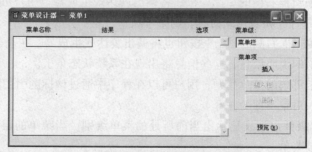

图 9-21　菜单设计器

② 创建主菜单

在"菜单设计器"窗口中，定义主菜单中各菜单的选项名，如图 9-22 所示。

③ 创建子菜单

在"菜单设计器"窗口中，选择主菜单项中的"借还窗口"，单击"创建"按钮，进入"菜单设计器"子菜单编辑窗口。在"菜单设计器"子菜单编辑窗口中，定义"借还窗口"菜单项中各子菜单选项名，如图 9-22 所示，依此类推，直到所有子菜单创建完成。可在"菜单级"下拉列表框中选择"菜单栏"选项，返回上一级菜单，即主菜单。

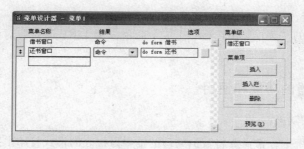

图 9-22　借还窗口主菜单

④ 为菜单项定义热键

在"菜单设计器"编辑窗口中，单击需要添加热键的菜单行所在的"选项"按钮，弹出"提示选项"对话框，如图 9-23 所示，将鼠标定位到"键标签"文本框，按下【Ctrl + X】组合键，字符串"Ctrl + X"就会自动输入文本框中。

⑤ 给菜单项添加说明

在"菜单设计器"编辑窗口中，单击需要添加说明的菜单行所在的"选项"按钮，弹出"提示选项"对话框，如图 9-23 所示，在"信息"文本框中输入相应的说明，字符要加引号。

⑥ 为各个子菜单指定任务

图 9-23　"提示选项"对话框

在"菜单设计器"编辑窗口中，在"结果"下拉列表框中选中"命令"选项，在对应的"选项"框中输入内容。例如"借书窗口"菜单项，输入"do form 借书"。如果在"结果"下拉列表框中选中"过程"选项，则单击右边的"创建"按钮，在"过程"窗口中输入代码，代码具体如表 9-2 所示。

表 9-2　图书管理系统菜单设计

菜 单 标 题	菜单项名称	结　　果	结果框内容
借还窗口	借书窗口	命令	do form 借书
	还书窗口	命令	do form 还书
图书管理		命令	do form 图书管理
借阅者信息管理	借阅者信息管理	命令	do form 借阅者信息管理
	借阅者信息查询	命令	do form 借阅者信息查询
系统管理	数据备份	命令	do 数据备份.prg
	备份恢复	命令	do 数据恢复.prg
	系统用户数据管理	命令	do form 系统用户
	借阅者级别管理	命令	do form 借阅者级别管理
退出系统		过程	

⑦ 保存菜单

选择"文件"菜单中的"保存"命令，在"另存为"对话框中输入文件名。

⑧ 生成菜单程序

在 Visual FoxPro 的"菜单"中选择"生成"命令，在"生成菜单"对话框中单击"生成"按钮，生成菜单程序。

9.2.3 报表设计器的功能和使用

1. 报表设计器的功能

在数据库应用系统中，常需要将数据处理的结果以报表的形式打印出来。用传统编程方式要作出一个报表非常繁琐复杂，要反复调试，才能活得结果。利用 VFP 提供的报表工具，可以省去编程过程。简单地说，报表就是用来直观地表达表格化数据的打印文本，扩展名为 frx。报表设计器采用可视化的方法进行报表设计，并通过预览报表，十分准确地看到报表实际打印得到的效果。

使用报表设计器来设计报表，其主要任务是设计报表布局和确定数据源，报表布局确定了报表样式，数据源则为布局中的控件提供数据。

2. 创建报表

（1）VFP 提供了 3 种创建报表的方法。

① 报表向导：利用报表向导可以创建简单的报表或多表报表，由它自动提供报表设计。

② 快速报表：快速报表能以最快速的方式创建简单的报表的定制功能，这是创建报表最简单的途径。

③ 报表设计器：报表设计器不仅可以创建任意定制的报表，还可以对用任意方式产生的报表进行修改，使之更加完善与适用。

本章重点讲解使用设计器创建报表的方法。

（2）启动报表设计器可用下列 3 种方法。

① 选择系统菜单"文件"菜单中的"新建"→"报表"→"新建文件"命令。

② 在"命令"窗口中输入"CREATE　REPORT [<报表文件名>]"。

③ 在项目管理器的"文档"选项卡中，选择"报表"选项，单击"新建"按钮，在弹出的"新建报表"对话框中单击"新建报表"按钮。

弹出的"报表设计器"对话框如图 9-24 所示，随之打开的还有一个"报表控件"工具栏和"报表设计器"工具栏。

报表设计器打开之后，系统主菜单上会增加一个"报表"菜单，如图 9-25 所示。

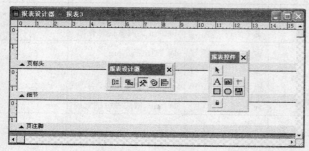

图 9-24　报表设计器窗口、"报表控件"工具栏
和"报表设计器"工具栏

图 9-25　打开报表设计器后的
Visual FoxPro 菜单

"报表"菜单中各项介绍如下。

① 标题/总结：用于向报表中添加标题或总结。

② 数据分组：若要打印分类表、汇总表等报表，则在设计报表时需要将数据分组。

③ 变量：在报表中使用变量可以方便地设计出各种形式的报表。

④ 默认字体：用于指定标签和字段控件的永久字体、字体样式和字体大小。

⑤ 私有数据工作期：指在私有工作期中打开报表使用的表。

⑥ 快速报表：用于启动快速报表功能，自动将选定字段放入一个空的报表设计器窗口中，创建一个报表原型。

⑦ 运行报表：用来显示"打印"对话框，将报表传送给打印机进行打印。

（3）修改已有报表

① 在"命令"窗口中输入"MODIFY REPORT <报表文件名>"。

② 在项目管理器的"文档"选项卡中，选中要修改的报表文件名，单击"修改"按钮。

3．报表带区

打开报表设计器后，看到的窗口主体部分就是带区。所谓带区是指 VFP 的报表设计器根据报表处理的内容和打印顺序，用于放置不同数据的区域。报表设计器的带区决定了报表每页、分组以及开始与结尾的样式，可以调整报表带区的大小（使用鼠标上下拖动带区的分隔条）和在其内添加报表控件来安排报表中的文本和字段。默认情况下，报表设计器只显示 3 个带区：页标头、细节、页注脚。其他的带区如"标题"和"总结"带区，可通过"报表→标题/总结"添加，同样，也可以通过"报表"菜单移去相应的带区，各带区的具体用途如表 9-3 所示。

表 9-3 报表各带区汇总

带 区	输 出 位 置	用 途
标题	报表首一次	说明标题等
页标头	每页面一次	报表的日期、页数、页标题、列标题
列标头	每列一次	在每一列的头部打印一次列标题
组标头	每组一次	组的说明、组标志符
细节	每记录一次	字段、文字、计算的值
组注脚	每组一次	组的说明、标志符、组统计小结
列注脚	每列一次	列统计小结
页注脚	每页面一次	报表的日期、时间、页数、页统计结果等
总结	每报表一次	报表的总统计等

4．报表控件

利用"报表控件"工具栏，可以向报表各个带区中添加各种控件。一般情况下，根据各个带区的功能，添加不同的控件。报表各控件功能如下。

（1）选定对象控件 ▶：用于指定当前对象。

（2）标签控件 A：创建一个标签控件，用于增加文字说明，例如标题。

（3）域控件 ▦：创建一个域控件，以显示字段、变量或表达式的值。

（4）线条控件┼：用于在报表中画各种线条。

（5）矩形控件▢：用于在报表中画矩形。

（6）圆角矩形控件◯：用于在报表中画椭圆或圆角矩形。

（7）图片/OLE 绑定控件▨：用于在报表中添加图像。

（8）按钮锁定控件▣：多次添加同一类型的控件而不用重复选定同一类型的控件。

报表设计器中的控件与表单中的控件相似，其放置控件的方法与表单中控件的放置方法相同，但比表单中的控件对象少了许多。

5. 报表预览输出

在报表输出之前预览报表的效果，如果不满意可及时修改。制作报表时通常需要在设计和预览这两个步骤间多次转换，直至将报表修改到完全符合要求后再打印。在 Visual FoxPro 的"显示"菜单中有"预览"命令。

6. 报表打印

常见的方法有以下几种。

（1）在"打印预览"工具栏中单击按钮。

（2）在报表设计器窗口中，选择"报表"菜单下的"运行报表"命令。

（3）单击工具栏中的"运行"按钮。

（4）在布局中右击，在弹出的快捷菜单中选择"打印"命令。

（5）在"命令"窗口中输入命令"REPORT FORM 〈报表文件名〉TO PRINTER"。

【例 9.3】 做一个简单的学生健康状况报表，如图 9-26 所示。

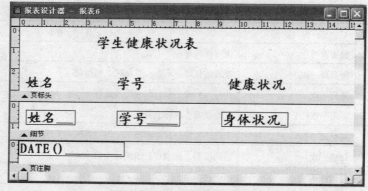

图 9-26　学生健康状况报表

步骤如下。

（1）打开报表设计器。

（2）单击"报表控件"工具栏的"标签"按钮，如图 9-27 所示。

在报表设计器"页标头"带区的适当位置单击，输入"学生健康状况表"，用同样的方法，输入"姓名"、"学号"、"健康状况"。

（3）在报表设计器中右击，在弹出的快捷菜单中选择"数据环境"命令，弹出"数据设计器"，在数据环境设计器中右击，选择"添加"命令，弹出如图 9-28 所示的"添加表或视图"对话框。

图 9-27 "报表控件"工具栏　　　　图 9-28 "添加表或视图"对话框

（4）在该对话框中，选中"学生"表，单击"关闭"按钮。这时，"学生"表被添加到"数据环境"中。

（5）将"数据环境"设计器中 "学生表"的"姓名"、"学号"、"身体状况"3 个字段拖动到报表设计器中，并调整好位置。

（6）在"页注脚"带区，添加一个"域控件"，随即打开"报表表达式"对话框，如图 9-29 所示。单击"表达式"后的按钮 ，弹出"表达式生成器"对话框，如图 9-30 所示。

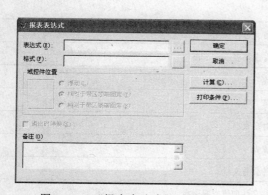

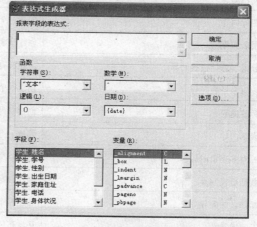

图 9-29 "报表表达式"对话框　　　　图 9-30 "表达式生成器"对话框

（7）在该对话框的"日期"下拉列表框中选择"date"选项，单击"确定"按钮，关闭"表达式生成器"对话框。

（8）单击"确定"按钮，关闭"报表表达式"对话框。这时，在"报表设计器"对话框中，添加了日期表达式，适当调整其位置。

（9）单击"报表"按钮，选择"默认字体"，弹出"字体"设置对话框，进行相应的设置，得到如图 9-26 所示的效果。

（10）选择"显示"菜单中的"预览"命令，可以看到报表效果，如图 9-31 所示。

图 9-31 报表预览效果

9.3 向导的使用

向导是一种交互式程序，用户在一系列向导屏幕上回答问题或者选择选项，向导会根据回答生成文件或者执行任务，帮助用户快速完成一般性的任务。各向导及其具体功能如表 9-4 所示。例如，创建表单、编排报表的格式、建立查询、制作图表、生成数据透视表、生成交叉表报表以及在 Web 上按 HTML 格式发布等。

表 9-4 Visual FoxPro 向导一览表

向 导 名 称	用 途
表向导	创建一个表
查询向导	创建查询
本地视图向导	创建一个视图
远程视图向导	创建远程视图
交叉表向导	创建一个交叉表查询
文档向导	格式化项目和程序文件中的代码，并从中生成文本文件
图标向导	创建一个图表
报表向导	创建报表
分组、总计报表向导	创建具有分组、总计功能的报表
一对多报表向导	创建一个一对多报表
标签向导	创建邮件标签
表单向导	创建一个表单
一对多表单向导	创建一个一对多表单
数据透视向导	创建数据透视表
邮件合并向导	创建一个邮件合并文件
安装向导	从发布树中的文件创建发布磁盘
升迁向导	创建一个 Oracle 数据库，使之尽可能地重复 Visual FoxPro 数据库的功能
SQL 升迁向导	创建一个 SQL
导入向导	导入或追加数据
应用程序向导	创建一个 Visual FoxPro 应用程序
WWW 搜索页向导	创建 Web 页面，使该页面的访问可以从 Visual FoxPro 中搜索及查找记录

1. 启动向导

启动向导大致有 4 种途径。

（1）在项目管理器中，选择要创建的文件类型，然后单击"新建"按钮，系统会弹出"新建"对话框，如图 9-32～图 9-35 所示分别是新建数据库、表、表单和报表的对话框。

图 9-32　"新建数据库"对话框

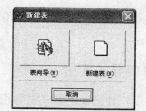

图 9-33　"新建表"对话框

图 9-34　"新建表单"对话框

图 9-35　"新建报表"对话框

（2）从"文件"菜单中选择"新建"命令，或者单击工具栏上的"新建"按钮，弹出"新建"对话框，如图 9-36 所示，选择相应的文件类型后，单击"向导"按钮。

（3）选择"工具"菜单中的"向导"子菜单，如图 9-37 所示，也可以访问大多数的向导。

图 9-36　"新建"对话框

图 9-37　Visual FoxPro 工具中的"向导"子菜单

（4）单击工具栏中的"向导"按钮可以直接启动相应的向导。

2. 使用向导

启动向导之后，需要依次回答每一个屏幕突出的问题。在准备好进行下一个屏幕的操作时，可以单击"下一步"按钮。

如果操作中出现错误，或者其想法突然改变，可单击"上一步"按钮，返回前一屏，进行修改。单击"取消"按钮将退出向导而不会产生任何结果。如果使用遇到困难，可以按【F1】键取得帮助。

根据所用向导的类型，每个向导的最后一屏都会要求提供一个标题，并给出保存、浏览、修改或打印结果的选项。使用"预览"选项，可以在结束向导操作前查看向导的结果。如果需要做出不同的选择来改变结果，可以返回到前边重新进行选择。对向导的结果满意后，单击"完成"按钮即可。

也可以在向导的某一屏上直接单击"完成"按钮，直接走到向导的最后一步，跳过中间所要输入的选项信息，使用向导提供的默认值。

Visual FoxPro 带有的向导超过 20 个，这里，以表单向导和报表向导为例，来介绍向导的使用。

9.3.1 表单向导的使用

表单向导以一种交互的方式引导用户创建表单，过程非常简单，下面以一个例子为例，来说明表单向导的应用过程。

【例 9.4】使用表单向导创建一个能维护"教材表.dbf"的表单。

步骤如下。

（1）打开表单向导。打开表单向导有多种途径，可以从项目管理器打开，也可以从"新建"菜单打开。本例从项目管理器中打开。在项目管理器中，选择"文档"选项卡，选中"表单"选项，单击"新建"按钮，弹出"新建表单"对话框，如图 9-38 所示。

（2）单击"表单向导"按钮，弹出"向导选取"对话框，如图 9-39 所示。

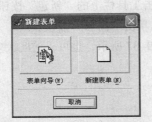
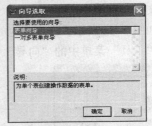

图 9-38　"新建表单"对话框　　　　图 9-39　"向导选取"对话框

使用向导可以创建两种类型的表单，一种是实现单表维护，一种是实现多表维护。这里选择"表单向导"选项，实现单表维护。单击"确定"按钮，弹出表单向导的"字段选取"对话框，如图 9-40 所示。

（3）单击"数据库和表"下方的___按钮，弹出"打开"对话框，选取适当的表，单击"确定"按钮。这时，"数据库和表"下方的文本框列出数据库的所有表，"可用字段"下方的文本框显示被选中表的所有字段，如图 9-41 所示。

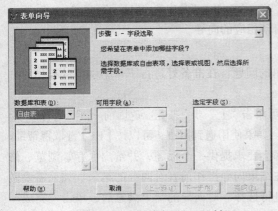
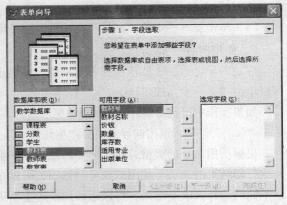

图 9-40　"表单向导"对话框　　　　图 9-41　选好表的"字段选取"向导

单击 ▶ 按钮，将"可用字段"中的字段移到"选定字段"，"选定字段"罗列出来的是报表中将要显示出来的字段。本例中，单击 ▶▶ 按钮，将所有字段移到"选定字段"中，如图 9-42 所示。

（4）单击"下一步"按钮，到"选择表单样式"对话框。在"样式"中，提供了 9 种表单外观样式，选中任意一种，都可以在左上角的预览窗口中看到相应的效果。这里选中"标准式"。"按钮类型"一栏中设置的是表单中按钮的样式，这里，选取文本按钮。

（5）单击"下一步"按钮，弹出"排序次序"对话框，如图 9-43 所示。

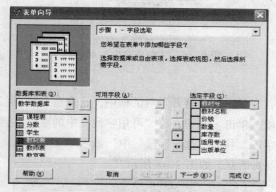

图 9-42　编辑好的"字段选取"向导

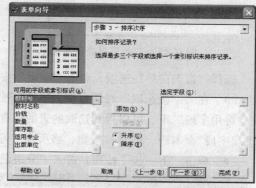

图 9-43　"排序次序"对话框

单击中间的"添加"按钮，将左边的"教材号"添加到右边的"选定字段"对话框中，选中"升序"单选按钮，即在表单中，按教材号的升序来排列。设置好后，单击"下一步"按钮。

（6）在表单向导的最后一个对话框即"完成"对话框中，输入表单的标题，本例输入"教材表单"，选中"保存表单并运行"，单击"完成"按钮，弹出"另存为"对话框，为表单选取合适的位置，单击"保存"按钮。

（7）弹出"教材表单"窗口，如图 9-44 所示。

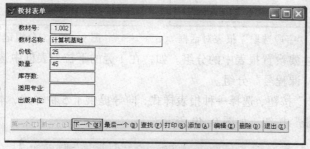

图 9-44　"教材表单"窗口

9.3.2　报表向导的使用

利用"报表向导"可以创建简单的单表或多表报表，其过程和表单类似，这里，也创建一个报表，以此为例，介绍"报表向导"的使用。

【例 9.5】在"学生"系统中，利用"报表向导"为表"分数"创建一个报表。

步骤：

（1）在项目管理器中，选择"文档"选项卡，选中"报表"，单击"新建"按钮，弹出如图 9-45 所示的对话框。

（2）单击"报表向导"按钮，弹出"向导选取"对话框，如图 9-46 所示。

图 9-45 "新建报表"对话框

图 9-46 "向导选取"对话框

选择"报表向导"选项，单击"确定"按钮。

（3）在"字段选取"对话框中，单击▢按钮，在弹出的"打开"对话框中，选取适当的表，在"可用字段"下，可以看到选取的表的所有字段，单击 ▸ 按钮，将"可用字段"中的字段移到"选定字段"，本例，单击 ▸▸ 按钮，将所有"可用字段"移到"选定字段"中，如图 9-47 所示。

（4）单击"下一步"按钮，进入"分组记录"对话框，如图 9-48 所示。

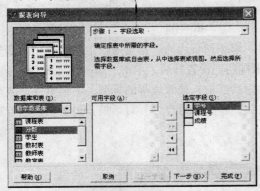

图 9-47 设置好的"字段选取"报表对话框

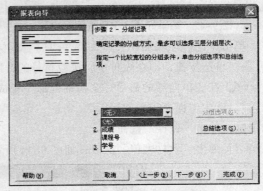

图 9-48 "分组记录"对话框

在该对话框中，主要设置报表中的分组。如，在 1 旁的下拉列表框中选择"课程号"选项，最终生成的报表将按"课程号"分组。

（5）单击"下一步"按钮，选择一种报表样式，向导提供了 5 种样式，本例选择"经营样式"。

（6）单击"下一步"按钮，如图 9-49 所示。

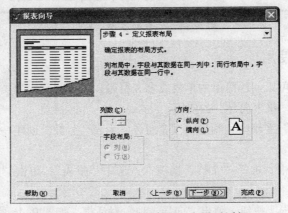

图 9-49 "定义报表布局"向导对话框

该对话框是设置报表布局的样式，是横向还是纵向，本例选择"纵向"。

（7）单击"下一步"按钮，单击中间的"添加"按钮，选中"升序"单选按钮，即生成的报表按"学号"升序排列，如图 9-50 所示。

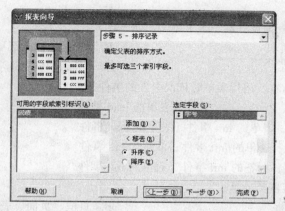

图 9-50　设置好的"排序记录"向导对话框

（8）单击"下一步"按钮，进入"完成"对话框。输入报表标题"分数报表"，选中"保存报表以备将来使用"，单击"完成"按钮，弹出"另存为"对话框，为报表选择一个地方，单击"保存"按钮。

（9）在项目管理器中的"文档"选项卡中，选中"分数报表"，单击"预览"按钮，如图 9-51 所示。

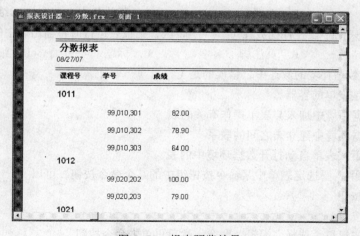

图 9-51　报表预览效果

9.4　本章小结

本章主要介绍了 Visual FoxPro 项目管理器、设计器和向导的具体使用。在 Visual FoxPro 中，实现一个操作，可以有多种方法，本章在介绍时，主要从菜单操作、命令交互和程序执行等方面来阐述，使用时，读者可以根据自己的喜好来选择。

习 题 9

一、选择题

1. "视图设计器"比"查询设计器"多了（　　　　）。
   A. "更新条件"选项卡
   B. "查询去向"选项卡
   C. "联接"选项卡
   D. "分组依据"选项卡

2. 表单中只包含一个标签，运行表单时依次引发的事件是（　　　　）。
   A. 表单的 init 事件、标签的 init 事件、表单的 load 事件
   B. 标签的 init 事件、表单的 init 事件、表单的 load 事件
   C. 表单的 load 事件、表单的 init 事件、标签的 init 事件
   D. 表单的 load 事件、标签的 init 事件、表单的 init 事件

3. 下列控件组中全是容器类的是（　　　　）。
   A. 表格、列、文本框
   B. 页框、页面、表格
   C. 列表框、下拉列表框
   D. 表单、命令按钮、OLE 控件

4. 默认情况下，报表设计器显示的带区有（　　　　）。
   A. 标题
   B. 页标头
   C. 页注脚
   D. 细节（内容）

5. 在项目管理器的（　　　　）选项卡下管理菜单。
   A. "菜单"
   B. "文档"
   C. "其他"
   D. "代码"

6. 在菜单设计器中，要为某个菜单项定义一个快捷键（如【Alt+P】），要在（　　　　）中定义。
   A. 菜单级
   B. 选项
   C. 菜单名称
   D. 结果

7. 报表设计时将表的字段控件摆放在（　　　　）带区，则报表运行时将输出表中的每条记录。
   A. 页标头
   B. 页注脚
   C. 标题
   D. 细节

8. 下列有关表单数据环境的叙述中，错误的是（　　　　）。
   A. 数据环境是表单的容器
   B. 可以在数据环境中加入与表单操作有关的表
   C. 可以在数据环境中建立表之间的联系
   D. 默认情况下，表单自动打开数据环境中的表

9. 在表单设计器中，要选定表单中某命令按钮组中的某个命令按钮，可以（　　　　）。
   A. 单击命令按钮
   B. 双击命令按钮
   C. 右击命令按钮组，选择"编辑"命令，然后再单击命令按钮
   D. 以上 B 和 C 都可以

10. 决定微调控件最大值的属性是（　　　　）。
    A. Keyboardhighvalue
    B. Value
    C. Keyboardlowvalue
    D. Interval

二、填空题

1. 查询文件中保存的内容是_____。

2. 在查询设计器中如果要将查询的运行结果保存在一个表中，"查询去向"应该选择_____。

第 10 章

Visual FoxPro 程序设计基础

Visual FoxPro 的工作方式有两种：交互方式和程序方式。其中交互方式又有两种：一是命令方式，即利用命令窗口来实现，在命令窗口中输入各种命令，可实现对数据库的各种操作；二是菜单方式，即在 Visual FoxPro 环境下，用户可以通过系统提供的菜单实现各种操作，如新建数据库、项目，打开表单设计器等。交互方式只适合简单的基本操作，而且只给熟悉 Visual FoxPro 命令的用户使用，不能适应复杂的操作要求。下面，介绍程序方式。

程序是指能够完成一定任务的命令的有序集合。程序存放在文本文件中，这样的文本文件被称为程序文件或者命令文件，Visual FoxPro 程序文件扩展名为.prg。

10.1　程序文件的建立与运行

Visual FoxPro 的工作方式有两种：交互方式和程序方式。其中交互方式又有两种：一是命令方式，即利用"命令"窗口来实现，在"命令"窗口中输入各种命令，可实现对数据库的各种操作。二是菜单方式，即在 Visual FoxPro 环境下，用户可以通过系统提供的菜单实现各种操作，如新建数据库、项目、打开表单设计器等。交互方式只适合简单的基本操作，而且只给熟悉 Visual FoxPro 命令的用户使用，不能适应复杂的操作要求。

程序是指能够完成一定任务的命令的有序集合。程序存放在文本文件中，这样的文本文件被称为程序文件或者命令文件，Visual FoxPro 的程序文件扩展名为.prg。

10.1.1　程序文件的建立与编辑

程序文件的建立和编辑有 3 种方法：

1. 命令方式建立与编辑程序文件

格式：MODIFY COMMAND 程序文件名 [.prg]

2. 以菜单方式建立与编辑程序文件

选择"文件"菜单中的"新建"命令，在弹出的"新建"对话框中，选中"程序"单选按钮，单击"新建文件"按钮。

3. 以项目管理器方式建立与编辑程序文件

打开"项目管理器"，选择"代码"中的"程序"项，单击"新建"按钮。

保存程序文件可以选择"文件"菜单中的"保存"命令，或单击工具栏上的"保存"图标按钮，或按【Ctrl+W】组合键，然后在"另存为"对话框中指定程序文件的存放位置和文件名，并单击"保存"按钮。

此外，还可以利用建立、编辑文本文件的其他工具软件来建立程序文件，但是建议读者最好用项目管理器来建立程序文件。

10.1.2　程序文件的运行

对建立好的程序文件可以用多种方式来多次执行它。下面是 4 种常用的方式。

1. 菜单方式

（1）选择"程序"菜单中的"运行"命令，弹出"运行"对话框。

（2）从"文件"列表中选择要运行的程序文件，并单击"运行"按钮。

2. 命令方式

在"命令"窗口中使用"DO"命令：DO 文件名[.prg]。

3. 项目管理器方式

打开"项目管理器"，选择"代码"中的"程序"中要运行的程序，单击"运行"按钮。

4. 程序调用

在程序中要调用某一程序，使用"DO"命令：DO 文件名[.prg]。

10.1.3　程序的终止运行

当程序文件被执行时，文件中包含的命令将被依次执行，直到所有的命令被执行完毕，或者执行到以下命令改变执行状态。

（1）CANCEL：终止程序运行，清除内存变量，返回"命令"窗口，这是早期版本的方法。

（2）RETURN：结束当前程序的执行，返回到调用它的上级程序，若无上级程序，则返回到"命令"窗口。

（3）QUIT：退出 Visual FoxPro 系统，返回到操作系统。

（4）RELEASE：表单程序结束语句，在 Visual FoxPro 中，CANCEL 语句不能终止表单的运行，要终止表单的运行，可用 RELEASE 语句或者 Release 方法。

① RELEASE 命令语句的格式为 RELEASE<Thisform>。

② Release 方法的格式为<Thisform | ThisformSet>.Release。

10.1.4　程序的书写规则

程序的书写规则：命令分行：命令都以回车键结尾，一行只能写一条命令，若写不下，可在未写完的本行末尾添加一个分号";"作为下一行的继行标志。

程序注释语句如下：

（1）程序注释语句 NOTE/*：对程序的结构或功能进行注释。

程序执行时，将跨过注释语句，不作任何操作。

（2）程序注释语句&&：在语句行末尾注释，对当前语句进行说明。

程序执行时，对&&后面的注释不作任何操作。

【例 10.1】编写一个计算半径为 10m 的圆的周长和面积的程序，程序文件名为 ls1.prg。

先在"命令"窗口中输入如下命名，如图 10-1 所示。

```
MODIFY  COMMAND  ls1.prg
```

然后可以在以上命令执行后打开的文本编辑窗口中输入如下程序。

```
R=10
L=2*3.14*R          &&计算周长
S=3.14*R^2          &&计算面积
?L,S                &&输出周长和面积
```

关闭窗口提示保存，选择"程序"菜单中的"运行"命令或者在"命令"窗口中输入"DO ls1.prg"，即可看到运行结果，如图 10-2 所示。

图 10-1　输入命令

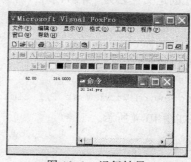

图 10-2　运行结果

10.2　简单的输入/输出命令

一个程序一般包含数据输入、数据处理和数据输出 3 个部分。数据的输入和输出代码设计是编写许多程序都要面临的工作。

1. 数据接收语句　INPUT

格式：INPUT [<字符表达式>] TO <内存变量>

功能：将键盘输入的数据赋给由<内存变量>指定的内存变量。

说明：从键盘输入的数据可以是常量、变量或表达式，数据类型可以是除备注型和通用型外的所有类型。

【例 10.2】编写一个能计算任意半径的圆的周长和面积的程序，程序文件名为 ls2.prg。

先在"命令"窗口中输入如下命令。

```
MODIFY  COMMAND  LS2
```

然后在以上命令执行后打开的文本编辑窗口中输入如下程序。

```
Input "请输入半径:" to r
```

```
L=2*3.14*r          &&计算周长
S=3.14*r^2          &&计算面积
? "半径为: "+alltrim(str(r)) + "的圆的面积和
周长如下: "
?l,s                &&输出周长和面积
```

再在"命令"窗口中输入如下命令。

```
DO SL2
```

程序的运行结果如图 10-3 所示。

图 10-3　程序的运行结果

2. 单字符接收语句　WAIT

格式：WAIT [<字符表达式>]　[TO <内存变量>]

　　　　[WINDOW [AT <行坐标，列坐标>]]　[NOWAIT]

　　　　[NOCLEAR][TIMEOUT <秒数>]

功能：将键盘输入的数据赋给由<内存变量>指定的内存变量。

说明：从键盘输入的数据只能是一个单字符常量。

【例 10.3】创建文件名为"WAIT.prg"的文件，在(1,1)坐标处用 WAIT 语句显示信息"你好"两秒钟。

代码如下。

```
Gcsomeword="你好"
Gnseconds=2
Wait gcsomeword window at 1,1 timeout gnseconds
```

运行结果如图 10-4 所示。

图 10-4　运行结果

3. 文本输出命令

格式：

```
TEXT
<文本信息>
ENDTEXT
```

功能：将文本信息内容原样输出。

注：TEXT 与 ENDTEXT 必须成对出现。

【例 10.4】用文本输出命令显示名称，程序文件名为 TEXT.prg。

代码如下。

```
    CLEAR
    TEXT
学生管理系统
设计：某某
    ENDTEXT
```

保存后，运行结果如图 10-5 所示。

图 10-5　运行结果

10.3　程序设计的基本结构

计算机程序是由若干条语句组成的语句序列，但是程序的执行并不一定按照语句序列的书写顺序，程序中语句的执行顺序称为"程序结构"。Visual FoxPro 提供 3 种基本控制结构：顺序结构，选择结构和循环结构。这 3 种结构是进行结构化程序设计的基础。

10.3.1　顺序结构

定义：顺序结构的程序执行是按其语句的排列先后顺序执行，即从程序的第一条语句开始，依次执行下面的语句，直到最后一条语句为止。这也是最简单、最基本的程序控制结构。

【例 10.5】令 *a* 和 *b* 分别为 2 和 3，*c* 等于 *a* 乘以 *b*，计算 *c* 并打印 *c* 的值。

创建程序文件名为 1.prg 的程序文件，输入程序代码如下。

```
a=2
b=3
c=a*b
?c
```

保存程序并运行，结果如图 10-6 所示。

图 10-6　运行结果

10.3.2　选择结构

定义：选择结构是根据条件的测试结果执行不同的操作。Visual FoxPro 中有两条命令实现条件分支：二路选择分支结构（IF…ENDIF）和多路选择分支结构（DO CASE … ENDASE）。

1．二路选择分支结构

格式：
```
IF < 条件表达式> [ THEN ]
    < 语句系列 1>
    [ ELSE
< 语句系列 2>]
       ENDIF
```

功能：当< 条件表达式 >的值为真时，执行< 语句系列 1>；否则执行< 语句系列 2>。如果没有 ELSE 的子句，则当< 条件表达式 >的值为假时，不进行任何操作。

说明：IF 和 ENDIF 必须配对使用。

【例 10.6】从键盘输入一个正整数，判断其是否为偶数。

创建程序文件名为 2.prg 的程序文件，输入程序代码如下。

```
SET TALK OFF
clear
INPUT "请输入一个正整数:" TO X
IF INT(X/2)=X/2
  ?X,"为偶数!"
ELSE
```

```
    ?X,"为奇数!"
ENDIF
SET TALK ON
```

保存程序并运行，输入数字"23"，运行结果如图 10-7
所示。

【例 10.7】根据输入 X 的值，计算下面分段函数的值，
并显示结果。

创建程序文件名为 3.prg 的程序文件，输入程序代码如
下。

```
SET TALK OFF
CLEAR
INPUT "X=" TO X
IF X>0
    IF X>10
        Y=X*X+1
    ELSE
        Y=3*X*X-2*X+1
    ENDIF
ELSE
    Y=X*X+4*X-1
ENDIF
?"分段函数值为: "+STR(Y,10,2)
SET TALK ON
RETURN
```

保存程序，运行，输入数字 23，结果如图 10-8 所示。

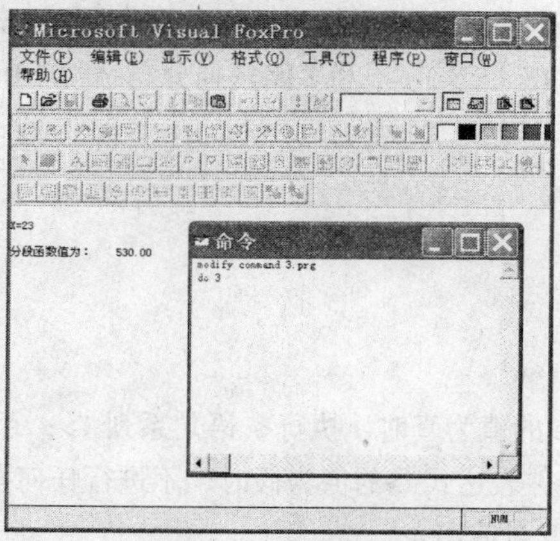

图 10-7　运行结果

图 10-8　运行结果

2. IIF( )判断选择函数

Visual FoxPro 中有一个函数，它能够先进行条件判断，然后决定返回其值。它的使用效果比
分支语句更快捷。

格式：IIF（<<条件表达式>，<表达式 1>，<表达式 2>）

功能：若 < 条件表达式 > 的值为.T.，则函数返回 < 表达式 1 > 的值；若 < 条件表达式 > 的值为.F.，函数返回 < 表达式 2 > 的值。

例如：IIF（成绩>=60,"及格", "不及格"）

当成绩 > = 60 时，函数返回"及格"，否则返回"不及格"字符串。

3. 多路选择分支结构

格式：
```
DO   CASE
     CASE    < 条件表达式 1 >
             < 语句系列 1 >
     [ CASE  < 条件表达式 2 >
             < 语句系列 2 >
             …
     CASE    < 条件表达式 n >
             < 语句系列 n > ]
             [OTHERWISE
             < 语句系列 n+1 > ]
     ENDCASE
```

功能：依次判断< 条件表达式 1 >，当值为真时执行对应的< 语句系列 1 >；当所有< 条件表达式 >的值为假时，执行 OTHERWISE 下面的< 语句系列 N+1 >。

说明：DO　CASE 和 ENDCASE 必须配对使用。

【例 10.8】用 DO CASE 语句修改上例计算分段函数的例子。

创建程序文件名为 4.prg 的程序文件，输入程序代码如下。

```
SET TALK OFF
CLEAR
INPUT "X=" TO  X
DO CASE
    CASE X<=0
        Y=X*X+4*X-1
    CASE X>0.AND.X<=10
        Y=3*X*X-2*X+1
    CASE X>10
        Y=X*X+1
ENDCASE
?"分段函数值为: "+STR(Y,10,2)
SET TALK ON
RETURN
```

保存程序并运行，输入数字"23"，结果如图 10-9 所示。

图 10-9　运行结果

10.3.3　循环结构

定义：循环结构是指根据问题的需要任意次地重复执行一行或多行语句。具体地说就是某些语句在某一条件成立时，需要重复执行，直到条件不成立时，才结束重复执行。循环结构要特别注意的是，在重复执行语句的过程中，要有控制条件的语句，以避免出现死循环现象。在 Visual FoxPro 中有 3 种循环语句。

```
DO   WHILE … ENDDO
```

```
SCAN … ENDSCAN
FOR … ENDFOR
```

1. DO WHILE … ENDDO

格式：DO WHILE ＜ 条件表达式 ＞

＜ 语句序列 ＞

```
        ＜ EXIT ＞
        ＜ LOOP ＞
    ENDDO
```

功能：当＜条件表达式＞的值为真时，重复执行 DO WHILE … ENDDO 之间的＜ 语句序列 ＞，直到＜条件表达式＞的值为假时结束。

任选项说明如下。

① EXIT：结束当前循环操作，跳到 ENDDO 后面的语句。

② LOOP：跳过 LOOP 后面的语句，直接回到循环起始语句 DO WHILE。

在语句序列中，还可以出现 IF 语句或 CASE 语句或 WHILE 语句——WHILE 语句的嵌套。

说明：

① 循环体可以包含合法的任何语句，特别是还可以包含另外一个循环语句，称为循环的嵌套。每一个 DO WHILE 必须与一个 ENDDO 对应。内、外循环不能交叉。

② 循环体中若有 EXIT 语句，当执行到该语句时，将无条件地跳出所在的循环，执行 ENDDO 后面的各语句；当执行到 LOOP 时（假如有的话），立即返回到本循环的 DO WHILE 处，再判断条件表达式的值以便决定是跳出循环还是执行循环体。

③ 在循环体中，必须要有改变条件表达式条件的语句，使得总有一刻，其值为.F.，或有 EXIT 语句退出循环，否则将形成无限循环（俗称"死循环"）。利用 DO WHILE 循环可以实现对多种情况进行控制。常见的有 3 种情况。

（1）固定次数的循环

格式：

```
DO  WHILE  N<=M
        ＜ 语句序列 ＞
        N=N+X
ENDDO
```

其中：*N*=初值 （通常为 1）；*M*=终值；*X* 为步长。

功能：通过对循环变量 *N* 进行顺计数并与 *M* 相比较的方法完成循环操作。

【例 10.9】计算 1+3+5+7+9+…+99 的值并输出。

创建程序文件名为 5.prg 的程序文件，输入程序代码如下。

```
SET TALK OFF
CLEAR
s=0
i=1
DO WHILE i<=99
    s=s+i
    i=i+2
ENDDO
? "1+3+5+7+…+99=",S
SET TALK ON
```

保存程序并运行，如图 10-10 所示。

（2）循环次数不确定的循环

格式：

```
DO  WHILE  .T.
    < 语句序列 >
        IF  < 条件表达式 >
            EXIT
        ENDIF
    ENDDO
```

功能：循环条件永远为真，只有满足 IF 语句的< 条件表达式 >，才跳出循环。

说明：在这种使用方法中，EXIT 选项是不可缺少的，且必须和 IF 语句连用。

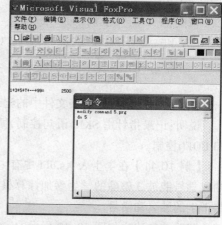

图 10-10　运行结果

【例 10.10】将前 N 个自然数中的完全平方数进行累加，当累加之和超过 100 时停止累加。要求程序显示每次的累加和。

创建程序文件名为 6.prg 的程序文件，输入程序代码如下。

```
SET TALK OFF
CLEAR
STORE 0 TO I, M
DO WHILE .T.
IF M>100
EXIT
ELSE
   M=M+I^2
ENDIF
? "完全平方数累加和: "+STR (M, 6)
   I=I+1
ENDDO
SET TALK ON
```

保存程序并运行，结果如图 10-11 所示。

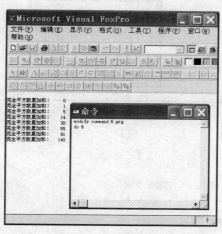

图 10-11　运行结果

（3）用记录指针控制循环

格式：

```
DO WHILE .NOT. EOF( ) (BOF( ) )
        < 命令序列 >
        SKIP ( SKIP-1 )
        ENDDO
```

功能：对当前打开的表文件中的记录自上而下或自下而上地逐条进行操作。

说明：记录指针由 SKIP 语句控制，循环结束的条件由函数 EOF() 和 BOF() 控制。

【例 10.11】在学生表 Xs.dbf 中有"学号"字段（N，6）。现要抽取学号能被 3 整除的学生参加计算机竞赛，要求在屏幕上显示这些学生的姓名和学号。

图 10-12 表格 Xs.dbf

实验前先建立如图 10-12 所示的表格 Xs.dbf。

创建程序文件名为 7.prg 的程序文件，输入程序代码如下。

```
SET TALK OFF
CLEAR
USE XS
DO WHILE .NOT. EOF()
    IF MOD(学号，3)=0
  ? 姓名,学号
    ENDIF
  SKIP
ENDDO
USE
SET TALK ON
```

保存程序并运行，结果如图 10-13 所示。

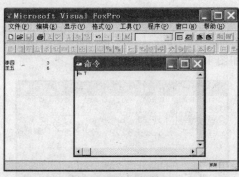

图 10-13 运行结果

2．FOR 循环程序设计

格式：

```
FOR 循环变量=初值 TO 终值 [ STEP 步长 ]
        < 语句系列 >
        [ EXIT ]
        [ LOOP]
    ENDFOR / NEXT
```

功能：当循环变量的值不大于终值时，执行循环操作。每循环一次，循环变量的值自动递增一个步长值。

说明：（1）循环变量为任意一个内存变量，不需要事先定义。

（2）初值、终值、步长均为一个数值表达式，其值可为正或负或小数。

（3）若不选[STEP 步长]选项，则递增步长为 1。

（4）[LOOP]选项实现循环短路操作，[EXIT] 选项实现结束当前循环操作。

（5）ENDFOR 和 NEXT 二者等价，只能选择其中之一。

【例 10.12】求 1 000 之内的所有偶数之和。

创建程序文件名为 8.prg 的程序文件，输入程序代码如下。

```
SET TALK OFF
CLEAR
S=0
FOR I=0 TO 1000 STEP 2
    S=S+I
NEXT
? "1000 之内所有偶数之和为", S
SET TALK ON
RETURN
```

保存程序并运行，结果如图 10-14 所示。

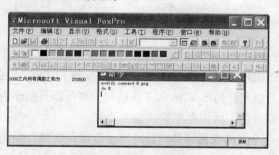

图 10-14　运行结果

3. SCAN … ENDSCAN

格式：

```
SCAN  [ NOOPTIMIZE ]  [ 范围 ]
[ FOR<条件表达式 1> ][WHILE<条件表达式 2>]
        < 语句序列 >
        [ EXIT ]
        [ LOOP ]
ENDSCAN
```

功能：对当前打开的表文件在指定范围，满足条件的记录中进行自上而下逐个扫描操作，随着记录指针的移动，SCAN 循环允许对指定的每条记录执行相同的< 语句序列 >操作。

说明：SCAN 循环能自动移动指针，按条件指定记录，避免在循环体内重复执行表文件查询命令。用 DO WHILE 循环也可以实现对表文件的逐个扫描操作，但它需要借助函数 BOF( )或 EOF( )测试状态，用 SKIP 命令移动指针，不如 SCAN 循环方便。

【例 10.13】 分别统计学生表中男生和女生的人数。

创建程序文件名为 9.prg 的程序文件，输入程序代码如下。

```
USE xs
STORE 0 TO X, Y
SCAN
  IF 性别
    X=X+1
  ELSE
    Y=Y+1
  ENDIF
ENDSCAN
? "男生人数",X,"女生人数",Y
USE
```

保存程序并运行，结果如图 10-15 所示。

图 10-15 运行结果

使用循环语句时应注意以下几点。

（1）DO WHILE 和 ENDDO、FOR 和 ENDFOR、SCAN 和 ENDSCAN 必须配对使用。

（2）〈命令行序列〉可以是任何 FoxPro 命令或语句，也可以是循环语句，即可以为多重循环。

（3）〈循环变量〉应是数值型的内存变量或数组元素。

（4）EXIT 和 LOOP 命令嵌入在循环体内，可以改变循环次数，但是不能单独使用。EXIT 的功能是跳出循环，转去执行 ENDDO、ENDFOR、ENDSCAN 后面的第一条命令；LOOP 的功能是转回到循环的开始处，重新对"条件"进行判断，相当于执行了一次 ENDDO、ENDFOR、ENDSCAN 命令，它可以改变〈命令行序列〉中部分命令的执行次数。EXIT、LOOP 可以出现在〈命令行序列〉的任意位置。

10.4　模块化程序设计

子程序作为一个相对独立的程序段，可以独立地完成一项任务，同时又与其他程序产生关联，既可以被其他程序调用，又可以调用其他的子程序。

10.4.1　过程与模块

1. 子程序的结构

（1）格式

```
Return [To Master|To <过程名>]
```

（2）说明

当程序执行到 Return 语句时，将结束一个程序、子程序或自定义函数的执行，并返回到子程序的调用者（省略 To 子句）、最高层主程序（To Master）、指定的程序（To <过程名>）。在最高一级的主程序中执行 Return 语句时，将返回到 Visual FoxPro。

2．子程序的调用

（1）格式

Do <程序文件名>|<过程名> [With <参数表>]

（2）说明

Do 语句所调用的可以是以独立的程序文件存在的子程序<程序文件名>，也可以是包含在过程文件内的子程序<过程名>；<参数表>子句指定传递到程序或过程的参数。

3．子程序的嵌套使用

子程序的嵌套使用如图 10-16 所示。

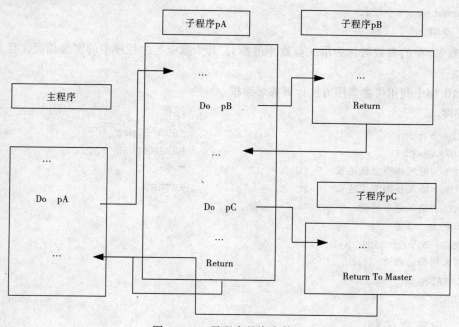

图 10-16　子程序的嵌套使用

4．过程与过程文件

（1）命令格式一

```
Procedure <过程名>
  <命令序列>
Return
```

说明：创建过程文件与创建程序文件的方法完全相同，文件的扩展名也是.prg。过程文件就是由一对或多对 Procedure…Return 组合而成的。

（2）命令格式二

```
Set Procedure To [<过程文件 1>[,<过程文件 2>…]] [Additive]
```

说明：命令格式中"<过程文件 1>、<过程文件 2>…"是指利用 Set Procedure 可以同时打开多个过程文件；如果包含[Additive]子句，将保留原来已打开的过程文件，否则，将首先关闭内存中原有的过程文件，再打开指定的过程文件。

10.4.2 过程的带参调用

1. 带参过程调用命令

（1）格式

Do <过程名> With <表达式表>

（2）说明

含有参数传递的子程序调用与程序执行方法相同，在其后加上 With 子句即可。

2. 接收参数命令

（1）格式

Parameters <参数表>

（2）说明

<参数表>中的参数被称为形式参数（形参），其个数应与主程序中的实参相同，且是一一对应的。

【例 10.14】利用带参调用方法计算梯形面积。

主程序

```
*MAIN_5.prg
SET TALK OFF
INPUT "输入梯形上底边长: " TO A
INPUT "输入梯形下底边长: " TO B
INPUT "输入梯形的高: " TO H
STORE 0 TO S
DO SUB_5.prg WITH A+B,H,S
?"所求梯形面积为: ",S
SET TALK ON
RETURN
```

过程

```
*SUB_5.prg
PARAMETERS P,Q,T
T=P*Q/2
RETURN
```

10.4.3 自定义函数

自定义函数是由用户定义的特殊过程，它具有函数特征，能够返回一个值到调用程序。自定义函数可以以程序文件形式独立存储在磁盘上，也可以存储在过程文件中。

1. 自定义函数在过程文件中的存在形式

```
FUNCTION  自定义函数名
    PARAMETERS<变量表达式>
    [语句序列]
    RETURN <表达式>
ENDFUNC
```

2. 自定义函数调用与参数传送

（1）自定义函数的调用

格式：自定义函数名（[<参数表达式列表>]）

（2）参数传送

自定义函数调用与参数传送既可以用传值的方式，也可以用引用的方式。

【例 10.15】计算圆面积。

```
SET TALK OFF
CLEAR
INPUT "请输入圆的半径:" TO R
? "圆的面积为:",AREA(R)
SET TALK ON

FUNCTION  AREA        && 计算面积的函数
PARAMETER   X         && 形参说明
RETURN (3.1416*X**2)
```

10.4.4　内存变量的作用域

1. 全局变量

命令格式：

Public <内存变量表>

Public [Array] <数组 1>(<下标 11>[,<下标 12>]) [,<数组 2>(<下标 21>[,<下标 22>]) …]

说明：两种语句格式分别用于定义普通内存变量和数组，在使用时也可以将两者结合起来，在一个 Public 语句中同时声明普通内存变量和数组为全局变量。

（1）当定义多个变量时，各变量名之间用逗号隔开。

（2）用 Public 语句定义过的内存变量，在程序执行期间可以在任何层次的程序模块中使用。

（3）变量定义语句要放在使用此变量的语句之前，否则会出错。

（4）任何已经定义为全局变量的变量，可以用 Public 语句再定义，但不允许重新定义为局部变量。

（5）使用全局变量可以增强模块间的通信，但会降低模块间的独立性。

【例 10.16】在过程调用中，运用全局变量传递数据。

主程序	过程
*MAIN_3.prg	*SUB_3.prg
SET TALK OFF	PUBLIC B,C
CLEAR	B=2
PUBLIC A	D=3
A=1	?"在过程中: A, B, C, D=",A,B,C,D
DO SUB_3	RETURN
?"返回主程序: A, B, C, D=",A,B,C,D	
SET TALK ON	

2. 局部变量

命令格式：

Private <内存变量表>

```
Private [Array] <数组 1>(<下标 11>[,<下标 12>])[,<数组 2>(<下标 21>[,<下标 22>])…]
Private  All [Like|Except <框架>]
```

说明：前两种格式分别用于定义普通内存变量和数组，在一个 Private 语句中同时声明普通内存变量和数组为局部变量。第三种格式是声明内存变量名具有或不具有某一类特殊字符的内存变量为局部变量，其中的<框架>是指声明的变量名中含有通配符"*"或"?"字符的内存变量名。

（1）用 Private 语句说明的内存变量，只能在本程序及其下属过程中使用，退出程序时，变量自动释放。

（2）用 Private 语句在过程中说明的局部变量，可以与上层调用程序出现的内存变量同名，但它们是不同的变量，在执行被调用过程期间，上层过程中的同名变量将被隐藏。

【例 10.17】在过程调用中局部变量的应用。

```
*主程序 MAIN_4.prg
SET TALK OFF
A=1
B=2
?"主程序中：A=",A,"B=",B
DO SUB_4
?"返主程序后：A=",A,"B=",B,"C=",C,"D=",D
SET TALK ON
*过程 SUB_4.prg
PRIVATE B
PUBLIC C
A=10
B=11
C=12
D=13
?"在过程中：A=",A,"B=",B,"C=",C,"D=",D
RETURN
```

3. 本地变量

命令格式：

```
Local <内存变量表>
Local [Array] <数组 1>(<下标 11>[,<下标 12>])[,<数组 2>(<下标 21>[,<下标 22>])…]
```

4. 内存变量作用域与数据传递

（1）主程序中使用的全局型和局部型的内存变量，子程序中不作任何声明，在子程序中修改了它们的值并带回到主程序中。

（2）主程序中使用的全局型和局部型的内存变量，子程序中又声明同名的局部型内存变量，尽管名称相同，仍将被视为不同的变量。

（3）子程序中声明的全局变量，在返回主程序时不从内存中释放，变量及其值在主程序中可以继续使用。

（4）主程序中使用的本地变量，在子程序中不能使用。子程序中声明的局部变量和本地变量，在程序返回主程序时从内存中释放，不能在主程序中使用它们。

10.5　本　章　小　结

本章主要介绍了 Visual ForPro 的结构化程序设计基础、算法表示和 3 种控制结构，以及模块化程序设计方法中的过程调用、自定义函数等。

面向过程程序设计的 3 种基本控制结构：顺序结构、选择结构和循环结构是本章的重点内容。本章的难点在于掌握程序工作方式下内存变量及参数的使用。

习　题　10

一、选择题

1. Visual FoxPro 中的 DOCASE…ENDCASE 语句属于（　　　）。
   A. 顺序结构　　　　　　　　　　　　　　B. 循环结构
   C. 分支结构　　　　　　　　　　　　　　D. 模块结构

2. 设某 Visual FoxPro 程序中有 PROGl.prg、PROG2.prg、PROG3.prg 三层程序依次嵌套，下面叙述中正确的是（　　　）。
   A. 在 PROGl.prg 中用 RUN PROG2.prg 语句可以调用 PROG2.prg 子程序
   B. 在 PROG2.prg 中用 RUN PROG3.prg 语句可以调用 PROG3.prg 子程序
   C. 在 PROG3.prg 中用 RETURN 语句可以返回 PROG1.prg 主程序
   D. 在 PROG3.prg 中用 RETURN TO MASTER 语句可返回 PROG1.prg 主程序

3. 在程序中，可以终止程序执行并返回到 Visual FoxPro "命令" 窗口的命令是（　　　）。
   A. EXIT　　　　　　B. QUIT　　　　　　C. BYE　　　　　　D. CANCEL

4. 运行如下程序后，显示的 M 值是（　　　）。
```
SET TALK OFF
M=0
N=0
DO WHILE N>M
M=M+N
N=N-10

ENDDO
?M
RETURN
```
   A. 0　　　　　　　　B. 10　　　　　　　C. 100　　　　　　D. 99

5. 有如下程序。
```
**主程序 PROG.prg   **子程序 PROG11.prg
SET TALK OFF       N1=N1+'200'
N1='12'            RETURN
?N1
DO PROG1
?N1
RETURN
```

用命令 DO PROG 运行程序后，屏幕显示的结果为（　　　　）。

A. 12
　　200

B. 12
　　212

C. 12
　　12 200

D. 12
　　12

6. 下面叙述中正确的是（　　　　）。

A. 在"命令"窗口中被赋值的变量均为局部变量

B. 在"命令"窗口中说明的变量均为私有变量

C. 在被调用的下级程序中用 Public 命令说明的变量均为全局变量

D. 在程序中用 Private 命令说明的变量均为局部变量

7. 用于声明某变量为全局变量的命令是（　　　　）。

A. Private　　　　　B. Parameters　　　　　C. Public　　　　　D. With

8. 在程序中不需要使用 Public 命令声明，可直接使用的内存变量是（　　　　）。

A. 局部变量　　　　B. 公共变量　　　　　C. 私有变量　　　　D. 全局变量

9. 在 SAY 语句中，GET 子句的变量必须用（　　　）命令激活。

A. ACCEPT　　　　B. INPUT　　　　　C. READ　　　　　D. WAIT

10. 如果将过程或函数放在过程文件中，则可以在应用程序中使用（　　　）命令打开过程文件。

A. SET PROCEDURE TO <文件名>

B. SET FUNCTION TO <文件名>

C. SET PROGRAM TO <文件名>

D. SET ROUTINE TO <文件名>

二、填空题

1. 在 Visual FoxPro 程序中，注释行使用的符号是_____。

2. 在 Visual FoxPro 循环程序设计中，在指定范围内扫描表文件，查找满足条件的记录并执行循环体中的操作命令，应该使用的循环语句是_____。

3. 下面的程序功能是完成工资查询，请填空。

```
CLEAR
CLOSE ALL
USE employee
ACCEPT "请输入职工号: " TO num
LOCATE FOR 职工号=num
IF _____
DISPLAY 姓名,工资
ELSE
?"职工号输入错误!"
ENDIF
USE
```

4. 为以下程序填上适当的语句，使之成为接收到从键盘输入的 Y 或 N 才退出循环的程序。

```
DO WHILE.T.
WAIT '输入Y/N' TO yn
IF((UPPER(yn)<>'Y').AND.(UPPER(yn)<>'N')
_____
```

```
    ELSE
    EXIT
    ENDIF
ENDDO
```

5. 下列程序用于在屏幕上显示一个由 "*" 组成的三角形（图形如下），请填空。

```
*
***
*****
*******
CLEAR
X=1
Y=10
DO WHILE X<=4
    S=1
    DO WHILE S<=X
      @X,Y SAY "*"
      Y=Y+1
      S=S+1
    ENDDO
    Y=10
    _____
ENDDO
```

三、实验题

1. 从键盘上输入等边三角形的边长，求三角形的周长和面积。

2. 输入一个学生成绩，当成绩≥90 时，输出 "Very good"；当 80≤成绩＜90 时，输出 "Good"；当 60≤成绩＜80 时，输出 "Passed"；当成绩＜60 时，输出 "Failed"。

3. 用循环语句输出乘法口诀的下半三角形，形如：

1×1=1

2×1=2　　2×2=4

3×1=3　　3×2=6　　3×3=9

4×1=4　　4×2=8　　4×3=12　　4×4=16

…

9×1=9　　9×2=18　　9×3=27　　9×4=36　　9×5=45　　9×6=54　　9×7=63　　9×8=72　　9×9=81

参 考 文 献

［1］黎能武. Visual FoxPro 6.0 程序设计教程. 北京：中国水利水电出版社，2001.

［2］黄崇本. 数据库技术与应用：Visual FoxPro 6.0 篇. 北京：人民邮电出版社，2003.

［3］鄂大伟. Visual FoxPro 6.0 程序设计与应用教程.2 版. 厦门：厦门大学出版社，2007.

［4］李禹生，等. Visual FoxPro 数据库应用系统设计. 北京：高等教育出版社，2006.

［5］章立民. Visual FoxPro 6.0 程序设计与应用. 北京：中国铁道出版社，2003.

［6］杨文元. Visual FoxPro 程序设计实训教程. 厦门：厦门大学出版社，2004.

［7］成昊，王诚君. Visual FoxPro 程序设计教程. 北京：科学出版社，2006.

［8］《全国计算机等级考试教程》丛书编委会. Visual FoxPro 数据库程序设计. 北京：电子工业出版社，2005.

［9］李正凡. Visual FoxPro 程序设计基础教程.2 版. 北京：中国水利水电出版社，2007.

附录 A

Visual FoxPro 数据库程序设计试卷套题（一）

（考试时间 90 分钟，满分 100 分）

一、选择题（每小题 2 分，共 70 分，下列各题 A、B、C、D 四个选项中，只有一个选项是正确的。）

1. 下列选项中不属于结构化程序设计方法的是（　　）。
   A. 自顶向下　　　　　　B. 逐步求精　　　　　C. 模块化　　　　　D. 可复用

2. 两个或两个以上模块之间关联的紧密程度称为（　　）。
   A. 耦合度　　　　　　　　　　　　　　　B. 内聚度
   C. 复杂度　　　　　　　　　　　　　　　D. 数据传输特性

3. 下列叙述中正确的是（　　）。
   A. 软件测试应该由程序开发者来完成
   B. 程序经调试后一般不需要再测试
   C. 软件维护只包括对程序代码的维护
   D. 以上 3 种说法都不对

4. 按照"后进先出"原则组织数据的数据结构是（　　）。
   A. 队列　　　　　　　B. 栈　　　　　　C. 双向链表　　　　D. 二叉树

5. 下列叙述中正确的是（　　）。
   A. 线性链表是线性表的链式存储结构
   B. 栈与队列是非线性结构
   C. 双向链表是非线性结构
   D. 只有根结点的二叉树是线性结构

6. 对如图 A-1 所示的二叉树进行后序遍历的结果为（　　）。
   A. *ABCDEF*　　　　　　B. *DBEAFC*
   C. *ABDECF*　　　　　　D. *DEBFCA*

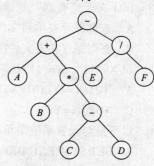

图 A-1　二叉树

7. 在深度为 7 的满二叉树中，叶子结点的个数为（   ）。

    A. 32   B. 31   C. 64   D. 63

8. "商品"与"顾客"两个实体集之间的联系一般是（   ）。

    A. 一对一   B. 一对多   C. 多对一   D. 多对多

9. 在 E-R 图中，用来表示实体的图形是（   ）。

    A. 矩形   B. 椭圆形   C. 菱形   D. 三角形

10. 数据库 DB、数据库系统 DBS、数据库管理系统 DBMS 之间的关系是（   ）。

    A. DB 包含 DBS 和 DBMS   B. DBMS 包含 DB 和 DBS

    C. DBS 包含 DB 和 DBMS   D. 没有任何关系

11. 在 Visual FoxPro 中以下叙述错误的是（   ）。

    A. 关系也被称作表   B. 数据库文件不存储用户数据

    C. 表文件的扩展名是.dbf   D. 多个表存储在一个物理文件中

12. 扩展名为.scx 的文件是（   ）。

    A. 备注文件   B. 项目文件

    C. 表单文件   D. 菜单文件

13. 表格控件的数据源可以是（   ）。

    A. 视图   B. 表

    C. SQL SELECT 语句   D. 以上 3 种都可以

14. 在 Visual FoxPro 中以下叙述正确的是（   ）。

    A. 利用视图可以修改数据   B. 利用查询可以修改数据

    C. 查询和视图具有相同的作用   D. 视图可以定义输出去向

15. 在 Visual FoxPro 中可以用 DO 命令执行的文件不包括（   ）。

    A. PRG 文件   B. MPR 文件

    C. FRX 文件   D. QPR 文件

16. 不允许出现重复字段值的索引是（   ）。

    A. 侯选索引和主索引   B. 普通索引和唯一索引

    C. 唯一索引和主索引   D. 唯一索引

17. 在 Visual FoxPro 中，宏替换可以从变量中替换出（   ）。

    A. 字符串   B. 数值   C. 命令   D. 以上 3 种都可能

18. 以下关于"查询"的描述正确的是（   ）。

    A. 查询保存在项目文件中   B. 查询保存在数据库文件中

    C. 查询保存在表文件中   D. 查询保存在查询文件中

19. 设 X="11"，Y="1122"，下列表达式结果为假的是（   ）。

    A. NOT(X==Y)AND(X$Y)   B. NOT(X$Y)OR(X◇Y)

    C. NOT()(>=Y)   D. NOT(XSY)

20. 以下是与设置系统菜单有关的命令，其中错误的是（   ）。

    A. SET SYSMENU DEFAULT   B. SET SYSMENU TO DEFAULT

    C. SET SYSMENU NOSAVE   D. SET SYSMENU SAVE

21. 在下面的 Visual FoxPro 表达式中，运算结果不为逻辑真的是（   ）。

    A. EMPTY(SPACE(0))

    B. LIKE('xy*','xyz')

    C. AT('xy','abcxyz')

    D. ISNULL(.NUILL.)

22. SQL 的数据操作语句不包括（   ）。

    A. INSERT

    B. UPDATE

    C. DELETE

    D. CHANGE

23. 假设表单上有一选项组：●男　○ 女，其中第一个单选按钮"男"被选中，则该选项组的 Value 属性值为（   ）。

    A. .T.

    B. "男"

    C. 1

    D. "男"或 1

24. 打开数据库的命令是（   ）。

    A. USE

    B. USE DATABASE

    C. OPEN

    D. OPEN DATABASE

25. "图书"表中有字符型字段"图书号"。要求用 DELETE-SQL 命令将图书号以字母 A 开头的图书记录全部打上删除标记，正确的命令是（   ）。

    A. DELETE FROM 图书 FOR 图书号 LIKE"A%"

    B. DELETE FROM 图书 WHILE 图书号 LIKE"A%"

    C. DELETE FROM 图书 WHERE 图书号="A*"

    D. DELETE FROM 图书 WHERE 图书号 LIKE"A%"

26. 在 Visual FoxPro 中，要运行菜单文件 menul.mpr，可以使用命令（   ）。

    A. DO menul

    B. DO menul.mpr

    C. DO MENU menul

    D. RUN menul

27. 以下所列各项属于命令按钮事件的是（   ）。

    A. Parent   B. This   C. ThisForm   D. Click

28. 如果在"命令"窗口中执行命令"LIST 名称"，则在主窗口中显示：

    记录号名称

    1 电视机

    2 计算机

    3 电话线

    4 电冰箱

    5 电线

    假定名称字段为字符型、宽度为 6，那么下面程序段的输出结果是（   ）。

```
GO 2
SCAN NEXT 4 FOR LEFT(名称,2)="电"
IF RIGHT(名称,2)="线"
EXIT
ENDIF
ENDSCAN
?名称
```

    A. 电话线   B. 电线   C. 电冰箱   D. 电视机

29. SQL 语句中修改表结构的命令是（　　　　）。

    A. ALTER TABLE　　　　　　　　　　　　B. MODIFY TABLE

    C. ALTER STRUCTURE　　　　　　　　　　D. MODIFY STRUCTURE

30. 假设"订单"表中有订单号、职员号、客户号和金额字段，则正确的 SQL 语句只能是（　　　　）。

    A. SELECT 职员号 FROM 订单

       GROUP BY 职员号 HAVING COUNT(*)>3 AND AVG_金额>200

    B. SELECT 职员号 FROM 订单

       GROUP BY 职员号 HAVING COUNT(*)>3 AND AVG(金额)>200

    C. SELECT 职员号 FROM 订单

       GROUP,BY 职员号 HAVING COUNT(*)>3 WHERE AVG(金额)>200

    D. SELECT 职员号 FROM 订单

       GROUP BY 职员号 WHERE COUNT(*)>3 AND AVG_金额>200

31. 要使"产品"表中所有产品的单价上浮 8%，则正确的 SQL 命令是（　　　　）。

    A. UPDATE 产品 SET 单价=单价+单价*8%FOR ALL

    B. UPDATE 产品 SET 单价=单价*1.08 FOR ALL

    C. UPDATE 产品 SET 单价=单价+单价*8%

    D. UPDATE 产品 SET 单价=单价*1.08

32. 假设同一名称的产品有不同的型号和产地，则计算每种产品平均单价的 SQL 语句是（　　　　）。

    A. SELECT 产品名称，AVG(单价)FROM 产品 GROUP BY 单价

    B. SELECT 产品名称，AVG(单价)FROM 产品 ORDERBY 单价

    C. SELECT 产品名称，AVG(单价)FROM 产品 ORDER BY 产品名称

    D. SELECT 产品名称，AVG(单价)FROM 产品 GROUP BY 产品名称

33. 执行如下命令序列后，最后一条命令的显示结果是（　　　　）。

```
DIMENSION M(2,2)
M(1,1)=10
M(1,2)=20
M(2,1)=30
M(2,2)=40
? M(2)
```

    A. 变量未定义的提示　　　　　　　　　　B. 10

    C. 20　　　　　　　　　　　　　　　　　D. .F.

34. 设有 s(学号,姓名,性别)和 sc(学号,课程号,成绩)两个表，如下 SQL 语句查找选修的每门课程的成绩都高于或等于 85 分的学生的学号、姓名和性别，则正确的是（　　　　）。

    A. SELECT 学号,姓名,性别 FROM s WHERE EXISTS

       (SELECT* FROM SC WHERE SC.学号=s.学号 AND 成绩<=85)

    B. SELECT 学号,姓名,性别 FROM S WHERENOT EXISTS

       (SELECT * FROM SC WHERE SC.学号=s.学号 AND 成绩<=85)

    C. SELECT 学号,姓名,性别 FROM S WHEREEXISTS

       (SELECT * FROM SC WHERE SC.学号=S.学号 AND 成绩>85)

    D. SELECT 学号,姓名,性别 FROM S WHERENOTEXISTS

       (SELECT * FROM SC WHERE SC.学号=S.学号 AND 成绩<85)

35. 从"订单"表中删除签订日期为 2004 年 1 月 10 日之前（含）的订单记录，正确的 SQL 语句是（　　）。

A. DROP FROM 订单 WHERE 签订日期<={^2004-1-10}

B. DROP FROM 订单 FOR 签订日期<={^2004-1-lO}

C. DELETE FROM 订单 WHERE 签订日期<={^2004-1-10}

D. DELETE FROM 订单 FOR 签订日期<={^2004-l-10}

二、填空题（每空 2 分，共 30 分）

请将每一个空的正确答案写在【1】～【15】序号处。

注意：以命令关键字填空的必须拼写完整。

1. 对长度为 10 的线性表进行冒泡排序，最坏情况下需要比较的次数为【1】。

2. 在面向对象方法中，【2】描述的是具有相似属性与操作的一组对象。

3. 在关系模型中，把数据看成是二维表，每一个二维表称为一个【3】。

4. 程序测试分为静态分析和动态测试。其中【4】是指不执行程序，而只是对程序文本进行检查，通过阅读和讨论，分析和发现程序中的错误。

5. 数据独立性分为逻辑独立性与物理独立性。当数据的存储结构改变时，其逻辑结构可以不变，因此，基于逻辑结构的应用程序不必修改，称为【5】。

6. 表达式{^2005-1-3 10：0：0}-{^2005-10-3 9：0：0}的数据类型是【6】。

7. 在 Visual FoxPro 中，将只能在建立它的模块中使用的内存变量称为【7】。

8. 查询设计器的"排序依据"选项卡对应于 SELECT-SQL 语句的【8】短语。

9. 在定义字段有效性规则时，在规则框中输入的表达式类型是【9】。

10. 在 Visual FoxPro 中，主索引可以保证数据的【10】完整性。

11. SQL 支持集合的并运算，运算符是【11】。

12. SQL SELECT 语句的功能是【12】。

13. "职工"表有工资字段，计算工资合计的 SQL 语句是：

SELECT 【13】 FROM 职工

14. 要在"成绩"表中插入一条记录，应该使用的 SQL 语句是：

【14】成绩（学号，英语，数学，语文）VALUES（"2001100111"，91，78，86）

15. 要将一个弹出式菜单作为某个控件的快捷菜单，通常是在该控件的【15】事件代码中添加调用弹出式菜单程序的命令。

附录 B

Visual FoxPro 数据库程序设计试卷套题（二）

（考试时间 90 分钟，满分 100 分）

一、选择题（每小题 2 分，共 70 分，下列各题 A、B、C、D 四个选项中,只有一个选项是正确的。）

1. 已知一棵二叉树前序遍历和中序遍历分别为 ABDEGCFH 和 DBGEACHF，则该二叉树的后序遍历为（　　　）。
   A. GEDHFBCA　　　　B. DGEBHFCA　　　　C. ABCDEFGH　　　　D. ACBFEDHG

2. 树是结点的集合，它的根结点数目是（　　　）。
   A. 有且只有 1　　　　B. 1 或多于 1　　　　C. 0 或 1　　　　D. 至少 2

3. 如果进栈序列为 e1,e2,e3,e4，则可能的出栈序列是（　　　）。
   A. e3,e1,e4,e2　　　　　　　　　　　　　B. e2,e4,e3,e1
   C. e3,e4,e1,e2　　　　　　　　　　　　　D. 任意顺序

4. 在设计程序时，应采纳的原则之一是（　　　）。
   A. 不限制 goto 语句的使用　　　　　　　B. 减少或取消注解行
   C. 程序越短越好　　　　　　　　　　　　D. 程序结构应有助于读者理解

5. 程序设计语言的基本成分是数据成分、运算成分、控制成分和（　　　）。
   A. 对象成分　　　　B. 变量成分　　　　C. 语句成分　　　　D. 传输成分

6. 下列叙述中，不属于软件需求规格说明书的作用的是（　　　）。
   A. 便于用户、开发人员进行理解和交流
   B. 反映出用户问题的结构，可以作为软件开发工作的基础和依据
   C. 作为确认测试和验收的依据
   D. 便于开发人员进行需求分析

7. 下列不属于软件工程的 3 个要素的是（　　　）。
   A. 工具　　　　B. 过程　　　　C. 方法　　　　D. 环境

8. 单个用户使用的数据视图的描述称为（　　　）。
   A. 外模式　　　　B. 概念模式　　　　C. 内模式　　　　D. 存储模式

9. 将 E-R 图转换到关系模式时，实体与联系都可以表示成（　　　）。

  A. 属性   B. 关系   C. 键   D. 域正确答案：B

10. SQL 语言又称为（　　　）。

  A. 结构化定义语言   B. 结构化控制语言

  C. 结构化查询语言   D. 结构化操纵语言

11. 用二维表数据来表示实体及实体之间联系的数据模型为（　　　）。

  A. 层次模型   B. 网状模型   C. 关系模型   D. E-R 模型

12. 数据库（DB）、数据库系统（DBS）和数据库管理系统（DBMS）之间的关系是（　　　）。

  A. DB 包括 DBS 和 DBMS   B. DBS 包括 DB 和 DBMS

  C. DBMS 包括 DB 和 DBS   D. 3 者属于平级关系

13. 若内存变量名与当前的数据表中的一个字段"student"同名，则执行命令?student 后显示的是（　　　）。

  A. 字段变量的值   B. 内存变量的值   C. 随机显示   D. 错误信息

14. 下列日期表达式错误的是（　　　）。

  A. {^2004/03/09}+15   B. {^2004/02/25}+date()   C. {^2004/03/09}-15   D. {004/02/25^}-date()

15. 以下每两组表达式中，其运算结果完全相同的是（□代表空格）（　　　）。

  A. LEFT("VFP□",3)与 SUBSTR("□VFP□",2,3)

  B. YEAR(DATE())与 SUBSTR（DTOC(DATE()),7,2）

  C. VARTYPE("40-4*5")与 VARTYPE(40-4*5)

  D. 假定 A= "visual□□"，B= "□□foxpro"，则 A-B 与 A+B

16. 在逻辑运算中，3 种运算符的优先级别依次排列为（　　　）。

  A. .NOT. >.AND.> .OR.   B. .AND. >.NOT. > .OR.

  C. .NOT. >. OR.> . AND.   D. .OR. >.AND.> .NOT.

17. 在 Visual FoxPro 中，以共享方式打开数据库文件的命令短语是（　　　）。

  A. EXCLUSIVE   B. SHARED   C. NOUPDATE   D. VALIDATE

18. 下列索引中，不具有"唯一性"的是（　　　）。

  A. 主索引   B. 候选索引   C. 唯一索引   D. 普通索引

19. 如要设定学生年龄有效性规则在 18～20 岁之间，当输入的数值不在此范围内，则给出错误信息，我们必须定义（　　　）。

  A. 实体完整性   B. 域完整性

  C. 参照完整性   D. 以上各项都需要定义

20. 命令 SELECT 0 的功能是（　　　）。

  A. 选择编号最小的空闲工作区   B. 选择编号最大的空闲工作区

  C. 随机选择一个工作区的区号   D. 无此工作区，命令错误

21. 假设工资表中按基本工资升序索引后，并执行过赋值语句 N=800，则下列各条命令中，错误的是（　　　）。

  A. SEEK N   B. SEEK FOR 基本工资=N

  C. FIND 1000   D. LOCATE FOR 基本工资=N

22. 下列关于自由表的说法中，错误的是（　　　）。

 A. 在没有打开数据库的情况下所建立的数据表，就是自由表

 B. 自由表不属于任何一个数据库

 C. 自由表不能转换为数据库表

 D. 数据库表可以转换为自由表

23. 查询设计器中包含的选项卡有（　　　）。

 A. 字段、联接、筛选、排序依据、分组依据、杂项

 B. 字段、联接、筛选、分组依据、排序依据、更新条件

 C. 字段、联接、筛选条件、排序依据、分组依据、杂项

 D. 字段、联接、筛选依据、分组依据、排序依据、更新条件

24. 为视图重命名的命令是（　　　）。

 A. MODIFY VIEW   B. CREATE VIEW

 C. DELETE VIEW   D. RENAME VIEW

25. 在 Visual FoxPro 中，程序文件的扩展名为（　　　）。

 A. .QPR   B. .PRG   C. .PJX   D. .SCX

26. 下列关于过程调用的叙述中，正确的是（　　　）。

 A. 被传递的参数是变量，则为引用方式

 B. 被传递的参数是常量，则为传值方式

 C. 被传递的参数是表达式，则为传值方式

 D. 传值方式中形参变量值的改变不会影响实参变量的取值，引用方式则刚好相反

27. 将文本框的 PasswordChar 属性值设置为星号（＊），那么，当在文本框中输入"电脑 2004"时，文本框中显示的是（　　　）。

 A. 电脑 2004   B. ＊＊＊＊＊

 C. ＊＊＊＊＊＊＊＊   D. 错误设置，无法输入

28. 在表单中，有关列表框和组合框内选项的多重选择，正确的叙述是（　　　）。

 A. 列表框和组合框都可以设置成多重选择

 B. 列表框和组合框都不可以设置成多重选择

 C. 列表框可以设置多重选择，而组合框不可以

 D. 组合框可以设置多重选择，而列表框不可以

29. Visual FoxPro 的系统菜单，其主菜单是一个（　　　）。

 A. 条形菜单   B. 弹出式菜单   C. 下拉式菜单   D. 组合菜单

30. 下列关于报表带区及其作用的叙述，错误的是（　　　）。

 A. 对于"标题"带区，系统只在报表开始时打印一次该带区所包含的内容

 B. 对于"页标头"带区，系统只打印一次该带区所包含的内容

 C. 对于"细节"带区，每条记录的内容只打印一次

 D. 对于"组标头"带区，系统将在数据分组时每组打印一次该内容

31. 下列命令中，不能用做连编命令的是（　　　）。

 A. BUILD PROJECT   B. BUILD FORM   C. BUILD EXE   D. BUILD APP

第 32～35 题使用如下的设备表。

设备型号	设备名称	使用日期	设备数量	单价	使用部门	进口
W27-1	计算机	01/10/03	1	143000.00	生产一间	T
W27-2	计算机	02/06/03	2	98000.00	生产一间	F
C31-1	车床	03/30/03	2	138000.00	生产二间	T
C31-2	车床	04/05/03	2	97500.00	生产二间	T
M20-1	磨床	02/10/03	3	98000.00	生产二间	F
J18-1	轿车	05/07/03	2	156000.00	办公室	T
F15-1	复印机	02/01/03	2	8600.00	办公室	F

32. 从设备表中查询单价大于 100000 元的设备，并显示设备名称，正确的命令是（　　　　）。
   A. SELECT 单价>100000 FROM 设备表 FOR 设备名称
   B. SELECT 设备名称 FROM 设备表 FOR 单价>100000
   C. SELECT 单价>100000 FROM 设备表 WHERE 设备名称
   D. SELECT 设备名称 FROM 设备表 WHERE 单价>100000

33. 为设备表增加一个"设备总金额 N（10,2）"字段，正确的命令是（　　　　）。
   A. ALTER TABLE 设备表 ADD FIELDS 设备总金额 N（10,2）
   B. ALTER TABLE 设备表 ADD 设备总金额 N（10,2）
   C. ALTER TABLE 设备表 ALTER FIELDS 设备总金额 N（10,2）
   D. ALTER TABLE 设备表 ALTER 设备总金额 N（10,2）

34. 利用 SQL 数据更新功能，自动计算更新每个"设备总金额"字段的字段值，该字段值等于"单价*设备数量"的值，正确命令为（　　　　）。
   A. UPDATE 设备表 SET 设备总金额=单价*设备数量
   B. UPDATE 设备表 FOR 设备总金额=单价*设备数量
   C. UPDATE 设备表 WITH 设备总金额=单价*设备数量
   D. UPDATE 设备表 WHERE 设备总金额=单价*设备数量

35. 有如下 SQL 语句：
```
SELECT 使用部门, SUM(单价*设备数量) AS 总金额 FROM 设备表;
WHERE .NOT.(进口);
GROUP BY 使用部门
```
   执行该语句后，第一条记录的"总金额"字段值是（　　　　）。
   A. 196000.00　　　　B. 143000.00　　　　C. 294000.00　　　　D. 17200.00

二、填空题（每空 2 分，共 30 分）

请将每个空的正确答案写在【1】～【15】序号处。

注意：以命令关键字填空的必须拼写完整。

1. 数据结构分为逻辑结构与存储结构，线性链表属于【1】。

2. 在面向对象方法中，类之间共享属性和操作的机制称为【2】。

3. 耦合和内聚是评价模块独立性的两个主要标准，其中【3】反映了模块内各成分之间的联系。

4. 一个项目具有一个项目主管，一个项目主管可管理多个项目，则实体"项目主管"与实体"项目"的联系属于【4】的联系。

5. 数据库设计分为以下 6 个设计阶段：需求分析阶段、【5】、逻辑设计阶段、物理设计阶段、实施阶段、运行和维护阶段。

6. 在 Visual FoxPro 中，物理删除当前表中所有记录，可使用命令【6】。

7. 在 Visual FoxPro 中，数据表中备注型字段所保存的数据信息存储在以【7】为扩展名的文件中。

8. 结构化程序设计包含 3 种基本控制结构，其中 SCAN – ENDSCAN 语句属于【8】结构。

9. SQL SELECT 语句中的【9】用于实现关系的选择操作。

10. 表间永久性联系不能控制不同工作区中【10】的联动，要实现联动功能，需要建立表之间的。

11. 在 SQL SELECT 中，字符串匹配运算符用【12】表示，【13】可用来表示 0 个或多个字符。

12. 在成绩表中，只显示分数最高的前 10 名学生的记录，SQL 语句为：

SELECT * 【14】 10 FROM 成绩表 【15】 总分 DESC

附录C

参考答案

公共基础部分（上篇）

第1章　数据结构与算法

一、选择题

1. C　　　2. D　　　3. B　　　4. C　　　5. C
6. C　　　7. B　　　8. D　　　9. B　　　10. A

二、填空题

1. 有穷性
2. 31
3. 冒泡排序
4. 13
5. $O(N\log_2 N)$

第2章　程序设计基础

一、选择题

1. C　　　2. A　　　3. D　　　4. B　　　5. B
6. C　　　7. A　　　8. D　　　9. D　　　10. C

二、填空题

1. 顺序结构　选择结构　循环结构
2. 每个控制结构只有一个入口和一个出口
3. 类

4. 封装

5. 继承

第 3 章　软件工程基础

一、选择题

1. D　　　2. B　　　3. D　　　4. A　　　5. C

6. C　　　7. B　　　8. D　　　9. A　　　10. D

二、填空题

1. 软件危机

2. 软件维护

3. 软件系统功能

4. 结构化程序设计理论

5. 验收测试（确认测试）

第 4 章　数据库基本原理

一、选择题

1. C　　　2. A　　　3. C　　　4. C　　　5. D

6. C　　　7. B　　　8. A　　　9. D　　　10. B

二、填空题

1. 人工管理阶段　文件系统阶段　数据库系统阶段

2. 数据库系统

3. 选择　投影　连接

4. 记录

5. 联系

Visual FoxPro 程序设计部分（下篇）

第 5 章　Visual FoxPro 6.0 基础

一、选择题

1. D　　　2. D　　　3. D　　　4. A　　　5. A

6. A　　　7. A　　　8. B　　　9. D　　　10. C

二、填空题

1. 工具　选项

2. .pjx

3. 表的主文件

4. 临时设置　　永久设置

5. 区域

第6章　Visual FoxPro 基本数据元素

一、选择题

1. B	2. D	3. B	4. C	5. B
6. B	7. A	8. D	9. A	10. C

二、填空题

1. 1　　.F.

2. 606.00

3. .F.

4. 33

5. 日期型

三、实验题

1. C　　　　　　2. 01/10/07　　　　　3. 7

4. Visual FoxProVisual FoxPro　　　　5. Visual FoxPro

第7章　Visual FoxPro 数据库的基本操作

一、选择题

1. C	2. C	3. C	4. A
5. D	6. B	7. B	8. D

二、填空题

1. 10　　128

2. LIST STRUCTURE

3. REMOVE TABLE

4. 一对一关联　　　　一对多关联　　　　多对多关联

5. MODIFY QUERY

第8章　结构化查询语言 SQL

一、选择题

1. D	2. A	3. B	4. A	5. A
6. B	7. C	8. B	9. A	10. B

二、填空题

1. UNION

2. NULL

3. 从表中

4. SUM AVG

5. UPDATE SET

三、实验题

1. CREATE TABLE 教师(工资号 C(6),姓名 C(8),职称 C(6),年龄 N(2,0),工资 N(7,2) CHECK 工资>1 000 DEFAULT 1 000,系别 C(2))

2. CREATE TABLE 系(系别 C(2),系名 C(16),FOREIGN KEY 系别 TAG 系别 REFERENCES 教师)

3. SELECT 工资号,姓名,职称,年龄,工资,系别 FROM 教师,系 WHERE 教师.系别=系.系别 AND 姓名 LIKE "刘%"

4. SELECT * TOP 2 FROM 教师 ORDER BY 工资 DESC

5. SELECT 工资号,姓名,职称,年龄,工资 FROM 教师 JOIN 系 ON 教师.系别=系.系别 WHERE 系名="计算机"

6. SELECT 工资号,姓名,职称,年龄,工资 系别 FROM 教师,系 WHERE 姓名="张刚" AND 教师.系别=系.系别 TO FILE ZG

7. SELECT 系别,AVG(工资) FROM 教师 GROUP BY 系别

8. SELECT COUNT(*) FROM 教师,系 WHERE 系名="计算机" AND 教师.系别=系.系别

第 9 章 项目管理器、设计器和向导使用

一、选择题

1. A	2. D	3. B	4. A	5. C
6. B	7. D	8. A	9. C	10. A

二、填空题

1. 查询的命令

2. 表

第 10 章 Visual FoxPro 程序设计基础

一、选择题

1. C	2. D	3. D	4. A	5. C
6. C	7. C	8. C	9. C	10. B

二、填空题

1. *

2. SCAN…ENDSCAN

3. FOUND ( )

4. LOOP

5. LOOP

附录 A Visual FoxPro 数据库程序设计试卷套题（一）

一、选择题

1～5 DADBA	6～10 DCDAC	11～15 DCDAC	16～20AADDA
21～25 CDCDD	26～30 BDAAB	31～35 DDCDC	

二、填空题

1. 45	2. 类	3. 关系	4. 静态分析
5. 物理独立性	6. 数值型（N）	7. 局部变量	8. ORDER BY
9. 逻辑型	10. 实体	11. UNION	12. 数据查询
13. SUM(工资)	14. INSERT INTO	15. RIGHTCLICK	

附录 B Visual FoxPro 数据库程序设计试卷套题（二）

一、选择题

1. B	2. A	3. B	4. D	5. D	6. D	7. D	8. A	9. B	10. C
11. C	12. B	13. A	14. B	15. A	16. A	17. B	18. D	19. B	20. A
21. B	22. C	23. A	24. D	25. B	26. D	27. C	28. C	29. A	30. B
31. B	32. D	33. B	34. A	35.A					

二、填空题

1. 存储结构

2. 继承

3. 内聚

4. 一对多或 1□N

5. 数据库概念设计阶段

6. ZAP

7. .DBT 或 DBT

8. 循环

9. WHERE

10. 记录指针　　关联

11. LIKE　　星号或 *

12. TOP　　ORDER BY

笔记栏